TRÊS
CHANCES
PARA O
amor

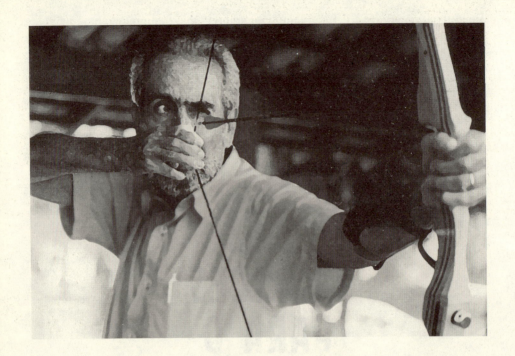

O Arqueiro

Geraldo Jordão Pereira (1938-2008) começou sua carreira aos 17 anos, quando foi trabalhar com seu pai, o célebre editor José Olympio, publicando obras marcantes como *O menino do dedo verde*, de Maurice Druon, e *Minha vida*, de Charles Chaplin.

Em 1976, fundou a Editora Salamandra com o propósito de formar uma nova geração de leitores e acabou criando um dos catálogos infantis mais premiados do Brasil. Em 1992, fugindo de sua linha editorial, lançou *Muitas vidas, muitos mestres*, de Brian Weiss, livro que deu origem à Editora Sextante.

Fã de histórias de suspense, Geraldo descobriu *O Código Da Vinci* antes mesmo de ele ser lançado nos Estados Unidos. A aposta em ficção, que não era o foco da Sextante, foi certeira: o título se transformou em um dos maiores fenômenos editoriais de todos os tempos.

Mas não foi só aos livros que se dedicou. Com seu desejo de ajudar o próximo, Geraldo desenvolveu diversos projetos sociais que se tornaram sua grande paixão.

Com a missão de publicar histórias empolgantes, tornar os livros cada vez mais acessíveis e despertar o amor pela leitura, a Editora Arqueiro é uma homenagem a esta figura extraordinária, capaz de enxergar mais além, mirar nas coisas verdadeiramente importantes e não perder o idealismo e a esperança diante dos desafios e contratempos da vida.

LYSSA KAY ADAMS

TRÊS CHANCES PARA O amor

CLUBE DO LIVRO DOS HOMENS

Título original: *A Very Merry Bromance*

Copyright © 2022 por Lyssa Kay Adams
Copyright da tradução © 2023 por Editora Arqueiro Ltda.
Publicado mediante acordo com Berkley, um selo da Penguin Publishing Group, uma divisão da Penguin Random House LLC.

Todos os direitos reservados. Nenhuma parte deste livro pode ser utilizada ou reproduzida sob quaisquer meios existentes sem autorização por escrito dos editores.

tradução: Marcela Nalin Rossine

preparo de originais: Rayssa Galvão

revisão: Milena Vargas e Pedro Staite

diagramação: Abreu's System

capa: Jess Cruickshank

adaptação de capa: Ana Paula Daudt Brandão

impressão e acabamento: Cromosete Gráfica e Editora Ltda.

CIP-BRASIL. CATALOGAÇÃO NA PUBLICAÇÃO
SINDICATO NACIONAL DOS EDITORES DE LIVROS, RJ

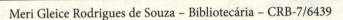

A176t

Adams, Lyssa Kay, 1974-
  Três chances para o amor / Lyssa Kay Adams ; tradução Marcela Rossine. – 1. ed. – São Paulo : Arqueiro, 2023.
  336 p. ; 23 cm.   (Clube do livro dos homens ; 5)

  Tradução de: A very merry bromance
  Sequência de: Absolutamente romântico
  ISBN 978-65-5565-578-0

  1. Romance americano. I. Rossine, Marcela. II. Título. III. Série.

23-86143
CDD: 813
CDU: 82-31(73)

Meri Gleice Rodrigues de Souza – Bibliotecária – CRB-7/6439

Todos os direitos reservados, no Brasil, por
Editora Arqueiro Ltda.
Rua Funchal, 538 – conjuntos 52 e 54 – Vila Olímpia
04551-060 – São Paulo – SP
Tel.: (11) 3868-4492 – Fax: (11) 3862-5818
E-mail: atendimento@editoraarqueiro.com.br
www.editoraarqueiro.com.br

Para Meika
Obrigada por me fazer desistir de tatuar um prato de purê de batata

A HISTÓRIA DE FUNDO

Dezembro anterior

Era *assim* que Colton Wheeler gostava de acordar.

Nu, aquecido e colado ao corpo de uma mulher que o fizera perder a cabeça.

Seu smoking de padrinho se tornara um amontoado preto e branco no chão da suíte do hotel, embolado no vestido de seda verde arrancado em meio a uma enxurrada de beijos frenéticos, suspiros e súplicas desesperadas e impacientes.

Sempre ouvira falar de pessoas que conhecem a cara-metade em um casamento, mas esse era o tipo de coisa que acontecia com os outros. Afinal, ele era Colton Wheeler, astro premiado da música country. Mas, na noite anterior, depois do casamento de Braden Mack, um de seus melhores amigos, com o amor da vida dele, acabara caindo no feitiço da mulher mais improvável.

A ex do noivo. Não fazia sentido. Os dois juntos não faziam o menor sentido. Mas ela o beijou, e, mesmo que já tivesse sido beijado por muitas mulheres, quase sempre de surpresa, daquela vez tinha sido diferente.

Não restava dúvida.

Colton Wheeler estava fascinado por Gretchen Winthrop, senhoras e senhores.

Seria complicado, claro. Ela e Mack meio que namoraram uma época... Ficaram juntos por três meses antes de Mack conhecer a atual esposa. E sempre havia risco em namorar alguém do mesmo círculo social. Mas lá estava ele, velando o sono dela e escrevendo músicas na cabeça, a mente fervilhando com a promessa de que *Isso pode dar em alguma coisa*.

Em algum momento nas altas horas da madrugada, depois de terem caído em um sono exausto, o lençol escorregou do corpo de Gretchen, deixando-a nua diante de seus olhos. Colton encostou os lábios em seu ombro. Quando ela respirou fundo, a mão dele preencheu a curva suave de seu abdômen. Ainda não conseguia acreditar no que havia escondido debaixo daquele vestidinho básico que ela usara na noite anterior.

Gretchen inspirou fundo mais uma vez e espreguiçou, esticando as pernas contra as dele. Estava acordando. Colton deslizou o joelho entre os dela. Gretchen abriu espaço, acariciando sua canela com os dedos do pé direito.

Colton roçou a ponta do nariz em seu queixo.

– Bom dia.

Gretchen soltou um leve suspiro e se aninhou em seu peito. Então congelou. Arregalou os olhos.

– Que horas são?

– Hora perfeita para te acordar como se deve.

Colton se inclinou para beijá-la, mas encontrou apenas o vazio: Gretchen escapara feito um coelho fugindo de um predador.

Ele soltou uma risadinha e deu de ombros.

– Vai virar abóbora?

– Não acredito que peguei no sono e passei a noite aqui. Não era a minha intenção.

– Bem, eu com certeza não tenho do que reclamar. – Colton se sentou e estendeu a mão. – Na verdade, adoraria que você voltasse para a cama por mais algumas horas.

– Não posso, tenho que ir.

Ele se recostou na cabeceira, cruzando os braços atrás da cabeça, satisfeito em apenas contemplar o corpo nu da mulher que andava pelo quarto. Até perceber o que ela estava fazendo: procurando as roupas.

– Você vai mesmo embora?

Gretchen vasculhou o quarto todo até encontrar o vestido. Colton jogou as cobertas para o lado e se levantou.

– O que houve? – perguntou, estendendo a mão para ela novamente. – Por que tanta pressa? Temos muito tempo até o almoço, e...

Gretchen deu um salto, como se ele tivesse sugerido que saíssem do quarto pelados.

– Eu... eu não fui convidada. O almoço é só para os padrinhos.

– E eu sou um dos padrinhos, então posso levar quem eu quiser. – Colton enfim conseguiu encostar nela de novo. As mãos roçaram de leve seus quadris por cima da seda verde. – E eu quero levar você.

– Não, eu não posso. Tenho muito trabalho para pôr em dia.

Bom, que alívio. Por um momento, Colton pensou que ela estivesse fugindo por não ter gostado dele.

– Então deixa eu te levar pra...

Gretchen ainda olhava de um lado para outro, à procura de Deus sabe o quê.

– Não precisa me dar carona, eu vim de carro.

Colton deu uma risadinha.

– Não, levar para um lugar longe daqui. Vamos passar uma semana fora, só conversando, se conhecendo e...

Ela riu baixinho, mas não dava para saber se era um riso de alegria ou sarcasmo.

– Claro. Para onde?

– Belize.

Gretchen finalmente olhou para ele.

– Belize?

– Já foi pra lá?

Ela riu de novo. Desta vez *dele*, sem sombra de dúvida.

– Não.

– Bem, pode acreditar: você vai adorar. – Colton observava-a procurando o sutiã. Lembrou-se do exato momento em que o tirou e o arremessou do outro lado do quarto. – Estou falando sério, Gretchen. Vamos dar uma escapadinha. Eu peço para o meu piloto preparar o avião, e podemos só ir...

O queixo dela caiu.

– Você está falando sério, né?

– Claro que sim.

– Não posso ir para Belize com você. – Gretchen achou a bolsa e enfiou o sutiã e a calcinha lá dentro.

Colton ficou bem na sua frente e a segurou pelos ombros.

– Espera aí. O que está acontecendo?

– Vou embora, estou cheia de coisas pra fazer hoje.

– Quando posso te ver de novo?

Ela piscou, hesitante.

Bem, aquilo era novidade.

– Eu posso te ver de novo, né?

Gretchen mordeu o lábio.

– Não sei se é uma boa ideia.

Ela desviou dele e voltou a vasculhar o chão. Soltou um *ah* ao avistar os sapatos. Então, curvou-se e enganchou os dedos nos *slingbacks* pretos sensuais que quase o fizeram ter um ataque cardíaco na noite anterior.

– Espera. Espera um pouco. Podemos começar de novo, por favor? Sinto que fiz alguma besteira, mas não tenho ideia do que seja.

– Você não fez besteira nenhuma. Sou eu. Não devia ter feito o que fiz. Sinto muito.

– Não devia ter feito o quê?

– Ter começado isso tudo. Não devia ter te beijado.

– Eu participei de boa vontade. Aliás, muito boa vontade. – Ele botou as mãos nos quadris e teve a dolorosa lembrança de que estava nu.

Gretchen parou a busca frenética e segurou suas coisas junto ao peito.

– Olha, sei que todo mundo ficou com pena de mim ontem à noite. Eu nunca tive nada sério com Mack, e na real fui ao casamento pela Liv, porque ficamos amigas, mas mesmo assim senti que todo mundo me olhava como se eu estivesse muito fragilizada, e sei que você só me chamou para dançar por causa disso...

Foi a vez de Colton rir.

– Você acha que te chamei para dançar por... pena?

– Talvez. – Ela deu de ombros.

– Eu te chamei para dançar porque você teve a mesma reação que eu quando a mãe da Liv quase caiu da cadeira.

Os lábios dela enfim se abriram em um sorriso.

Graças a Deus. Colton aproveitou que ela parou quieta para se aproximar devagarinho, baixando a voz à medida que chegava mais perto:

– E aí continuei te chamando para dançar e não saí mais do seu lado porque talvez você seja a mulher mais incrível que já conheci.

As bochechas de Gretchen coraram, e ele teve o mais delicioso flashback de quando viu o mesmo tom de rosa no rosto dela ao arquear as costas e sussurrar o nome dele.

Só que aquela expressão era bem diferente. Gretchen balançou a cabeça e colocou a mão quente no peito dele, logo acima de onde seu coração se preparava para um jogo de roleta-russa.

– Você não precisa fazer isso.

Mais que depressa, Colton cobriu a mão dela com a sua.

– Fazer o quê?

– Massagear meu ego. Já sou grandinha. Sei o que foi a noite passada.

– Incrível e o começo de algo que pode ser maravilhoso? Concordo.

Ela corou ainda mais.

– Olha, eu também me diverti. Mas nós dois nunca daríamos certo.

– Demos bem certo ontem à noite.

Gretchen começou a se afastar.

– Mas hoje é outra história. Você é você, eu sou eu, e…

– E seríamos um "nós" bom demais.

Ela deu um leve sorriso.

– Parece até letra de alguma música sua.

– Gretchen… – insistiu ele, tentando tocá-la.

A mulher encarou a mão dele com desejo inconfundível. Mas logo caiu em si e caminhou para a porta.

– Obrigada – disse, olhando por cima do ombro. – Por tudo.

Colton cruzou os braços.

– Você pode dizer qualquer coisa, menos isso. Não me agradeça.

Ela parou uma vez mais antes de girar a maçaneta.

– Posso contar com você para manter isso entre nós?

– Pode acreditar, minha boca é um túmulo.

Então, sem nem olhar para trás, ela foi embora.

Pela primeira vez na vida, Colton Wheeler era o segredinho obsceno de alguém.

UM

Um ano depois

Colton Wheeler levava uma vida sem muitas regras, mas obedecia à risca as poucas que seguia, e uma delas era: quando alguém pede para guardar um segredo, guarde a sete chaves. Por isso, a sensação de traição foi um tremendo soco no estômago quando percebeu que *aqueles* caras, logo eles, não cumpriram com a palavra. Seus supostos melhores amigos!

Ajustou a alça da bolsa no ombro com um puxão irritado.

– Vocês juraram que não contariam pra ninguém.

– Qual é, cara? – retrucou Gavin Scott, com o tapete de ioga enfiado debaixo do braço. Ele vestia uma camiseta de treino, deixando à mostra a linha no bíceps que separava o ombro branquelo do eterno bronzeado do campo. – Não é como se a gente tivesse contado para completos estranhos.

– Não importa quem seja. Eu prometi para ela que não abriria o bico.

– Não queríamos criar problemas – interveio Del Hicks. – É sério.

– Achamos que você nem viria – acrescentou Gavin.

– Por que eu não viria?

– Por causa da reunião. Não é hoje?

Ah, claro. A Reunião. Gerara tanto burburinho que agora era precedida pelo *A* seguido de um *R* maiúsculo. A Reunião na qual ele descobriria se ainda tinha uma carreira. Mas os amigos não faziam ideia, só sabiam que ele teria uma reunião com a gravadora para discutir o próximo álbum depois de um hiato de dois anos sem gravar.

Agora era *ele* quem se sentia culpado, uma emoção que conhecera muito bem no ano anterior. Como podia esperar que aqueles caras respeitassem sua amizade enquanto os traía todo santo dia escondendo segredos deles?

Para uma estrela internacional da música, era difícil ter amizades verdadeiras. Ao longo dos anos, quanto mais famoso ficava, mais solitária a vida se tornava. Era difícil distinguir quem realmente queria estar por perto e quem só queria se gabar de estar associado a um superastro.

Mas aqueles caras eram de confiança. Os melhores amigos que já tivera… E haviam se conhecido da forma mais inusitada: por meio de livros românticos. Eles se autodenominavam "O Clube do Livro dos Homens" e liam romances para aprender a ver o mundo por uma perspectiva menos tóxica que a ensinada a todo homem heterossexual cisgênero. Braden Mack foi quem começou tudo e recrutou Colton, que estava tão cético quanto a maioria deles quando entraram para o clube. Mas Colton logo percebeu que aquilo ia muito além dos livros. Tinha a ver com camaradagem e fraternidade. Os livros ensinaram todos eles a serem homens melhores, parceiros melhores e amigos melhores uns para os outros.

– Tudo bem. – Colton soltou um suspiro. – Vou falar com…

– Sr. Wheeler, o que significa isso?

… *ela*.

Merda. Colton se virou, tenso, e deu de cara com uma das pessoas mais intimidantes que já conhecera: Peggy Porth. Diretora aposentada de escola fundamental. Estraga-prazeres de carteirinha. Agora era instrutora no Silver Sneakers, um programa de aeróbica para idosos.

– Oi, Sra. Porth.

A voz de Colton saiu tão esganiçada como quando fora pego no quinto ano vendendo cartas de Pokémon pelo dobro do valor no intervalo das aulas. Em sua defesa, estava juntando dinheiro para comprar os presentes de Natal dos irmãos.

A Sra. Porth tinha apenas 1,60 metro e, ainda assim, conseguia olhá-lo de cima e fazê-lo se sentir minúsculo.

– Sr. Wheeler, será que preciso lembrar que concordei que o senhor e seus amigos frequentassem as aulas, mas só se fosse um grupo pequeno? Essa aula era para ser exclusiva para pessoas acima dos 50, mas o senhor me levou na conversinha. E agora vejo mais três parados na porta, esperando para entrar.

Os três em questão formavam uma rodinha tensa a poucos passos dali, lançando olhares furtivos, como se quisessem avaliar se estavam prestes a ser escorraçados por um segurança. Colton os conhecia, claro, mas não muito bem, e só porque jogavam com Gavin e Del no time profissional de beisebol do Nashville Legends, como Yan Feliciano. Vlad Konnikov era jogador da Liga Nacional de Hóquei, e Malcolm James, da Liga de Futebol Americano. Seu círculo de amigos incluía vários atletas, e foi por isso que Colton lhes contou seu segredo, para começo de conversa. As aulas do Silver Sneakers eram o condicionamento físico mais eficaz que já tinha feito. Nunca estivera tão forte, flexível e em forma, e tudo começara por acaso. Colton achava que estava indo para a aula de abdominal, mas errou a sala, e, quando deu por si, suava por todos os poros tentando acompanhar as sessentonas que faziam a ginástica aeróbica parecer uma caminhada no parque. Passara dias dolorido, mas continuou vindo porque, nossa... e porque ninguém naquela sala dava a mínima para quem ele era.

Não curtia muito ser bajulado só por ser Colton Wheeler.

Tinha sido uma das coisas que chamaram sua atenção em... Porra. Seu contador mental de *dias sem pensar em Gretchen Winthrop* acabara de zerar.

– A c-culpa é nossa, Sra. Porth – disse Gavin, a gagueira despontando com o medo daquela mulher. – Só convidamos nossos companheiros de time porque eles estão morrendo de inveja da nossa flexibilidade.

Para provar, ele soltou o tapete de ioga e lançou o corpo em um agachamento fundo que teria despachado Colton direto para o pronto-socorro.

– Viu? – grunhiu Gavin, a tensão do esforço evidente na voz. – Eu quase podia jogar na primeira base, se quisesse.

A Sra. Porth apertou os lábios.

– Se endireite, Sr. Scott. Está fazendo papel de bobo.

Del agarrou o cotovelo de Gavin e o ajudou a se levantar. A Sra. Porth soltou um suspiro e voltou a encarar os homens que esperavam à porta, apreensivos.

– Certo. Eles podem entrar. Mas que fique bem claro: se causarem algum incômodo...

– Não, não – interveio Gavin, mais que depressa. – Quer dizer, não vamos causar incômodo nenhum. Obrigado, Sra. Porth.

Ele correu até a porta e deu a boa notícia aos rapazes.

Logo voltou conduzindo os companheiros de time, todos vestindo variantes do uniforme padrão de um atleta profissional: shorts de basquete, camiseta esportiva e uma bandagem elástica em cada parte do corpo que estivesse doendo. Assim que ajeitaram os tapetes de ioga e as bolsas, os três foram até Colton.

Um deles estendeu a mão.

– E aí, cara. Valeu por nos deixar participar. Jake Tamborn. Nos conhecemos na festa de aniversário do Gavin, ano passado.

– Eu lembro – disse Colton, aceitando o aperto de mão por educação.

Não estava muito contente com a presença deles ali, mas repetiu o gesto com os outros: Brad Eisenberg e Felix Pinas. Deviam ter uns 25 anos e mantinham a postura confiante de quem não fazia a menor ideia do que estava prestes a acontecer.

– Você avisou pra eles? – sussurrou Colton para Del quando os três se afastaram.

– Que estão prestes a levar uma surra? Avisei.

– Eles acreditaram?

– Não.

Colton sorriu pela primeira vez desde que chegara à academia.

– Isso vai ser engraçado.

A porta da sala de ginástica se abriu e Vlad entrou correndo, alvoroçado. Botou o tapete de ioga ao lado de Colton e enfiou um gorro de Papai Noel na cabeça.

– Como estou?

– Por incrível que pareça, bem. Por quê?

– Elena disse que tenho que me vestir de Papai Noel na festa de Natal para entregar os presentes para as crianças.

Dali a algumas semanas, Vlad e a esposa, Elena, dariam sua primeira festa de Natal. Vlad jamais teria tempo para algo assim durante a temporada de hóquei, mas ainda estava se recuperando da fratura na perna que sofrera nas eliminatórias da Copa Stanley do ano anterior. Então, quando os rapazes decidiram dar uma festa de fim de ano só da família do clube do livro, Vlad agarrou a chance de ser o anfitrião: poderia ser sua única oportunidade.

– Nunca fui Papai Noel – disse Vlad. – Não temos Papai Noel na Rússia.

– Não tem Papai Noel? – Gavin engasgou enquanto alongava os quadríceps e olhou para Vlad como se ele tivesse confessado que uivava para a lua na véspera do Natal.

Del deu um tapa na nuca de Gavin.

– Que saco, cara. Vê se sai dessa sua bolha americana uma vez na vida.

– Nós o chamamos de Vovô Gelo – explicou Vlad.

Gavin se sentou ereto, uniu a sola dos pés e começou a balançar as pernas em um alongamento borboleta.

– Ele é muito diferente do Papai Noel?

Vlad começou a se alongar enquanto explicava:

– Bem, ele também tem barba branca. Mas usa um manto comprido, não aquela roupa vermelha. E não tem renas, o trenó é puxado por três cavalos. E ele não está ligado só a presentes, também está relacionado a boas ações. Ele não gosta de pessoas más.

– Curti. Por que você não se veste de Vovô Gelo, então? – sugeriu Colton. – Não tem por que mudar suas tradições.

– Mas Elena disse que pode confundir as crianças e fazer com que duvidem da existência do Papai Noel.

Del deu de ombros.

– É só dizer que é amigo do Papai Noel e veio ajudar na distribuição dos presentes.

– Não sei – replicou Gavin. – Acho que prefiro ver o Vlad fantasiado de Papai Noel.

Uma expressão de pânico surgiu no rosto do russo.

– E se eu pisar na bola?

Colton deu um tapinha nas costas dele.

– Você vai se sair bem. Vamos ajudar você a se preparar. Só ensaie o "Ho, ho, ho!".

A Sra. Porth bateu palmas para chamar atenção e foi para a frente da turma. Ao seu lado, estava uma mulher cerca de dez anos mais nova.

– Quem estiver começando hoje – anunciou, olhando direto para Jake, Felix e Brad – pode acompanhar a variação mais simples de todos os exercícios.

Como esperado, os três novatos soltaram uma risada desdenhosa. Afinal, atletas profissionais não teriam por que precisar de exercícios simples. Eles não faziam a menor ideia do que estava por vir.

Os rapazes formaram uma longa linha de um lado ao outro da sala. À sua frente, cerca de 35 outras alunas se posicionaram ao lado dos tapetes e garrafinhas de água. Mais tarde, todos usariam um step para fazer os exercícios da parte da aula que realmente separava as mulheres dos homens.

– Muito bem, pessoal. Vamos começar de leve, alongando e aquecendo – anunciou a Sra. Porth. Nos alto-falantes, começou a tocar uma música calma e relaxante, do tipo que se ouviria em um spa. – Vamos soltar os braços, subindo e descendo os ombros… Isso mesmo. Agora, girem os ombros para a frente e para trás… Ótimo. Agora, vamos fazer um círculo com os braços.

Colton abriu bem os braços e esbarrou na mão de Felix, que se afastou alguns centímetros com um *Foi mal* silencioso, depois de Colton fuzilá-lo com o olhar.

– Ok, pessoal – continuou a Sra. Porth. – Agora, algumas posturas de ioga fáceis para despertar as pernas e prepará-las para a ação.

Colton seguiu as orientações, fazendo a postura da deusa e várias outras. Pouco depois, ergueu os olhos do tapete e se deparou com uma visão perturbadora.

– Irmão, tira esse "burro olhando para baixo" da minha cara.

– Não é "cachorro olhando para baixo"? – sussurrou Brad, a cabeça apontada para baixo aparecendo entre as pernas.

– Não quando é você quem está fazendo.

Brad andou para o lado feito um caranguejo.

– Ok, pessoal, ótimo trabalho – disse a Sra. Porth. – Agora, peguem um step e coloquem logo à frente. Lembrem que cada um pode ajustar a altura para ficar mais confortável.

O step da Sra. Porth estava na altura máxima.

Um instante depois, Jake resmungou:

– Merda, vocês não me avisaram que seria tão difícil.

– E você esperava o quê? – Colton deu uma risada debochada. – Esta é a geração do *jazzercise*. Elas estão arrasando de collant desde os primórdios da MTV.

– Então, a que horas vai ser a reunião com a gravadora? – grunhiu Noah.

– Às três.

– Está preocupado?

Colton olhou para o amigo, então desviou os olhos depressa. Será que suspeitavam de alguma coisa?

– Não. Por que estaria?

Noah deu de ombros.

– Não sei. Quer dizer... É que, desde que te conheço, você nunca teve uma reunião assim.

– É só uma formalidade – respondeu ele, adotando a atitude de *não é nada de mais* em que se tornara mestre aos 10 anos.

Ninguém queria vê-lo apreensivo. Nem bravo. Nem de qualquer outro jeito que se distanciasse de um playboy despreocupado que vendera milhões de discos no mundo inteiro.

Porque Colton Wheeler tinha um trabalho, e apenas um: fazer as pessoas felizes.

Mesmo que isso acabasse com ele.

DOIS

– Meritíssimo, posso me aproximar?

Gretchen Winthrop se esforçou para manter o tom neutro e esperou o juiz federal responder ao seu pedido. Por dentro, estava furiosa. A humilhação que seus clientes eram obrigados a suportar não tinha fim. O juiz assentiu e fez um gesto impaciente com a mão, como se dissesse "seja rápida", e tanto ela quanto o promotor deixaram suas respectivas mesas. O juiz olhou para os dois do alto de sua tribuna, abafando com a mão o microfone que gravava a audiência de deportação do Tribunal de Imigração de Memphis.

– Meritíssimo, minha cliente está doente. Está com quase 39 graus de febre e mal consegue ficar sentada.

O juiz Wilford ergueu a sobrancelha e olhou para o assistente da promotoria dos Estados Unidos, Justin McQuistan.

– Parece que a Sra. Winthrop está correta. Por que a acusada está no tribunal, se está doente?

– Meritíssimo, é do meu entendimento que…

Gretchen interrompeu o promotor:

– Não se pode esperar que minha cliente contribua na própria audiência se não estiver bem de saúde. Solicito um recesso até que a Sra. Fuentes receba os cuidados médicos adequados.

O juiz fez um gesto para que os advogados voltassem para suas mesas. Um instante depois, registrou nos autos:

– O tribunal concede o recesso solicitado pela defesa até que a ré receba tratamento médico adequado.

O juiz bateu o martelo, e Gretchen respirou normalmente pela primeira vez em mais de meia hora. Sentou-se ao lado da cliente, Carla Fuentes, uma mulher de 56 anos que cruzara a fronteira sul com os pais quando tinha 17 anos. Seus pais já haviam sido deportados, e o tribunal recusara seu pedido de permanência, embora ela tivesse passado quase toda a vida nos Estados Unidos. Mas Carla tinha filhos. E netos. Um menino e uma menina, ambos com menos de 3 anos. Uma família americana que a amava e precisava dela.

Gretchen a cumprimentou com um aperto de mão.

– Vai dar tudo certo. Um recesso é bom. Vai dar para recuperar sua saúde, e vou arranjar roupas e sapatos mais apropriados para você.

Lágrimas escorreram pelas bochechas de Carla.

– Meus filhos…

– Vou entrar com um pedido de visita.

Apressados e indiferentes, os agentes a levaram pela porta lateral da sala de audiência, de volta ao centro de detenção onde tantas outras pessoas aguardavam suas sentenças. Pessoas que tinham vindo para os Estados Unidos por desespero e descobriram que a Terra da Liberdade não fazia jus aos próprios ideais. O meirinho anunciou o próximo caso enquanto Gretchen guardava os documentos na maleta. Quando saiu, outro advogado que aguardava outro cliente tomou seu lugar. Um ciclo infinito de crueldade que separava pais de filhos, esposas de maridos, amigos uns dos outros… E por quê? Porque não deram sorte na loteria geográfica quando nasceram? Porque queriam uma vida melhor para seus entes queridos? Porque estavam desesperados demais para esperar a longuíssima fila para entrar legalmente nos Estados Unidos enquanto viam celebridades, atletas e supermodelos passarem na frente?

Gretchen parou do lado de fora da sala de audiência e se recostou na parede, deixando a maleta abarrotada cair a seus pés. Fechou os olhos e inspirou fundo. Atuava como advogada de imigração havia quase dez anos, e aquele trabalho nunca ficava mais fácil. Pelo contrário, estava cada vez mais difícil. Quando começou, tinha a vantagem do idealismo, a ingênua esperança de que poderia fazer a diferença. Agora, sabia que o buraco era mais embaixo. A única coisa que nunca mudava era o esforço de certos americanos para erguer um muro isolando os mais vulneráveis, que só queriam a chance de uma vida melhor. Às vezes, Gretchen se questionava se estaria de fato fazendo algum bem ou se não seria melhor usar sua experiência e seu conhecimento para pressionar o governo por leis melhores. Mas quem queria enganar? Jamais sairia de Nashville, e os motivos não tinham nada a ver com sua carreira.

Gretchen se afastou da parede e seguiu em direção ao saguão do tribunal. Seriam três horas de estrada para voltar a Nashville, onde morava e mantinha sua firma de advocacia. O tribunal de imigração federal em Memphis era o único em todo o estado do Tennessee – mais uma dificuldade para seus clientes em processo de deportação, que mal podiam contar com transporte seguro para o trabalho, que dirá para atravessar o estado. Acenando para os seguranças, ela empurrou a grossa porta de vidro e se preparou para enfrentar a rajada de vento invernal. As pessoas do norte riam quando sulistas como ela reclamavam de frio, mas Gretchen era uma verdadeira garota do Tennessee. Qualquer temperatura abaixo de dez graus era um crime.

Enquanto dirigia, gravava lembretes de voz no celular sobre os próximos passos no caso de Carla, e só parou quando chegou à via que a levaria de volta ao escritório. Dezembro vomitara o espírito natalino pelas ruas e prédios da cidade. Guirlandas enormes pendiam dos postes de luz, os laços vermelhos balançando, frenéticos, ao vento. Se abrisse a janela, o aroma de noz-pecã torrada da feira natalina mais próxima suavizaria o cheiro úmido do rio. Barricadas laranja bloqueavam o trânsito de ruas inteiras, direcionando os turistas que iam à cidade para visitar a decoração anual de Natal de Cumberland, onde mais de um milhão de luzes enfeitavam a famosa passarela sobre o rio que ligava os parques de cada lado.

Poucas cidades celebravam o Natal com tanta grandiosidade quanto Nashville.

Poucas pessoas detestavam isso tanto quanto Gretchen.

Era esse o motivo de seu escritório ser o único no quarteirão sem guirlanda na porta ou pisca-pisca enfeitando a fachada. Ela estabeleceu uma política de "não decoração" na firma, que ficava no térreo de um prédio de três andares na zona leste da cidade, em um bairro eclético de lojas independentes, restaurantes pitorescos e construções históricas de tijolinho aparente. Nos dez anos desde que Gretchen abrira seu escritório, o bairro passara por um processo de revitalização que beirava a gentrificação, mas ela não podia se dar ao luxo de acompanhar tais tendências. Imigração era uma questão civil, não criminal, o que significava que os acusados não tinham direito a um defensor público. A maioria dos que enfrentavam um processo de deportação nunca procurava um advogado, e os que procuravam raramente tinham dinheiro para arcar com os custos. Quase todos os casos de Gretchen eram *pro bono*, então ela não podia se permitir a extravagância de um escritório chique. Por sorte, sua amiga Alexis tinha uma cafeteria na mesma rua, então almoços rápidos e doses de cafeína estavam a apenas um quarteirão de distância.

Gretchen parou o carro no pequeno estacionamento atrás do prédio, pegou suas coisas e entrou pela porta dos fundos. Addison, sua assistente, deu um pulo quando a viu no corredor que levava até a recepção.

– Está um gelo aqui dentro. Será que não podíamos ligar o aquecimento, por favor?

– Só na semana que vem. Vista um casaco.

– Já estou de casaco – resmungou Addison, pegando o sobretudo de Gretchen para pendurar. – E ele telefonou de novo.

Gretchen deixou a maleta no chão.

– Quem?

Addison lhe entregou um punhado de post-its cor-de-rosa.

– Você sabe quem.

O suspiro que escapou dos lábios de Gretchen poderia ter movido um barquinho de papel. Seu amigo e colega do curso de direito, Jorge Alvarez, vinha ligando havia seis semanas pedindo que ela considerasse fazer parte de sua ONG de assistência a refugiados como advogada permanente.

– Falei que você já tem o número de contato, mas ele insistiu para que eu anotasse de novo. Só por precaução.

A essa altura, Gretchen já sabia o número de cor. Pegou a maleta do chão e a pendurou no ombro.

– Amanhã eu ligo para ele.

– É só ligar agora e acabar logo com isso – retrucou Addison, seguindo Gretchen pelo curto corredor até sua sala. – Por que é tão difícil dizer que não está interessada no trabalho?

Gretchen respondeu com sinceridade ao acender a luz:

– Não sei.

– Talvez porque, no fundo, você *esteja* interessada.

Gretchen olhou feio para Addison, que estava parada à porta.

– Tenho clientes que precisam de mim aqui.

– Isso é uma negação indireta. – Addison lançou um olhar sabido para a chefe.

– Não estou procurando outra coisa – disse Gretchen, sentando-se em sua cadeira de escritório arcaica.

– Está, sim. O problema é que você ainda não sabe bem o quê. – Dito isso, Addison deu meia-volta e saiu com toda a pompa de uma promotora que acabou com o acusado no banco dos réus.

– Ei! – chamou Gretchen. – O que você quer dizer com isso?

– Não posso responder. Era para ser enigmático.

– É besteira, isso sim.

– Mas é uma *bela* de uma besteira – replicou Addison. – Porque é verdade.

– Verdade nada. Estou perfeitamente feliz aqui. Adoro minha firma. Adoro meu trabalho. Adoro minha vida.

– Quem você está tentando convencer?

Um dos assistentes de defesa da firma, um estagiário chamado Joey, entrou na sala.

– Sabe, quando você disse que trabalhar aqui seria como entrar para uma família, não imaginei que isso significava ter que ouvir esse tipo de bate-boca.

– Cala a boca – resmungou Gretchen, baixinho.

– Viu só? Igualzinho a uma família. Minha irmã me dizia a mesma coisa todo dia.

– Eu estava me dirigindo à Addison – corrigiu Gretchen, lançando um olhar penetrante para a cadeira atrás da mesa.

Joey entendeu o recado, fez um clique com a caneta, sentou-se e olhou para o bloco de notas.

– Ok, me diga o que fazer.

Durante os quinze minutos seguintes, Gretchen o instruiu sobre os próximos passos no caso de Carla. Quando estavam prestes a terminar, uma mensagem de Addison pipocou no chat em sua tela: Seu irmão está aguardando na linha três.

Gretchen respondeu depressa: Qual deles?

Evan.

Alarmada, sentiu uma descarga de adrenalina percorrer suas veias. De seus dois irmãos, Evan era o mais velho e o que fingia com mais convicção que ela não existia. Se estava ligando, e ainda por cima para o telefone do escritório, algo devia estar errado.

Ela indicou a porta da sala com a cabeça, e Joey mais uma vez entendeu o recado: levantou-se e fechou a porta ao sair. Gretchen tirou o telefone do gancho e apertou o botão que piscava.

– Alô?

A voz do irmão saiu abafada, como se ele tivesse afastado o telefone da boca enquanto esperava ser atendido.

– Evan – chamou Gretchen, ríspida.

O irmão falou ao telefone.

– Um segundo.

– Foi você que me ligou, lembra?

Mas Evan já havia voltado a latir ordens para qualquer capacho com o azar de ter sido chamado à sua presença. Gretchen retorcia a boca enquanto considerava desligar na cara dele. Se havia algo de errado, o irmão não estava com nenhuma pressa para contar.

Evan enfim voltou ao telefone.

– Oi, desculpa.

– Por que me ligou no escritório?

– Não consegui achar o número do seu celular.

Claro que não conseguiu. Por que ele salvaria o número dela nos contatos, como qualquer irmão normal? Toda a sua vida, Evan a tratara feito uma fedelha irritante que precisava ouvir poucas e boas, mas, agora que eram adultos, isso se transmutara em uma informalidade objetiva ainda mais insuportável. Não que já tivessem sido próximos. Gretchen costumava culpar a diferença de doze anos, mas o abismo que os separava ia muito além da idade.

– O que houve? – perguntou ela.

– Preciso que você venha aqui hoje à tarde.

– Aqui onde?

– Na Fazenda.

A *Fazenda*. Uma palavra acolhedora para um lugar frio. A sede corporativa da Carraig Aonair Whiskey com certeza nunca fora um lar para ela – estava mais para seu segredinho de família desagradável. Ou melhor, *ela* era o segredinho desagradável *deles*. Era uma Winthrop de verdade, herdeira legítima de uma das famílias mais ricas e influentes do Tennessee, mas eles raramente se dispunham a reconhecer Gretchen e suas opiniões políticas inconvenientes em público. Nenhum deles a perdoava por ter se atrevido a recusar o legado da família – palavras deles mesmos – e ter traçado seu próprio caminho. O que tornava essa convocação de Evan suspeita e preocupante.

– Por quê?

– Tenho um assunto importante para tratar com você.

– Está todo mundo bem?

A família inteira passou diante de seus olhos. Tio Jack. Os pais. As sobrinhas e os sobrinhos. Não se dava bem com Evan, mas adorava os filhos dele.

– Todos estão bem. Consegue chegar aqui em uma hora?

Não. Tinha uma tonelada de trabalho a fazer e sentia aversão a ser chamada à sala do diretor feito uma criança levada. Mas, quando abriu a boca, só conseguiu dizer "Claro".

Mais que depressa, respondeu a alguns e-mails pendentes, enfiou várias pastas na maleta para trabalhar mais tarde e pediu que Addison ligasse para seu celular se precisasse. Saiu depressa, antes que a assistente a enchesse de perguntas, ou pior, viesse com mais psicanálise barata sobre como, até hoje, sempre que a família assobiava ela ia correndo que nem um cachorrinho sem dono.

Porque isso seria patético.

A primeira vez que passou pelas portas do Nerve Music Group Nashville, doze anos antes, Colton pensara, em um estalo: *É só isso?* O prédio comercial medíocre na parte mais sem graça da cidade era de onde saíam os hits mais badalados da música country, onde grandes astros da música surgiam?

Mas, ao contrário das festas em neon de Music Row, o berço da música country em Nashville, os escritórios das grandes gravadoras da indústria não tinham sido projetados para inspirar. Tinham sido feitos para intimidar e relembrar artistas deslumbrados com a fama que a música era, antes de tudo, um negócio.

Se Nashville fosse uma festa, aqueles prédios seriam os adultos responsáveis.

Hoje, Colton amargava a sensação de que estava prestes a ser arrastado para fora da pista de dança pelo colarinho.

Os funcionários no saguão o cumprimentaram do jeito de sempre – com deferência e gentileza. Apesar de tudo, ele ainda era um dos artistas mais vendidos da gravadora. Fotos e álbuns seus decoravam o saguão e os corredores, e até os malditos banheiros. Um assistente o recebeu na porta e ofereceu uma garrafinha de água antes de indicar os elevadores que o levariam às salas do último andar, onde ficavam os escritórios dos executivos. Talvez fosse um estagiário de música da Universidade de Belmont ou, mais provavelmente, o sobrinho de alguém. O rapaz se despediu quando Colton entrou no elevador, e outra pessoa esperava por ele ao sair – dessa vez uma moça, que sorriu e o chamou de "Sr. Wheeler" de um jeito que o fez querer correr para o banheiro e conferir se tinha brotado algum fio de cabelo branco.

A jovem o conduziu até a grande sala de reuniões onde seus sonhos haviam se tornado realidade anos antes. Na época, quando entrou na sala, todos já estavam esperando por ele com sorrisos e tapinhas nas costas.

Hoje, estava vazia.

– Fui o primeiro a chegar?

– Sim – disse a moça ainda sorrindo.

Isso era raro – uma estrela do country pontual. Mas é que a ansiedade sabia ignorar muito bem os limites de velocidade. Colton recusou quando a moça ofereceu uma bebida do frigobar abarrotado e foi até a fileira de janelas com vista para a cidade. A primeira vez que olhou para aquela paisagem, não viu nada além de oportunidades, fama e fortuna. Agora, a imagem estava diferente, filtrada pelas lentes da idade e da experiência. Via as ranhuras no asfalto, os telhados à espera de reparos, os taxistas exauridos precisando de folga. Ainda via o brilho da cidade, mas também via a sujeira.

– Pensei que astros sempre se atrasassem.

Colton se virou. O cara do A&R, Archie Lovett, entrou com um sorriso petulante e um café da Starbucks. A&R significava Artistas e Repertório, o departamento responsável pelos *talentos* e suas músicas. Archie era seu A&R desde o começo, e seu trabalho na gravadora era intermediar o contato entre a equipe de Colton e a empresa.

– Bom ver você, cara – disse Archie. Os dois se cumprimentaram com um meio abraço e um tapinha nas costas. – Quase me esqueci de como sua cara é feia.

Colton mostrou o dedo do meio, e Archie riu, como imaginara que ele ia fazer. Os dois sempre tiveram um relacionamento assim, misturando o pessoal e o profissional. Era uma das coisas que Colton sempre adorara na gravadora. Parecia uma família. A desvantagem era que, quando não atendia às expectativas, sentia que estava decepcionando um amigo.

Buck Bragg, seu empresário, entrou em seguida com um sorriso que transmitia confiança e tranquilidade. Ele segurava uma cartela de antiácidos, sinal de que o dia estava difícil. Cumprimentou Archie e se aproximou de Colton, junto à janela.

– Acho que você não chegava antes de mim desde que assinou seu primeiro contrato.

Colton enfiou as mãos no bolso da calça jeans.

– Foi a última vez em que estive tão nervoso.

– Vamos dar um jeito – disse Buck. – Não se preocupe.

– *Não me preocupar?* Que diabos você quer dizer com isso?

Buck deu de ombros.

– Quero dizer *não se preocupe.*

– Só que você nunca disse para eu não me preocupar antes, então agora estou oficialmente me borrando de medo.

O som de passos fez com que os dois se virassem para a porta quando os executivos da gravadora entraram em fila única, cada um com pasta de couro, celular e iPad. O último e mais importante era o vice-presidente, Saul Shepard. Ex-lutador universitário, Saul caíra de paraquedas na indústria da música depois de uma curta carreira como advogado de entretenimento. Era naturalmente intimidador: o semblante não demonstrava emoção, e tinha um aperto de mão mais forte que o necessário. Embora fosse uns dez centímetros mais alto que ele, Colton sempre se sentia olhando para cima ao falar com o sujeito. Hoje, o homem parecia um gigante.

– Bom te ver – disse Saul, dando a Colton seu aperto de mão excruciante. – Fico feliz por ter conseguido vir para resolvermos as coisas.

Um suor de puro nervosismo encharcou as axilas de Colton. *Resolvermos as coisas?* Do que ele estava falando? Antes que pudesse perguntar, Saul instruiu todos a se sentarem com um severo "Vamos começar".

Buck deu um tapinha de incentivo nas costas de Colton enquanto se dirigiam à mesa, mas o gesto teve o efeito contrário. Assim que se sentaram, Colton estendeu a mão.

– Me dê uns comprimidos desses.

Buck botou meia dúzia de comprimidos brancos na mão dele.

Saul pigarreou. Todos os demais se sentaram à mesa. Executivos abriram seus blocos de anotações. Archie projetou alguma coisa na tela atrás de Saul. Nenhum deles olhou nos olhos de Colton.

– Apenas para alinharmos expectativas, vamos rever em que pé estamos – anunciou Saul.

O sinal de alerta formou um nó no estômago de Colton. Esse não era o linguajar de alguém prestes a parabenizar um artista por seu futuro sucesso no topo das paradas.

– Archie, nos oriente sobre o último contrato de Colton e relate como estão as coisas.

O quê? Por que estavam revendo seu contrato? Os olhos de Colton se estreitaram quando uma lista dos principais termos do último acordo com a gravadora apareceu na tela.

– Perdão, mas o que está acontecendo aqui?

– Como assim? – reagiu Saul.

– Estou bem familiarizado com os detalhes do meu contrato, assim como todos nesta sala. Aonde querem chegar?

Archie pigarreou. Saul se recostou na cadeira e afrouxou a gravata.

– Colton, estamos todos trabalhando para o seu sucesso.

Trabalhando para o seu sucesso. De algum modo, a sensação ali era bem o oposto.

– Parem de rodeios e vamos direto ao ponto. Vocês gostaram das músicas novas ou não?

– Não.

A palavra foi como uma corda de violão arrebentando no meio da música. Uma nota ardida seguida do chicotear do aço fino no antebraço. A seu lado, Buck lhe lançou seu famoso olhar de *não surte*.

Tarde demais. Como é que poderia não surtar com aquilo? Sua boca logo ficou seca, e Colton se arrependeu de não ter aceitado a água que tantas vezes ofereceram.

– Se importam de me dizer exatamente do que não gostaram?

Buck tentou intervir.

– Se pudermos ter um minuto a sós para conversar...

– São chatas – respondeu Saul.

– *Chatas?* – A indignação arrancou a palavra da boca de Colton como um alicate.

– Colton – disse Buck, pousando a mão no braço dele. – Deixe que eu falo.

– Não. Quero saber o que ele quer dizer com *chatas*.

– Colton, você sempre se destacou por ser um talento fora do comum em um mar de cabeludos amadores. Mas isso... – Saul balançou a cabeça. – Parece que você jogou uns clichês dramáticos e uma melodia meia-boca em um software de composição só para se divertir.

O ar escapou de seus pulmões, como se Saul tivesse de fato dado um soco na boca de seu estômago. Colton provavelmente deixou escapar um grunhido, porque Buck lhe lançou um olhar que dizia *cale a boca antes que você jogue sua carreira no lixo*.

Colton rolou a cadeira de couro para longe da mesa e se levantou.

– Eu fiz de tudo por vocês. Por doze anos, produzi um álbum de sucesso atrás do outro. Eu trouxe incontáveis milhões de dólares para esta gravadora, sacrifiquei tudo...

– Mas o que está fazendo por nós hoje? – interrompeu Saul.

– Como é?

– Seu sucesso é o nosso sucesso – continuou Saul. – Mas isso significa que seu fracasso também é o nosso fracasso. Não podemos investir em um álbum que vai perder dinheiro. Para ser sincero, não tem um único hit nessa demo.

Colton fuzilou Archie com o olhar.

– Você sabia disso?

– Sabia.

A traição tirou o ar que lhe restava.

– Saul tem razão – disse Archie. – Sinto muito, Colton. Dizer isso me dói mais do que você imagina. Mas o que você trouxe não vai vender. E acho que você sabe disso.

– A gente quer que você toque muito no rádio – afirmou Saul, como se Colton já não soubesse. – Não tem nada nessa demo que vai chamar atenção o bastante ou tocar vezes o suficiente para chegar na parada das cinco mais pedidas.

– Muito bem, vamos acalmar os ânimos – recomendou Buck. – Colton, sente-se, e vamos falar sobre isso.

Ele cruzou os braços.

– O que mais a gente tem para conversar?

– Não estamos dizendo que essas músicas são irrecuperáveis – disse Archie, em tom apaziguador.

Colton revirou os olhos.

– Nossa, obrigado.

– O que estão sugerindo? – perguntou Buck. – Porque Colton tem verdadeira paixão por suas músicas, e, se vão começar a ditar o que o artista pode ou não dizer através da arte, então o buraco é mais embaixo.

– Não é *o que* você está dizendo – explicou Archie. – É *como* está sendo dito.

– Como vocês querem que eu diga, então? – A voz de Colton saiu arranhando a garganta seca. Porque já sabia a resposta. Queriam algo descomplicado. Fútil. Queriam o bombadinho bebedor de cerveja. Queriam o cara do pop country, a única coisa que Colton não conseguia mais ser.

– Vamos falar de soluções – sugeriu Archie.

A única saída na qual Colton conseguia pensar era pegar essas músicas e partir para a produção independente. Mas, claro, não tinha como. Ser produtor independente significaria quebrar seu contrato, o que por sua vez implicaria devolver milhões de dólares de adiantamentos já pagos. Financiar as próprias turnês, as próprias gravações, a própria distribuição. Negociar seus contratos com serviços de streaming. Investir dinheiro. Colton era rico, mas muitas pessoas dependiam dele. Gente demais para prejudicar.

– Colton, o que acha disso?

Ele piscou para afastar os pensamentos.

– Do quê?

– Temos alguns compositores novos com quem gostaríamos que você trabalhasse.

Colton passou as mãos no cabelo e baixou a cabeça. Tinham mesmo chegado a esse ponto.

– Achamos que você vai gostar deles – dizia Archie. – Você sabe que eu não indicaria ninguém que eu não tivesse aprovado pessoalmente. São excelentes em lapidar o material sem perder a originalidade das demos.

– Achei que era da originalidade que vocês não gostassem.

Archie ignorou o comentário mesquinho.

– Vamos passar suas músicas para eles hoje, se você autorizar, e podemos agendar com o estúdio para começar as gravações depois do Ano-Novo.

– E se eu não concordar?

– Será uma violação dos termos do contrato – respondeu Saul.

– Simples assim? Compor as mesmas merdas de sempre, ou ser expulso de casa?

– Isso aqui não é uma casa – afirmou Saul. – É uma empresa.

– Porra, Saul – interveio Buck. – Isso era mesmo necessário?

– Só deixando claro que isso aqui é um negócio. Um negócio que investiu milhões de dólares em um produto na expectativa de que ele fosse entregue. – Saul se levantou, sinalizando o fim da reunião.

Para Colton, parecia o fim de algo mais. Sua carreira.

– Tire um tempo para pensar no assunto – disse Saul.

– Quanto tempo? – perguntou Buck.

– Precisamos de uma resposta até 1º de janeiro.

– Como é que é? – gritou Colton. – Estão me dando menos de um mês para decidir o futuro da minha carreira?

– Você já teve dois anos.

Colton irrompeu da sala em fúria. Atrás dele, dava para ouvir Buck tentando acalmar os nervos e tranquilizar Archie. Colton não esperou por ele, passou direto pelos elevadores, optando pelas escadas. Mesmo assim, Buck o alcançou no estacionamento.

– Colton, espere.

Colton botou as mãos nos quadris.

– Você sabia?

– Sabia do quê?

– Que eles não tinham gostado das músicas novas.

– Não. – Buck suspirou. – Mas tive um pressentimento. Quando Archie parou de me responder, imaginei que poderia haver alguma conversa rolando nos bastidores.

– E nem pensou em me avisar?

– Eu não queria preocupar você sem necessidade.

– Em vez disso, me deixou entrar em uma emboscada.

Colton se virou e fitou o vazio.

– Você lembra o que eu disse depois da primeira reunião, quando assinamos seu primeiro contrato? – perguntou Buck. – Falei que chegaria um momento em que a realidade da indústria da música teria mais espaço na sua vida que as ilusões que te atraíram para essa carreira. Então preciso que seja franco comigo. Você ainda quer continuar fazendo isso?

Colton virou a cabeça para encarar seu empresário, tão rápido que ouviu um osso do pescoço estalar.

– Continuar fazendo o quê?

– Isso – respondeu Buck, com um gesto vago que indicava o tudo e o nada. – Música. Turnês. Estrelato.

– Você está chapado? É claro que quero continuar!

– Então me dê alguma coisa para mostrar a eles. Qualquer coisa.

– Já fiz isso. Foi recusado.

– Então trabalhe com os compositores.

– Qual é a alternativa? – A pergunta deixou sua língua seca e amarga.

– Dizer a eles que você quer pular fora.

– Romper o contrato?

A resposta de Buck foi um olhar neutro.

– Eu não quero pular fora. – A boca de Colton ainda estava seca quando pescou as chaves de dentro do bolso. – Diga a eles que eu vou compor. Vou dar exatamente o que querem.

Colton saiu batendo os pés.

– Aonde você vai? – gritou Buck.

– Encontrar a porra da minha musa.

TRÊS

A estrada para a Fazenda era longa e sinuosa, margeada por campos agrícolas, cercas de pedra e lembranças ruins.

Para onde quer que olhasse, Gretchen via terras Winthrops, onde gerações de sua família haviam morado e construído um império. Ao virar na estrada de mais de um quilômetro que levaria ao edifício corporativo, passou pela casa original, onde tudo começara com um imigrante irlandês chamado Cornelius Donley, que vendera seu primeiro lote de uísque numa barraquinha de beira de estrada. A casa agora era um ponto turístico na rota do uísque e tinha sido ampliada ao longo dos anos para ser um espaço de degustação. Imaginou tio Jack lá, galanteando as moças enquanto vendia uísque. Num impulso, Gretchen entrou no estacionamento. Ainda tinha quinze minutos antes da reunião com Evan, e uma dose do humor de Jack era justamente o que precisava para se preparar.

Os saltos das botas rangeram no cascalho caiado do estacionamento antes de chegarem à calçada original de paralelepípedos que levava à varanda. Tecnicamente, a sala de degustação ficava no enorme celeiro vermelho, mas os visitantes tinham que entrar pela porta principal da casa. Nos meses mais quentes, os turistas podiam se sentar nas cadeiras de balanço na ampla varanda que contornava a construção para aguardar uma mesa no bar, mas, em dezembro, a maioria preferia esperar lá dentro.

A varanda estava decorada para o Natal em um estilo simples e rústico, convidando os visitantes a voltar no tempo. Festões naturais drapeavam o telhado com elegância, e uma enorme guirlanda fresca com um laço vermelho liso pendia do topo da casa. Cada cadeira de balanço estava enfeitada com uma manta xadrez e uma almofada. Flanqueando a porta, havia vasos de pinheiro decorados com cordões impressionantes de cranberries frescas.

Lá dentro, Gretchen foi recebida pelo suave murmurar dos turistas circulando pelos cômodos da casa, onde fotografias de família em sépia dos tempos do próprio Cornelius Donley revestiam as paredes numa miscelânea de molduras pretas. Nos fundos, a antiga cozinha havia sido preservada e transformada em uma exposição sobre a rotina em 1870. Um dos artefatos mais valiosos era um barril original que Cornelius usara para produzir seu primeiro lote de uísque, agora protegido em uma redoma de vidro climatizada. Uma dúzia de turistas estava reunida na cozinha quando Gretchen entrou; alguns liam em silêncio as placas informativas, outros se esforçavam para decifrar a inscrição desbotada no barril.

– Por que está escrito Donley's Dare? – perguntou uma mulher. O homem a seu lado deu de ombros.

– Era o nome do uísque original – respondeu Gretchen.

Todos no cômodo se viraram para ela.

– Acho que não é isso, não – disse um homem. – Onde você ouviu isso?

– Meu avô me contou.

– Ele trabalhava aqui? – perguntou outra mulher.

– Podemos dizer que sim.

Era quase certo que qualquer outra pessoa da família teria sido reconhecida à primeira vista como membro do clã Winthrop. Gretchen nunca era reconhecida. Sua foto aparecia uma única vez em toda a casa, e ainda por cima era de quando tinha 15 anos.

– Ainda não sei se é isso – resmungou o sujeito, mas Gretchen continuou andando.

Do lado de fora, uma longa calçada conduzia os visitantes à sala de degustação. Também havia sido decorada para o Natal, e uma coleção de antigos lampiões rústicos delineava o caminho. À noite, a vela dentro de cada um iluminava o trajeto com um brilho suave e cálido. Uma busca no Google por lugares românticos em Nashville mostraria este mesmo itinerário entre os dez melhores. Nesta época do ano, pelo menos uma vez por dia, alguém parava naquela trilha para pedir seu par em casamento.

Dentro do celeiro, via-se a mesma ambientação do velho mundo, com um assoalho áspero e um enorme lustre de ferro forjado, que estava ornado com mais folhagens e cranberries frescas. Uma árvore de Natal com mais de três metros de altura, coberta de luzes brancas e com um laço vermelho, era o único outro item de decoração na sala.

Todas as mesinhas do bistrô estavam ocupadas, e em cada uma era oferecida a degustação de uma das várias seleções de uísque da empresa. Mais turistas circulavam pelo celeiro. E foi lá que Gretchen encontrou o tio, no exato lugar onde sabia que ele estaria, flertando com a fileira de mulheres que se aproximavam com sorrisos interessados. Jack usava calça jeans e camiseta com o logotipo da empresa. Aquele era seu domínio. O pai de Gretchen – irmão mais velho do tio – controlava o lado comercial do império, mas Jack se sentia mais à vontade ali, cercado pela arte da confecção do uísque propriamente dito.

Ela se aproximou do bar, abrindo caminho com os cotovelos em meio a um grupo de mulheres que pareciam estar em uma festa de cinquenta anos de alguém.

– Oi, tio Jack.

Ele levantou os olhos do balcão e sorriu.

– Ora, que surpresa!

O tio saiu pela esquerda, erguendo a tampa do balcão e dando a volta pela frente. Gretchen entrou em seu abraço e sentiu seu cheiro reconfortante de especiarias e barris de madeira.

– O que você está fazendo aqui? – perguntou ele ao se afastar.

Ela fez careta.

– Evan me convocou.

– Por quê?

– Não sei. Esperava que você soubesse.

Jack balançou a cabeça.

– Não faço ideia. – O tio começou a dar tapinhas na lateral do corpo dela como se a estivesse revistando. – Está portando alguma arma?

– Apenas minha astúcia fatal.

– Essa é a minha garota! – respondeu ele, terminando de revistá-la.

– Eu mesma.

Jack fez a expressão triste que ela descobrira ser sua cara de arrependimento; não pela primeira vez, Gretchen desejou saber por que o tio nunca se casara nem tivera filhos. Teria sido um ótimo pai. Em vez disso, era ela quem recebia todo o seu afeto e a sua atenção.

Gretchen deu uma olhada ao redor.

– Isso aqui está uma loucura.

– Turismo natalino. – Ele deu de ombros, então indicou uma banqueta vaga com a cabeça. – Tem um tempinho para se sentar?

Gretchen olhou para o relógio.

– Só alguns minutos.

Jack se sentou a seu lado.

– Como está a firma?

– Bem.

Ele inclinou a cabeça.

– *Bem?*

– O que foi?

– Eu fico preocupado quando você não está reclamando de nada.

Ela deu de ombros.

– Está tudo bem.

Jack balançou a cabeça de novo.

– Você não sai daqui até me contar o que está acontecendo.

Ele sempre a entendeu muito bem. Gretchen inspirou fundo e soltou o ar depressa.

– Recebi uma proposta para trabalhar na capital. – Ela explicou por alto o cargo e todo o resto da oferta de Jorge.

Os olhos de Jack lampejaram de preocupação.

– Vai fazer a entrevista? – perguntou ele.

– Não. Quer dizer… – Ela balançou a cabeça. – Não.

– Você não parece ter certeza.

– Tenho, sim.

– Então por que está me contando?

Jack era a única pessoa no mundo com quem podia ser franca, então decidiu desabafar.

– Fico pensando se estou mesmo fazendo a diferença aqui.

– Claro que está.

– Mas, para cada cliente que ajudo, tem dez que não consigo ajudar. É um ciclo interminável de burocracia e crueldade, e o único jeito de mudar isso é mudando as leis.

Enquanto ela falava, o tio assentia, o semblante pensativo.

– Parece ser uma oportunidade incrível, Gretchen.

Algo semelhante a pânico tomou o corpo dela. O tio deveria estar tentando convencê-la a desistir daquela ideia.

– Você acha que eu deveria considerar a proposta?

– Acho que é sempre bom considerar as oportunidades que surgem no caminho.

Gretchen forçou um sorriso.

– Você parece louco para se livrar de mim.

– Você é mesmo um pé no saco.

Ela conferiu o relógio de novo.

– Tenho que correr.

Os dois se levantaram, e Jack a puxou para mais um abraço.

– Mande notícias, está bem?

– Pode deixar. – Ela beijou a bochecha barbuda do tio e se virou, sentindo o peso do olhar dele em suas costas.

Gretchen dirigiu até o edifício corporativo no fim da estrada e estacionou em uma vaga perto da entrada, onde um grupo de turistas de gorro e luvas ouvia um guia contar a história da corporação. Acenou ao desviar do grupo. O guia piscou, confuso, como se reconhecesse seu rosto, mas não se lembrasse de onde. Isso acontecia muito com ela. Qualquer outro membro da família Winthrop teria sido tratado como realeza, mas Gretchen mal recebia um segundo olhar. Sua recepção no andar executivo não foi mais acolhedora. A secretária de Evan, Sarah, a cumprimentou com o entusiasmo de um museólogo encarando um grupo melequento e hiperativo de crianças da pré-escola. A mulher trabalhava ali havia apenas um ano, mas não demorara a adotar a atitude de Evan em relação a ela.

– A reunião dele atrasou – anunciou Sarah, mal tirando os olhos do computador. – Aviso quando você puder entrar.

– Ele está me aguardando – disse Gretchen.

Sarah deu um sorrisinho forçado.

Gretchen engoliu a resposta malcriada na ponta da língua e se sentou em uma das poltronas luxuosas de couro perto da janela enorme com vista para a paisagem exuberante. As terras Winthrop se estendiam para além do horizonte. Densos bosques ocultavam a casa de seus pais e, um pouco mais adiante, a de Evan. As casas do tio e do outro irmão dela, Blake, ficavam do outro lado da propriedade. Também havia um quinhão de terra reservado a Gretchen, do qual ela jamais usufruíra. Não esbanjaria em uma mansão monstruosa se podia usar o dinheiro para ajudar os outros.

Meia hora se passou até Sarah enfim erguer o olhar de novo. Gretchen podia jurar que os lábios dela tinham se contraído em uma expressão reprovadora quando espiara por cima dos óculos de leitura.

– Você já pode entrar.

Gretchen se levantou sem dizer uma palavra e saiu batendo o pé pelo corredor. O carpete felpudo absorveu o impacto dos passos, o que só a deixou mais furiosa. Merecia ao menos o direito de fazer ressoar o *clique-claque* irritado de seu salto depois de ter sido obrigada a esperar.

– Gretchen, entre. Desculpe pela demora.

O irmão se levantou de trás da mesa de mogno, seu reflexo desfocado na superfície lustrosa como uma amálgama translúcida dos homens que se sentaram ali antes dele. Evan tinha a mesma estrutura magra e a altura imponente do pai e do avô, mas as semelhanças paravam por aí. Ele não tinha nada da leveza e do humor que alegravam o escritório quando o avô estava vivo. E a habilidade do pai de ao menos fazer com que as pessoas se sentissem bem-vindas pelo visto tinha pulado uma geração. Evan exalava austeridade e frieza.

– Obrigado por vir – continuou, afrouxando a gravata. – Sei que tem estado ocupada.

– Estou mesmo. Nunca mais me convoque desse jeito para me fazer esperar sentada por meia hora, Evan.

– Eu lamento – respondeu ele, sem parecer lamentar nem um pouco. – Foi inevitável.

– Você disse que é importante. – Gretchen adotou o mesmo tom profissional que usava com juízes e promotores que pensavam que podiam pressioná-la.

Evan deu a volta na mesa e foi em direção ao bar, na parede oposta.

– Com sede?

– Não. – Ela se sentou em uma das cadeiras diante da dele e começou a balançar o pé com impaciência.

– Bem, eu preciso beber alguma coisa. – Sem pressa, ele pegou alguns cubos de gelo de um balde e os colocou no copo. Depois, destampou um decantador de cristal e despejou uma bela dose de uísque sobre o gelo.

Evan enfim se virou e foi até a frente da mesa, onde se apoiou, olhando Gretchen de cima a baixo. Ela ergueu as sobrancelhas.

– É para eu adivinhar qual é o assunto, ou…?

O irmão tomou um longo gole antes de responder.

– Ronald Washburn vai deixar o conselho da fundação depois do recesso de fim de ano.

Gretchen tentou convencer seu semblante a transmitir um ar de desinteresse educado, mas sentiu o coração bater num ritmo agitado e hesitante, como um esquilo atravessando a rua.

– O que eu tenho a ver com isso?

– Vai abrir uma posição na empresa. – Ele ergueu a sobrancelha enquanto ela absorvia a informação, porque era típico de Evan evitar ir direto ao ponto e dizer o que queria. Tinha que fazer seus joguinhos psicológicos.

– E você está me oferecendo a vaga?

– A decisão não cabe apenas a mim. O conselho precisa aprovar sua nomeação. Mas, se estiver interessada…

– Você sabe que estou. – Gretchen tinha escolhido não se vincular à corporação Winthrop, mas a fundação de caridade era outra história. Era a única coisa da qual sempre quisera fazer parte, mas, toda vez que abria uma vaga no conselho, diziam a ela que não era o momento certo. Gretchen já tinha ouvido todo tipo de desculpa possível.

– Há algumas questões legais, claro – continuou Evan –, então você vai ter que preencher uma declaração de conflito de interesses para fins fiscais.

– Eu sei o que tenho que fazer. – A voz de Gretchen saiu sem fôlego, ela estava praticamente pulando da cadeira.

– Provavelmente melhor do que eu – concordou Evan, com um dos meneios de cabeça condescendentes que parecia reservar só para ela. Como se ainda estivesse fazendo piada dela e de sua carreira insignificante de advogada. Dessa vez, Gretchen nem ligou. Evan enfim lhe oferecia uma chance. A fundação administrava milhões de dólares em doações anuais à caridade. Talvez Gretchen pudesse enfim começar a destinar parte desses recursos para causas que julgava importantes e para pessoas como seus clientes.

Gretchen se levantou.

– Eu preencho a papelada e envio para a Sarah. Há mais alguma coisa que eu precise fazer?

– Para a vaga no conselho? Não. Mas eu gostaria de conversar sobre outra coisa. – Evan fez sinal para que ela se sentasse de novo.

Gretchen hesitou, mas retornou à cadeira.

– Fiquei sabendo que você conhece Colton Wheeler.

Que. Porra. É. Essa?

Uma buzina de nevasca não teria soado tão alta e alarmante quanto a menção inexplicável ao homem em quem gastara boa parte do ano fingindo não pensar. Seu nome provocou uma onda que a encharcou de pânico e confusão, como se estivesse flutuando em uma piscina e alguém jogasse um piano na água por pura maldade. Ninguém deveria saber sobre os dois. Ninguém.

– Eu… por quê? – gaguejou, por fim, a garganta seca.

– Queremos contratá-lo como garoto-propaganda da nossa marca.

Ela balançou a cabeça, desejando desanuviar a mente.

– Não estou entendendo.

– Não é fácil fechar com ele. Colton é conhecido por escolher a dedo com quem trabalha.

A constatação começou a se instalar no peito dela como uma crise aguda de bronquite. A doce emoção de conseguir um lugar no conselho da fundação se tornou uma decepção amarga.

Evan continuou, alheio a seu desconforto crescente.

– Ele é o rosto perfeito para o novo CAW.

Novo CAW? Do que ele estava falando?

– Já mandei o marketing desenvolver todo um conceito promocional para ele analisar. Se conseguirmos fechar, os lucros da empresa alcançarão patamares nunca antes imaginados.

Ela finalmente encontrou a própria voz.

– Você quer que eu fale com ele?

– Achamos que ele pode estar mais aberto a uma negociação oficial se a proposta inicial vier de uma amiga.

– Não somos amigos. – Foi tudo o que conseguiu dizer, e isso pelo menos era verdade. *Não* eram amigos. Tinham passado uma noite incrível de paixão ardente depois do casamento de Mack e Liv, mas só. Ela ignorara todas as ligações e mensagens dele e, por algum milagre, conseguira evitá-lo desde então, apesar dos muitos amigos em comum.

– Conhecidos, então – dizia Evan.

Gretchen afundou na cadeira.

– Você é inacreditável.

– Como assim?

– Você me ofereceu um lugar no conselho só para me amolecer e pedir isso, não foi?

Evan dispensou as palavras dela com um gesto de descaso.

– O *timing* é mera coincidência.

– E eu caí na sua conversa. Achei mesmo...

Não. Gretchen se recusava a terminar a frase. Não daria a ele o gostinho de saber que, depois de todos aqueles anos, ainda tinha o poder de fisgá-la como um peixe no anzol. Ela se levantou, as pernas bambas, e odiou seu corpo pela fraqueza que ainda sentia perto do irmão.

43

Evan riu.

– Você está mesmo sugerindo que eu orquestrei a disponibilidade de uma vaga no conselho da fundação só para fazer com que você tivesse uma única conversa com um indivíduo?

– Eu não botaria minha mão no fogo por você.

Ele balançou a cabeça e emitiu um som de reprovação. Um som que Gretchen ouvira a vida toda, mas ainda machucava.

– Meu Deus, Gretchen. Você está há anos esperando para desempenhar um papel mais ativo na fundação de caridade da família. Essa é sua chance de provar que está pronta. Mas, se eu estava enganado, me desculpe por desperdiçar seu tempo.

Gretchen apontou o dedo para ele.

– Não faça isso. Não aja como se estivesse fazendo um grande favor me ajudando a conquistar um lugar que deveria ser meu por direito de nascença.

– Gretchen. – Ele soltou outro suspiro. – Por que tudo com você acaba em briga?

– Pare. Seu abuso psicológico não funciona mais comigo, Evan.

– Abuso psicológico? Que termo rebuscado.

– É o que você sempre fez. Me acusa de ser briguenta só para me provocar e provar seu falso argumento de que sou uma adolescente rebelde.

– Não é como se você nunca tivesse me dado motivos para ter essa impressão.

Ela engoliu a pontada de autorrecriminação.

– Não sou mais aquela pessoa. Já faz muito tempo.

Evan se levantou, pelo visto sentindo que havia ganhado esse round da interminável luta de boxe entre os dois.

– Gretchen, você sabe que sempre admirei seu lado passional.

Ela deu uma risada debochada.

O irmão ergueu as mãos num gesto de rendição.

– Está bem. *Nem sempre* admirei seu lado passional. Sua revolta adolescente já nos custou muito dinheiro e constrangimento. Mas eu achava que você ao menos tivesse superado algumas das suas tendências mais radicais. Você deveria estar agradecida.

– Pelo quê? Por ter nascido?

Algo perverso tremeluziu nos olhos dele.

– É, merda! Você nasceu em uma das famílias mais proeminentes do Tennessee. De toda essa merda de país, meu Deus! Nunca lhe faltou nada.

A não ser respeito e aceitação.

Evan soltou um suspiro longo e cansado.

– Eu não tenho tempo para isso. Você vai falar com ele?

O orgulho de Gretchen dizia para mostrar o dedo do meio e ir embora. Mas o cachorrinho sem dono dentro dela, não.

– Precisa de uma resposta até quando?

– O ideal seria até o fim do ano. Se for possível, gostaríamos de resolver tudo a tempo do baile.

– Menos de um mês! – protestou ela. Todos os anos, pouco antes do Natal, a família organizava um baile de gala para angariar fundos para a instituição.

– Então é melhor você correr – sugeriu Evan, retornando à sua cadeira. Um gesto de dispensa que ela conhecia bem.

Rangendo os dentes, Gretchen se virou e saiu batendo o pé em direção à porta. Não sabia com quem estava mais furiosa: com Evan, por colocá-la nessa situação, ou consigo mesma, por concordar. Mas estava decidida. Estava disposta a falar com o homem que havia jurado evitar pelo resto da vida só para provar algo ao irmão.

Era mesmo muito patética.

– Gretchen.

Ela se virou, contrariando seu bom senso.

Evan sorriu, provocando um arrepio em sua espinha.

– É bom fazer negócios com você.

QUATRO

O Old Joe's fedia a suor, mas o bar úmido e mofado era um dos únicos lugares em todo o estado do Tennessee onde Colton podia se sentar e ouvir música sem ninguém exclamando "Porra, você é o Colton Wheeler!".

Ali, ninguém dava a mínima para a sua fama. O bar era frequentado apenas por moradores locais, principalmente compositores. Tinha um palco detonado espremido num canto, e ficava em um endereço insignificante e distante da Honky Tonk Row, a área mais badalada de Nashville. Duff, o barman grisalho, conhecia todo mundo e não se impressionava com ninguém. Principalmente com Colton. A primeira vez que entrara ali, um ano antes, Duff botara uma cerveja que ele não havia pedido na sua frente, dizendo: "Só tem dois motivos para uma celebridade como você frequentar um lugar como este. Está fugindo de algo ou procurando alguma coisa. O que é?".

Esta noite, com certeza estava fugindo.

Quando se sentou ao balcão, Duff estava de costas e fingiu que não o ouvira chegar.

– Você vai me dar uma cerveja ou não? – perguntou Colton, por fim.

– Vai se foder, princesa.

Era o apelido que Duff lhe dera. Colton nem ligava mais.

– Bela decoração. Clima de festa – comentou, em vez de reagir à grosseria.

Era mentira. A tentativa de decoração de Duff era mais aterrorizante e deprimente do que alegre. O verde da guirlanda artificial na porta se desbotara para um cinza, e o laço estava empoeirado o suficiente para provocar um ataque de asma. Os festões metálicos que havia muito tinham perdido o brilho emolduravam as prateleiras espelhadas cheias de poeira onde Duff guardava "a bebida da boa", como ele mesmo dizia. Seus padrões sobre o que constituía uma "bebida da boa" pareciam ser bem diferentes dos de Colton, porque a única garrafa que ele reconhecia era uma marca de aguardente que seu avô chamava carinhosamente de "bagaceira". Colton tomara uma vez e vomitara por três dias.

Duff enfim se virou. Pegou uma garrafa embaixo do balcão, tirou a tampa e botou na frente de Colton.

– Eu não bebo Budweiser – retrucou ele.

– Hoje bebe.

Isso era parte do jogo dos dois. Duff era uma das únicas pessoas no planeta, além de seus amigos, que não o bajulavam. Colton virou a garrafa e mandou a cerveja goela abaixo.

– Você tem amendoim ou algo assim? Estou morrendo de fome.

– Isso aqui tem cara de restaurante, porra?

– Sabe, dizem por aí que os bares deveriam sempre servir bebida alcoólica com algum acompanhamento. Para ajudar a controlar a bebedeira.

Duff se afastou, mas voltou pouco depois com uma cumbuca cheia de gomos de limão.

– Chupa isso.

O bar estava deserto naquela noite, mesmo para os padrões do Old Joe's. Colton era o único no balcão, e os dois outros clientes conversavam em uma mesinha nos fundos, como se conspirassem para assaltar o boteco. No palco, um rapaz de cabelo comprido se aquecia com seu amado violão. Colton não o reconheceu, mas a facilidade com que dedilhava acordes complicados mostrava que o rapaz no mínimo sabia o que estava fazendo com o instrumento.

– Quem é o garoto?

– O nome dele é J. T. Tucker.

– Porra, por favor, diga que é um nome inventado.

– As pessoas costumavam dizer o mesmo de você.

Colton mostrou o dedo do meio para ele, mas Duff tinha razão. Muita gente achava que Colton Wheeler não era seu nome verdadeiro. Era tão perfeito para um astro da música country que só podia ser um nome artístico, mas não era. O nome era uma homenagem ao bisavô.

– Como foi a reunião hoje? – perguntou Duff de repente.

Colton engasgou e cuspiu a cerveja.

– Como é que você sabe disso?

– Conheço tudo e todos nesta cidade.

– Foi bem. Ótima.

– Mentira. Mandaram você entrar na linha ou cair fora.

Colton apontou para ele com indignação.

– Não foi nada disso.

Duff balançou a cabeça.

– Pode continuar tentando se enganar, se quiser.

No palco, o garoto ajustou o microfone e estremeceu com o retorno estridente. Ansioso por desviar a atenção dos problemas da própria carreira, Colton indicou o palco com a cabeça e perguntou:

– Ele tem talento?

– Não. Chamei o primeiro idiota que vi vagando pela rua com um violão para tocar no meu bar.

– Onde o encontrou?

Para sua surpresa, Duff respondeu sem sarcasmo.

– Ele me encontrou. Mandou uma demo e pediu para tocar aqui.

J. T. se mexeu na cadeira, nervoso, depois se dirigiu ao público inexistente.

– Esta música… hã… esta música fui eu mesmo que escrevi.

Em geral, essas palavras teriam feito Colton estremecer, mas, se Duff dera seu aval, o garoto devia ter algo que valia a pena ouvir. Em questão de segundos, sua suspeita foi confirmada. A voz mansa que falara ao microfone se revelou um tenor claro e profundo; através dela, o garoto transmitiu o tipo de emoção que os artistas levavam anos para aperfeiçoar. Colton não se conteve. Soltou um *Caramba* esticando todas as sílabas e se recostou no balcão.

O garoto era um talento puro e nato. Colton olhou para Duff.

– Quantos anos?

– Dezoito.

Um ano a menos que Colton quando começara a tocar nos bares de Nashville. Foram três anos comendo o pão que o diabo amassou, dando duro para conseguir shows cada vez maiores, antes de enfim ser notado pelas pessoas certas. Algo lhe dizia que não demoraria tanto para J. T.

– Quem é o empresário dele?

– Ninguém. O garoto ainda não sabe se quer seguir por esse caminho.

– Está pensando em seguir carreira independente?

Cada vez mais músicos abandonavam as gravadoras para produzir e vender os próprios discos. Assim, poderiam manter o controle criativo e lucrar mais sem dependerem dos adiantamentos da gravadora. Esse era o segredinho sujo da indústria musical: os músicos recebiam um adiantamento por álbum, e poucos chegavam a vender o suficiente para pagar esse adiantamento antes de começar a receber direitos autorais. Por isso, a carreira independente parecia promissora.

A desvantagem era que o músico também ficava responsável por todo o custo inicial. A produção. A distribuição. Todos os custos associados aos shows. Céus, até a arte de capa! Poucos artistas ainda enriqueciam vendendo discos. O dinheiro vinha das turnês, dos contratos publicitários e de todos os outros trabalhos extras de uma estrela da música. Muitos artistas independentes nunca cresciam o suficiente para tanto, mas nem todos queriam. Alguns se contentavam em apenas fazer música. Nashville estava repleta de cantores e compositores cujo trabalho acabava sendo interpretado por outra pessoa.

Mas esse garoto?

Esse garoto poderia ir longe.

– Me lembra você nessa idade.

Colton desviou o olhar do palco e encarou Duff, chocado.

– Isso foi um elogio?

– Não deixe subir à cabeça. Eu reconheço um talento. E ele tem, assim como você já teve.

– Eu ainda tenho talento.

– Pena que não adianta mais.

– Mas que merda você tá falando?

À direita do bar, a porta se abriu, e Colton nem teria notado, não fosse pelo olhar surpreso no rosto de Duff.

– Ora, isso é algo que não se vê sempre aqui.

Ele olhou por cima do ombro… e se atrapalhou com a cerveja. O fundo da garrafa bateu no balcão com um baque abafado, depois tombou para o lado. A bebida espirrou na calça jeans, e ele pulou para trás com um grito esganiçado. Duff riu alto e jogou um pano esfarrapado para ele.

– Nunca pensei que te veria nervoso por causa de mulher.

– Vá se foder – retrucou Colton, baixinho, mas Duff tinha razão. Estava nervoso. Porque, parada à porta, tão deslocada quanto um metaleiro num show de country, estava Gretchen Winthrop. A única mulher que já o deixara nervoso desse jeito.

Ela estreitou os olhos, como se estivesse se ajustando à penumbra. Usava casaco de lã preto por cima de um terninho preto básico e trazia uma maleta em couro puído pendurada no ombro. Por uma fração de segundo, Colton achou que estivesse perdida e que havia entrado no bar por mera coincidência para pedir informação. Mas, quando a mulher olhou direto para ele, Colton percebeu que Gretchen estava ali de propósito. Estava procurando por ele. Seu coração bateu feito um tambor.

Gretchen ajeitou a alça da bolsa e foi em sua direção. O salto das botas batia num ritmo decidido no assoalho áspero. Colton mal teve tempo de recobrar os sentidos antes de ela parar a seu lado e dizer sem a menor cerimônia:

– Disseram que eu te encontraria aqui.

– Quem disse isso? – Nossa. Quanta sutileza. A mulher que vinha habitando seus sonhos há um ano disse que estava à sua procura, e esse foi o melhor jeito que encontrou de cumprimentá-la?

Gretchen olhou fixo para a calça dele.

– Com problemas aí embaixo?

Colton baixou os olhos e percebeu que a cerveja espirrara bem na sua virilha, formando um grande círculo molhado, como se ele tivesse se mijado.

– É cerveja – gaguejou.

Em seguida, pegou o trapo de Duff e começou a esfregar a área molhada feito louco – o que só piorou a situação, pois estava friccionando vigorosamente o pau na frente dela.

– Meu Deus – resmungou Duff. – Pare antes de começar a passar vergonha. – Em seguida, ergueu o queixo na direção de Gretchen, como se perguntasse "O que vai querer?" na língua universal dos barmen.

– Tem CAW 1869?

As sobrancelhas de Duff foram parar na raiz do cabelo.

– É um uísque forte para uma mulher.

Gretchen deu de ombros.

– Fazer o quê? Está no meu sangue.

Colton e Duff trocaram olhares com a mesma expressão atônita de "Essa mulher é real?". Colton enfim limpou a garganta e jogou o trapo na poça de cerveja sobre o balcão.

– Nosso Duff aqui não bota fé nas coisas de qualidade. Ele prefere mandar a gente para o hospital nos envenenando à moda antiga.

Duff deu um sorriso debochado.

– Espere aqui.

Espere aqui? Colton viu o atendente desaparecer pela porta que sempre imaginara ser a entrada para o Inferno. Aonde é que ele estava indo?

– Então, como você está?

Colton piscou, surpreso, e olhou para Gretchen.

– Bem. E você? – Meu Deus. O que havia de errado com ele? Onde estava toda a sua confiança, a sua presença de palco? – Você parece bem – continuou, apoiando a mão no balcão.

O semblante dela se manteve inexpressivo.

– Obrigada.

A porta para o Inferno se abriu outra vez, e Duff voltou com uma garrafa do uísque que Gretchen pedira.

Colton soltou um grunhido manhoso.

– Mas que porra é essa, cara? Você vem me torturando com esse mijo engarrafado enquanto esconde o ouro lá nos fundos?

Duff botou a garrafa no balcão.

– Isso é só para as pessoas de quem eu gosto.

– Uma dose, por favor – pediu Gretchen, sem nem se preocupar em esconder o sorriso, tão encantadora que Colton esqueceu que tinha acabado de ser insultado.

Duff assobiou em sinal de admiração.

– Sim, senhora.

Senhora? Quem diabos era aquele homem? Não que Colton pudesse culpá-lo; Gretchen exercia o mesmo efeito sobre ele. Esquecia quem era quando estava junto dela. Enquanto Duff servia o uísque, ele tentou recuperar algum resquício de dignidade.

– O que... hã... o que a traz aqui?

– Eu queria falar com você.

– Sério? Bem, aqui estou, querida. – Colton abriu bem os braços.

Duff riu com desdém e colocou o uísque na frente de Gretchen.

– Você é muita areia para o caminhãozinho dele.

– Podemos nos sentar? – Gretchen pegou o copo e indicou uma das mesas com a cabeça.

– Sim. Quer dizer, claro. – Ele tentou dar uma piscadela, mas teve certeza de que ficou parecendo que tinha um cisco no olho.

Duff resmungou alguma grosseria e se virou, balançando a cabeça. Colton pegou o que restava de sua cerveja e seguiu Gretchen até uma mesa vazia. Se Duff não estivesse olhando, teria dado um soco no próprio rosto. O que diabos havia de errado com ele? Porém, o mais importante: por que Gretchen aparecera ali do nada querendo conversar?

Esperou que ela se acomodasse para se sentar no sofazinho oposto, de frente para o palco. Depois de colocar sua maleta no assento e deixar o casaco escorregar dos ombros, Gretchen ergueu o copo para fazer um brinde.

– À trapaça, à roubalheira, à briga e à bebedeira. – Então virou o uísque com a facilidade de um alambique.

Colton ficou de olhos arregalados e de queixo caído. Olhando para o bar, viu Duff com uma expressão idêntica.

– O que foi? – questionou Gretchen, botando o copo na mesa. – É um antigo brinde irlandês que meu avô costumava fazer.

– Se você veio aqui com uma proposta de casamento, eu aceito.

Lá estava, finalmente, o vestígio de um sorriso. Os cantos da boca dela se curvaram apenas o suficiente para ele saber que era genuíno. Mas o sorriso desapareceu depressa, e Gretchen se endireitou no assento.

– Eu *vim mesmo* fazer uma espécie de proposta, para ser sincera.

Colton colocou o braço sobre o encosto.

– Sou todo ouvidos, querida.

– O que acha de ser o novo rosto do Carraig Aonair Whiskey?

O cérebro dele parou de repente.

– Hein?

– Sei que não deve ser assim que você costuma receber esse tipo de proposta, mas minha família me pediu para ter essa conversa inicial, e…

– Sua *família*? – Assim que perguntou, seu cérebro entrou em ação e começou a ligar todas as pontas soltas. O CAW 1869. O jeito como ela virou a dose. O brinde irlandês. A visita inesperada. O *Está no meu sangue*.

Puta merda. Colton afundou as costas no encosto do banco.

– Você é um *daqueles* Winthrops?

– Não é algo que costumo divulgar.

– E por que não?

– Porque tenho vergonha deles.

Colton soltou uma risada incrédula que soou insana e se esvaiu tão rápido quanto o sorriso dela.

– Bem, vamos ver se entendi direito. – Ele passou a mão pelo queixo. – Faz um ano que não tenho notícias suas, apesar de todo o esforço que fiz para falar com você…

– Isso aqui não tem nada a ver com aquela noite.

Aquela noite. Foi só isso para ela?

– … e você entra de repente num bar que quase ninguém sabe que eu frequento e, do nada, pergunta se eu quero, tipo, ser o garoto-propaganda da empresa da sua família?

– Resumiu bem.

– Uau.

– Não posso dar detalhes, porque você teria que negociar com sei lá quem que costuma tratar desse tipo de assunto, mas...

– Para, por favor.

A boca dela se fechou.

– Eu... – Colton balançou a cabeça e passou as mãos no cabelo. – Que merda é essa, Gretchen?

– Não sei bem como responder.

Colton se inclinou para a frente, os braços sobre a mesa, e baixou o tom de voz.

– Você só pode estar brincando comigo. Você me ignora por *um ano*, depois me vem com essa?

Os ombros dela ficaram tensos.

– Eu preferia não misturar nosso envolvimento anterior com esse assunto.

– Bem, sinto muito, meu anjo, mas já estou colocando isso no centro dos holofotes. E puta que pariu... *envolvimento anterior*?

– Como prefere que eu me refira ao que aconteceu?

– Que tal como o que foi? Uma noite de sexo incrível e o começo de algo com muito potencial?

Ela olhou para as próprias mãos. Engoliu em seco, mais um discreto sinal de desconforto.

– Me desculpe – disse ela, depois de um instante, enfim erguendo o olhar. – Isso foi um erro.

– Há dois minutos, eu teria discordado.

Ela teve a decência de ficar corada.

– Não tive a intenção de insultar você.

– Bem, parabéns. Você conseguiu sem nem tentar.

– Olha. – Ela inspirou fundo. – Estou aqui porque meu irmão me pediu para falar com você e avaliar seu nível de interesse.

– Meu nível de interesse é zero.

Gretchen mordeu o lábio, e uma lembrança indesejada se intrometeu na conversa: ela quase nua diante dele, mordendo o lábio inferior, tentando explicar por que os dois nunca dariam certo.

Ela engoliu em seco.

– Se está dizendo não só por causa do nosso… daquela noite, posso pelo menos tentar convencer você a ouvir uma proposta oficial da empresa?

Colton pegou a garrafa e virou o resto da cerveja quente. Porra, odiava Budweiser. Botou a garrafa na mesa com mais força do que pretendia. O silêncio pulsava entre os dois enquanto ele tentava, sem sucesso, pensar em algo para dizer. Não conseguia acreditar naquela merda. Será que este dia poderia ficar ainda pior?

No palco, J. T. começou a tocar a melodia inicial de um clássico de Natal: "River", de Joni Mitchell.

– Esta é a minha canção de Natal favorita – disse J. T., antes de começar a cantar a letra.

Gretchen soltou um grunhido indignado.

– Essa música *não* é de Natal.

– Claro que é – retrucou Colton, não que ligasse para isso, mas porque estava irritado e discutir parecia uma boa ideia. – A palavra *Natal* está no primeiro verso.

– Não é uma música de Natal só porque aparece a palavra Natal na letra. A história só se passa no Natal.

– O que faz dela uma porra de uma música de Natal.

Os olhos de Gretchen faiscaram.

– Reduzir essa música a uma canção de Natal dilui a mensagem.

– Ah, por favor, esclareça.

– A música inteira é uma metáfora. É um tributo melancólico à solidão agridoce que vem com o fim de uma relação.

Colton piscou, hesitante. Aquilo tinha sido profundo, mas ficaria em maus lençóis se demonstrasse estar impressionado.

– Solidão no *Natal* – replicou.

Ela abanou a mão, desconsiderando o argumento.

– Não banalize.

– Tem algo de banal em músicas de Natal?

– Tudo no Natal, ou pelo menos o jeito como o comemoramos, é banal.

Muito bem, eram palavras de quem queria briga. Ele aceitou o desafio.

– Eu adoro o Natal. É minha época favorita do ano.

– Claro que é.

– Ah, por favor, esclareça de novo.

Ela deu de ombros.

– Você é a personificação da felicidade e da futilidade.

Ele sugou o ar por entre os dentes, tentando disfarçar a ferroada daquelas palavras.

– São palavras complicadas para um caipira burro como eu.

– Para de fingir que ficou ofendido. Nunca insinuei que você fosse burro nem caipira.

– Ah, pode acreditar, docinho. Ouvi muito bem suas indiretas quando você fugiu do meu quarto de hotel como se eu fosse um bicho nojento.

Os olhos dela faiscaram de novo, dessa vez de vergonha. Essa deveria ter sido a deixa dele para calar a boca, mas Colton foi mais fundo.

– Qual foi o problema? Era muito constrangimento dizer às pessoas que se rebaixou ao dormir com a personificação da felicidade e da futilidade? Será que o grande e poderoso sobrenome Winthrop é bom demais para ser manchado por gente da laia de um carinha do pop country? Ou era o seu plano desde o início? Transar comigo e me deixar em banho-maria até precisar de mim?

Gretchen ficou com a cara no chão; na fração de segundo em que sua máscara caiu, Colton percebeu que ela ficara magoada com aquelas palavras. Profundamente. Devia mesmo ter calado a boca.

– Gretchen – murmurou, fechando os olhos com força. – Eu sinto muito. Não era a minha intenção.

Colton abriu os olhos ao ouvi-la deslizar no assento para se levantar.

– Estou vendo que isso não vai dar em nada – disse a mulher, com firmeza.

– Espere – pediu ele, tentando pegar sua mão, mas Gretchen se esquivou, recolhendo o casaco e a maleta.

– Vou dizer ao meu irmão que você não está interessado.

Os saltos ecoaram uma retirada em fúria quando Gretchen se afastou. Uma rajada de ar frio gelou o bar assim que ela abriu a porta e saiu.

– Porra – murmurou Colton, fechando os olhos com força mais uma vez. Precisava ir atrás dela, mas no instante que abriu os olhos para se levantar, Duff bloqueou a passagem.

– Você lidou bem com a situação – comentou.

Colton olhou feio para ele.

– Sai da minha frente.

– É melhor deixar as coisas como estão.

– O que você ouviu?

Duff se sentou no lugar que Gretchen acabara de desocupar.

– O suficiente para saber que você é um babaca.

Fato indiscutível.

Duff cruzou os braços.

– Sabe qual é o seu problema?

– Tenho certeza de que você vai adorar me contar.

– Você ainda não sabe a resposta para a minha pergunta.

Colton revirou os olhos.

– Essa merda de novo, não.

– Você é infeliz, Colton.

O uso de seu nome verdadeiro – não *princesa* nem *imbecil* nem qualquer outro apelido pejorativo – chamou sua atenção tanto quanto a mordacidade das palavras.

– Você não ouviu, Duff? Sou a personificação da felicidade.

– A felicidade é a expectativa que pesa sobre você.

Muito bem, já chega. Tinha aguentado besteira demais por um dia. Ele se levantou, pegou a carteira no bolso de trás e soltou algumas notas na mesa.

– Feliz Natal – grunhiu antes de dar meia-volta.

Colton ouviu o lento deslizar de Duff no assento para se levantar.

– Todos estamos presos às correntes que forjamos ao longo da vida, princesa. Você precisa descobrir do que é feita a sua antes que seja tarde demais.

CINCO

O problema de ter um círculo de amigos tão próximos era que eles não tinham nenhum remorso de dar uma bronca quando ele fazia merda.

Colton sabia que não escaparia de um interrogatório dos caras quando os encontrou para um café da manhã na lanchonete de sempre, a Six Strings, mas daria o seu melhor. Tratou de esconder o rosto atrás do cardápio assim que se sentou à mesa com Noah, Malcolm, Mack e Vlad. Três outras cadeiras permaneciam desocupadas, aguardando o restante da turma.

Vlad arrancou o cardápio das mãos dele e o jogou em cima de uma cadeira vazia.

– Ei – resmungou Colton, pegando-o de volta –, eu estava escolhendo.

– Você sempre pede a mesma coisa – disse Vlad, inclinando-se para examinar melhor seu rosto. – O que há de errado com você?

Colton empurrou o amigo pelo ombro.

– Nada.

– Não acredito. – Vlad apontou para ele. – Você está fazendo aquilo.

– Aquilo o quê?

– Ele tem razão – concordou Malcolm, esquadrinhando o rosto de Colton. – Você está fazendo aquilo.

– De que merda vocês estão falando?

– Aquilo com seu olho direito – explicou Noah, fazendo cara de bêbado com a sobrancelha direita arqueada. – Você sempre faz isso quando está desassossegado.

– Não faço, não – retrucou Colton. Então ergueu a faca para ver o próprio reflexo e, claro, sua sobrancelha direita estava arqueada. Largou a faca. – Vão se foder.

Mack fez um meneio de cabeça para Noah, em admiração.

– *Desassossegado* é uma bela palavra.

– Eu uso belas palavras porque sou um gênio.

Era mesmo. Noah tinha o QI de um gênio.

– Bem, vocês estão enganados a meu respeito – reclamou Colton, pegando a garrafa de café no centro da mesa. – Não tem nada de errado comigo.

– Foi tudo bem na reunião?

Ele sentiu o estômago azedar.

– Ótimo. Bem.

– Bem? – repetiu Noah.

– Sim.

– É só isso que vai nos contar?

Colton se forçou a dar de ombros.

– Não tenho mais nada pra dizer.

– Eles gostaram das músicas novas? – perguntou Vlad.

Por sorte, Colton se livrou da pergunta graças à chegada de Gavin, Yan e Del. Os três entraram juntos, todos com suas roupas de ginástica para um treino depois do café da manhã. Os recém-chegados se acomodaram e olharam para Colton, então se inclinaram para examiná-lo melhor.

– Ah, porra... – resmungou Colton. – Não tem nada de errado comigo.

– Ele está fazendo aquele lance com a sobrancelha – comentou Del, para todos na mesa.

– Já percebemos – respondeu Noah, imitando a expressão de novo.

Colton permaneceu em silêncio, emburrado, quando a garçonete apareceu para anotar os pedidos. Frequentavam o lugar havia tantos anos que os funcionários os conheciam bem o bastante para apenas perguntar

"Todo mundo vai querer o de sempre?". Para Colton, era torta de presunto e queijo. A Six Strings era o único lugar que sabia fazer uma igualzinha à que sua mãe fazia quando ele era criança. Todo domingo à noite, a mãe fazia uma fornada para a semana toda, que Colton, a irmã e o irmão comiam de café da manhã antes da aula. Durante alguns anos depois de sair de casa, ele nem podia pensar em comer a torta – não porque tinha enjoado, mas porque nutria um certo ressentimento. As memórias que o sabor evocava. Os irmãos eram pequenos demais para entender por que os pais dependiam de comida barata e com sustância, mas Colton entendia. Assim como sabia que os pais estavam mentindo quando, em 1991, disseram que precisavam mudar da casa para um apartamentinho porque achavam que as crianças iriam gostar de morar mais perto do parque.

A garçonete foi embora, e Colton ficou torcendo para que parassem de pegar no pé dele.

Mas não pararam.

– Desembucha, babaca. O que está acontecendo?

Não adiantava evitá-los por mais tempo. Além do mais, cedo ou tarde iriam descobrir. Sua vida e a de Gretchen se cruzavam de muitas maneiras; na verdade, era um milagre que não tivessem se esbarrado antes da noite anterior. Não havia garantia de que ela não contaria nada a Elena, Liv ou Alexis.

– Tá bom – disse Colton, apoiando os cotovelos na mesa. – Encontrei a Gretchen ontem à noite.

Mack franziu as sobrancelhas enquanto punha creme no café.

– Gretchen… *Winthrop*?

– É lógico, sua mula, de que outra Gretchen eu estaria falando?

Mack e Noah trocaram olhares, provavelmente por causa do tom petulante de Colton.

– Como assim, "encontrei"? – perguntou Noah. – Vocês saíram num encontro?

Ah, tá. Até parece. Colton abriu um sachê de açúcar.

– Sabiam que ela é uma das Winthrops da destilaria de uísque CAW?

Mack ergueu a caneca.

– Sabia, você não?

– Peraí, eu também não sabia – comentou Gavin. – É sério mesmo?

– Não faz sentido, né? – disse Mack. – Ela usa roupa de brechó, mora num apartamentinho minúsculo, odeia presentes caros...

Enquanto Mack falava, Colton sentiu uma onda de ciúmes inusitada. Odiava ser lembrado de que Mack e Gretchen tinham namorado por um tempo. Aliás, esse ciúme não fazia o menor sentido e era machista pra cacete. Gretchen não pertencia a nenhum dos dois, mas lá estava ele, fervendo de raiva porque Mack sabia onde a mulher morava.

– E daí, o que aconteceu ontem à noite? – perguntou Malcolm.

– Ela foi enviada como mensageira. – O sabor das palavras estava ainda mais amargo que o café. Colton pegou mais açúcar.

– Como assim? – perguntou Noah.

Colton se recostou na cadeira e estendeu os braços.

– O uísque CAW quer fechar um contrato publicitário com este seu amigo aqui.

– Porra! – exclamou Del. – Isso é fantástico! Parabéns!

Todos os caras fizeram um toca aqui dizendo *é isso aí*, *bom trabalho* e *queremos amostra grátis*.

– Eu disse não.

O silêncio explodiu como um balão estourado.

– Você é burro? Por que disse não? – indagou Yan, depois de um momento.

– Porque eu não estava a fim.

Os olhos de Gavin quase saltaram das órbitas.

– Você não está a fim de um contrato multimilionário com uma das maiores marcas do mundo?

– No momento, não.

Vlad se inclinou para a frente e pôs a mão na testa de Colton, que a empurrou para longe.

– O que você está fazendo?

– Vendo se você está com febre.

– Não estou doente. Só não quero fazer isso.

– Tá legal, já chega. – Yan balançou a cabeça. – Isso não faz o menor sentido. O que você está escondendo?

– Ela odeia o Natal. – Ele mediu Mack com o olhar. – Você sabia *disso*?

– Não, mas não me surpreende.

– Você recusou um contrato publicitário porque Gretchen odeia o Natal? – Noah o encarava como se um chifre de unicórnio tivesse acabado de nascer em sua testa.

– Não.

– Então o que isso tem a ver com o assunto?

Merda. Tinha caído na própria armadilha. Não dava para se explicar sem explicar… outras coisas.

– Deixa pra lá – resmungou.

Como se houvesse alguma chance. Mack passou a mão no queixo.

– Colton, eu jurei que nunca perguntaria isso porque achava que não era da minha conta, mas… – Mack parou para respirar, e, por instinto, Colton prendeu a respiração. – O que exatamente aconteceu entre você e a Gretchen no meu casamento?

Colton apertou os dedos ao redor da caneca.

– Nada.

Foi uma resposta rápida demais, porque Mack soltou um *Noooooossa* bem lento.

– Vocês transaram, né?

Colton enrijeceu.

– Como você disse, Mack, não é da sua conta.

– Isso é um sim – disse Noah, pegando o telefone como se não suportasse mais olhar para o amigo cantor.

Colton arrancou o telefone dele e botou de volta na mesa.

– Não é, não.

O silêncio que se seguiu foi cheio de olhares de *eu já sabia,* acompanhados de expressões de *como você é babaca.*

Mack passou a mão no rosto e soltou um ruído irritado.

– Pelo amor de Deus, Colton. Você podia se divertir com qualquer mulher do mundo. Por que foi escolher a Gretchen?

Nossa, uau. Foi insulto demais para duas frases minúsculas. Ele apontou para Mack.

– Ok, antes de mais nada, não gostei da insinuação de que eu saio por aí para *me divertir* com as mulheres. Não tenho um encontro desde o seu casamento.

Todos os olhos se arregalaram de surpresa.

– Segundo, por que você tem tanta certeza de que fui eu que dei o primeiro passo?

As sobrancelhas de Mack foram parar na estratosfera.

– Você está dizendo que foi o contrário?

– Estou! Eu só a acompanhei até o quarto dela, mas a mulher me agarrou no elevador, e aí...

Ele calou a boca.

– E aí...? – incentivou Malcolm.

– Nada. O que quer que tenha acontecido entre mim e Gretchen é cem por cento particular, e não quero ouvir mais nenhuma palavra da boca imunda de vocês que possa causar constrangimento a ela. Estão ouvindo? Nem uma só palavra, porra.

Noah pressionou a língua contra uma das bochechas.

– Eu normalmente respeitaria esse seu desejo, mas é da Gretchen que estamos falando. Ela é uma amiga, e preciso que me dê sua palavra de que não fez nada para magoá-la.

Porra, há quanto tempo seus amigos pensavam tão mal dele?

– Eu não a magoei.

– Só conte o que aconteceu – disse Vlad.

Colton hesitou. Tinha prometido guardar segredo. Além disso, era constrangedor pra caralho.

– Eu não sei o que aconteceu.

– Tipo, você não lembra ou está confuso? – perguntou Malcolm.

– Claro que lembro! Eu não estava bêbado.

– Então? – encorajou Mack.

– Eu não sei... – resmungou Colton, encarando o café. – A gente se divertiu muito, pelo menos eu achava que sim. Quer dizer, eu *gostei* dela, sabem? Mas na manhã seguinte ela saiu correndo como se estivesse... como se estivesse com vergonha. Perguntei se poderíamos nos ver de novo e ela disse que não, então nunca mais falou comigo.

Houve um tremor na mesa e, ao erguer os olhos, viu os caras segurando uma gargalhada. Se já achava que as suposições equivocadas de Mack tinham sido um insulto, isso foi tipo um chute no saco.

– Qual é a porra da graça?

Noah foi o primeiro a fraquejar. Deixou escapar a risada e espirrou um jato de café de volta para a caneca. Malcolm foi o próximo, depois Gavin, então, em questão de segundos, estavam todos sem fôlego. Levou um minuto inteiro e uma ou outra olhada exasperada das mesas em volta para pararem de rir.

– Eu pagaria uma fortuna para ter visto a sua cara – comentou Noah, ofegante.

Del secou os olhos.

– Cara, isso *nunca* aconteceu com você?

– O que nunca aconteceu comigo? – Colton fechou a cara.

– Você nunca levou um fora? – perguntou Gavin.

Ele deu de ombros.

– Claro que já.

As gargalhadas subiram uma oitava. Pelo visto, não tinha sido convincente.

– Então, só para ter certeza de que entendi direito – disse Malcolm, por fim, depois que as coisas se acalmaram. – Você recusou o que talvez seja um passo lucrativo na sua carreira porque está bravo por ter levado um fora?

Colton ficou emburrado de novo.

– Uau! – comentou Malcolm, balançando a cabeça. – Quanta infantilidade, Colton.

Isso magoou. Malcolm era o mestre zen e o filósofo oficial do grupo, e ser repreendido por ele era como arranjar confusão na igreja.

Foi quando a comida chegou, e os caras comeram em um silêncio faminto só pelo tempo suficiente para que Colton repensasse suas escolhas de merda nas últimas 24 horas. Malcolm estava certo. Tinha sido um babaca na noite anterior. Se seu empresário descobrisse que recusara um grande contrato publicitário sem nem pensar duas vezes, começaria a questionar muito mais do que apenas quanto Colton ainda levava a música a sério.

Mas não era por isso que estava tão mal-humorado naquela manhã. Ele se odiava pelo modo como tratara Gretchen na noite anterior. Enquanto virava de um lado para outro na cama, repetira mil vezes em pensamento as palavras desprezíveis que dissera a ela.

Depois de forçar algumas garfadas cheias de dissabor, Colton amassou o guardanapo e o jogou na mesa ao lado do prato. Estava oficialmente sem apetite.

– E aí, vamos escolher um livro para ler este mês?

– Sim – respondeu Vlad, assentindo com tanta empolgação que até balançou a mesa. – Um romance de Natal.

– Desde que tenha cenas de sexo… – grunhiu Colton.

Noah ergueu o punho para trocar um soquinho com ele.

– Por que é que a maioria dos romances de Natal não têm cenas de sexo?

– E por que é que a maioria conta a história de uma mulher voltando para sua cidade natal e deixando um noivo rico para trás? – acrescentou Colton. – Tipo, qual o problema de ter um noivo rico e competente?

– Acho que a questão é que, quando voltamos para casa, somos forçados a lidar com nosso passado – explicou Malcolm, adotando aquela sua pose de *atenção ao banho de sabedoria, seus merdas.* Todos ficaram quietos na expectativa de aprender a lição. – E, depois que lidamos com nosso passado, compreendemos por que fugíamos dele.

Ao chegar no escritório, a última coisa que Gretchen queria ver era Addison se equilibrando no alto de uma escada bamba para pendurar um pisca-pisca no forro do teto.

– O que você está fazendo?

Addison engasgou e virou a cabeça para olhar por cima do ombro. A escada balançou. Gretchen largou a bolsa e correu para firmá-la.

– Obrigada – disse Addison, equilibrando-se de novo.

– Desde quando permito decoração de Natal no escritório?

– Desde que parei de pedir sua permissão.

– Addison, a gente conversa sobre isso todo ano. Este é um escritório sério que trata de assuntos sérios. Enfeites de Natal passam a mensagem errada, ainda mais porque nem todos os meus clientes comemoram essa data.

– As luzes deixam as pessoas felizes – argumentou Addison, prendendo uma parte do cordão com fita adesiva. – Não que você vá reconhecer a felicidade mesmo que seja esfregada na sua cara.

Addison murmurou a última parte, mas claramente pretendia que Gretchen ouvisse. Ela preferiu ignorar.

– Onde foi que você arranjou essa escada? Caramba, está caindo aos pedaços.

– Peguei emprestada dos tatuadores aqui do lado.

– Eles vão pagar a indenização por acidente de trabalho se você quebrar o pescoço?

– Seu bom humor está especial esta manhã. O que aconteceu?

– Nada – resmungou Gretchen.

A última noite havia sido um desastre humilhante, e não apenas por conta das palavras frias de Colton, mas também porque precisava descobrir um jeito de contar a Evan que tinha falhado. Se houvesse a mínima chance de convencer Colton, suportaria outra rodada de hostilidade só para escapar do desprezo inevitável de Evan. Mas a resposta de Colton tinha sido tão decisiva quanto um nocaute. Ele não estava interessado.

– Bem, seja lá o que for esse "nada", não desconte em mim – pediu Addison. Então, prendeu a última parte das luzes e desceu as escadas. – A propósito, *ele* ligou de novo. Para a sua sorte, prometi que você retornaria a ligação ainda hoje.

Gretchen abriu espaço para ela.

– Você tem sorte de ser boa no seu trabalho.

– *Você* tem sorte de eu ser boa no meu trabalho.

Era verdade. Gretchen tinha ganhado na loteria no dia em que Addison se candidatara para gerenciar o escritório. Além de mais capacitada que os outros dez candidatos, também aturava o temperamento de Gretchen, sabe-se lá por quê.

– Você tem razão. Me desculpe. Você me perdoa se eu pagar um café no ToeBeans?

– Já perdoei, mas aceito o café mesmo assim. – Ela estendeu a mão, a palma para cima. – Se também bancar um muffin, eu mesma vou buscar.

– Fechado. – Gretchen pegou o dinheiro na bolsa e entregou a ela.

– Mande um oi para Alexis.

Addison sorriu e pegou o casaco.

– Volto em meia hora.

– Meia hora? O ToeBeans fica a um quarteirão daqui.

– Mas talvez a Zoe esteja lá. – Ela enfatizou a intenção erguendo as sobrancelhas sugestivamente.

Addison tinha uma quedinha por Zoe Logan, uma das funcionárias e futura cunhada de Alexis. Essa era só uma das dezenas de maneiras em que a vida de Gretchen e de Colton se cruzavam, porque o irmão de Zoe, Noah, era um dos melhores amigos dele. Esse era o jogo horripilante de seis graus de separação de Gretchen e, só levando em conta os amigos que tinham em comum, era um milagre que os dois não tivessem se esbarrado ao longo do último ano.

Esses amigos, no entanto, tinham sido um dos muitos motivos para Gretchen ter fugido dele na manhã após o casamento. Se tentassem começar um relacionamento depois da noite juntos e as coisas dessem errado, os amigos acabariam numa posição delicada, tendo que escolher um lado. E, cedo ou tarde, as coisas *dariam errado*, porque ela era uma Winthrop, então carregava o gene tóxico do caos e da ganância que contaminava todos que se aproximam. A noite anterior era prova disso, não era?

Gretchen levou suas coisas para o escritório e ficou encarando o telefone. Addison tinha razão. Precisava ligar para Jorge e acabar logo com isso.

Discou o número e rezou para que caísse na caixa postal.

Não teve tanta sorte.

– Espero que esteja ligando com boas notícias – disse ele, ao atender.

– Eu sinto muito, Jorge…

– Não, não diga isso.

– Tem centenas de outros advogados nos Estados Unidos que você poderia contratar.

– Discordo. Você tem exatamente as competências e a experiência de que precisamos.

– Meus clientes precisam de mim.

– E se aumentarmos a oferta de salário? Posso falar com nossos doadores e…

– Não! Isso não tem nada a ver com dinheiro.

Gretchen podia jurar que ele deixara escapar um suspiro aliviado. Era compreensível. Angariar fundos para financiar serviços jurídicos era muito difícil. Qualquer doador ficaria furioso, e com razão, ao saber que seu dinheiro seria usado para pagar algum advogado ganancioso.

– Olha – a variação de tom sugeria uma mudança tática –, que tal passar o Natal aqui, ajudando com nossa campanha anual de doação? Você pode conhecer a equipe e revisar alguns dos nossos casos. Você sabe que vai trabalhar na época do Natal, de qualquer jeito.

Gretchen pressionou a têmpora latejante com os dedos. Como poderia dizer não para isso? Era verdade, sempre trabalhava na época do Natal. Costumava trabalhar no *dia* de Natal.

– Só pense no assunto por mais algumas semanas – implorou Jorge. – Me deixe enviar algumas informações.

– Está bem – concordou ela, relutante. – Mande o que você tem aí.

– Você vai pensar um pouco mais na proposta?

– Sim. Mas vou logo avisando que duvido muito que minha resposta mude.

– Bem, o melhor presente que eu poderia ganhar seria mais tempo para convencer você.

Gretchen desligou e massageou a testa, aquela dorzinha de cabeça de tensão começava a brotar com o sentimento de culpa. Nem cinco minutos se passaram antes de ouvir o som de um novo e-mail na caixa de entrada. Jorge não perdia tempo.

G,

Obrigado por me dar uma chance.

Depois de ter a oportunidade de avaliar nosso trabalho e nossas prioridades para o ano que vem, espero que você reflita a respeito e reconsidere minha proposta. Me envie seus comentários, ou melhor, vamos conversar pessoalmente. Você poderia nos dar uma ajuda montando as caixinhas de doações para o centro de refugiados. A Leticia adoraria te ver. Você não vai acreditar em como as meninas cresceram.

Abraços,

J

Nossa, ler isso só serviu para agravar a culpa. Gretchen não via Jorge, a esposa e as gêmeas havia sete anos. Fizera amizade com os dois na Faculdade de Direito da Universidade de Georgetown e os visitara todos os verões durante alguns anos após a formatura. Mas, depois que abrira a própria firma, nunca mais tivera tempo para isso.

Acabara de abrir a lista em anexo das prioridades legislativas do grupo quando ouviu alguém entrar pela porta da frente. Addison estava de volta mais cedo.

– Nada da Zoe, né? – gritou ela.

– Desculpe, era para eu trazer a Zoe?

Aquela *não* era a voz de Addison. Assim que girou na cadeira, Gretchen viu que definitivamente *não* era Addison na soleira da porta.

Na fração de segundo que se seguiu, seu cérebro só teve tempo para registrar três coisas. Primeiro: era Colton, e com dois cafés do ToeBeans. Segundo: ele estava usando um colete acolchoado amarelo-vivo que teria ficado ridículo em quase todos os homens, mas que sem sombra de dúvida lhe caía bem. E terceiro: ele não tinha feito a barba. Gretchen nunca foi fã do visual desgrenhado, mas Colton ficava tão sexy assim que a fazia querer tirar a roupa ali mesmo.

– O que… o que você está fazendo aqui?

Ele ergueu um dos copos.

– Trégua?

– Não preciso de pedido de trégua.

– Bem, eu preciso. – Colton entrou e colocou um copo na frente dela. Encarou-a só por tempo suficiente para deixá-la ansiosa. – Eu falei coisas horríveis ontem à noite. Me desculpe.

– Isso não é necessário.

Mesmo assim, ficou comovida. Muito comovida. Ainda mais porque merecia ouvir grande parte do que ele disse.

– Não que sirva de desculpa, mas você me pegou de surpresa no fim de um dia muito ruim, e acabei descontando em você.

Quanto às desculpas, foram as mais sinceras que já tinha ouvido. E, já que não estava acostumada a ouvir desculpas sinceras dos homens de sua vida, Gretchen teve um apagão sobre o que responder. Num impulso, acabou perguntando:

– Por que teve um dia ruim?

– É uma longa história. – Ele se sentou na cadeira de frente para sua mesa e casualmente tomou um gole de café. – Quero reconsiderar sua proposta.

Colton falou de um jeito tão despojado que ela achou que tivesse entendido mal. Sua mente sofreu outro apagão.

– Minha proposta?

– Sim. Sabe, aquela sobre me tornar o rosto da marca de uísque. Aquela marca da qual você tem tanta vergonha que nem quer que as pessoas saibam que você faz parte...

– Não tenho vergonha da marca. Tenho vergonha da... – Ela se calou.

– De quê? – insistiu ele.

– Nada.

Ele ergueu a sobrancelha como quem dizia que ainda iriam retomar o assunto.

– Como eu estava dizendo, pensei melhor ontem à noite e queria começar de novo.

– Não vou para Belize com você.

Meu Deus, por que tinha dito isso? A última coisa que esta conversa precisava era de um lembrete de uma de suas maiores humilhações.

– Então que tal um jantar?

O apagão atacou novamente.

– Jantar?

– Sim, é quando duas pessoas saem para comer alguma coisa. Às vezes chamamos de encontro.

– Você está chapado.

– Nem um pouco.

Ela riu com deboche.

– Eu *não vou* sair com você.

– Sinto muito. Este é o acordo.

– Isso é chantagem!

– Essa é uma daquelas palavras chiques de advogado, não é?

Um rubor de irritação fez as bochechas de Gretchen arderem. Ele estava provocando de propósito, e estava funcionando.

– Chega. Eu nunca, nem uma vez, fiz ou falei nada que sugerisse…

Ele a interrompeu com um sorriso.

– Só estou brincando.

Um ruído semelhante a um rosnado escapou do peito dela. Colton fingiu não perceber enquanto analisava a sala minúscula, parando para ler os cartazes com os títulos CONHEÇA SEUS DIREITOS e VOCÊ SE QUALIFICA PARA O DACA? Depois, passou para as anotações pregadas no mural de cortiça.

Gretchen cruzou os braços.

– Já terminou?

– Há quanto tempo você trabalha com isso?

– Com o quê? Como advogada de imigração?

Ele assentiu, os olhos analisando os itens rabiscados da lista *Não esquecer* no quadro-branco.

– Sou advogada há dez anos, mas passei os dois primeiros anos da minha carreira atuando como defensora pública antes de me especializar em imigração.

– Por que a mudança?

– Por que você se importa?

Colton olhou nos olhos dela.

– Me dá uma chance.

Gretchen inspirou fundo e cruzou as pernas.

– Cansei de defender clientes por pequenos delitos, só para vê-los serem deportados sem nenhuma representação legal. Percebi que poderia fazer uma grande diferença neste lado da justiça.

– E você está fazendo a diferença?

Ela abanou as mãos como quem diz "fim de papo".

– Isso é ridículo. Eu não vou sair com você.

– Tem certeza?

– Mil por cento.

Colton deu de ombros, soltando um suspiro exagerado.

– Que pena. Então acho que você tem que encontrar outro rosto bonito para vender seu uísque.

E, sem mais nem menos, ele se levantou, depositou o café na mesa dela e deu meia-volta para sair.

O choque a deixou sem palavras e inerte enquanto o via ir embora. Apenas por um segundo. Foi o tempo de que precisou para reencontrar sua dignidade e seu orgulho. Gretchen, com um movimento, levantou--se e foi atrás dele pisando duro.

– Aonde é que você está indo?

Colton se virou na outra ponta do curto corredor. O espaço apertado parecia ainda menor com alguém tão alto ali.

– Você disse não. Estou indo para casa.

– Assim de repente?

– Você tem mais alguma coisa para dizer? Eu pelo menos estou me despedindo de verdade, em vez de sair correndo assustado.

A indignação entrou em confronto com um vestígio de vergonha, o que a deixou, como dizia o tio Jack, irritada feito um guaxinim encurralado. Gretchen inclinou o quadril.

– Ah, agora entendi. Isso é vingança, não é?

– Vingança?

– Está fazendo isso para se vingar de mim por cometer o pecado imperdoável de dar um fora no Grande Colton Wheeler. Deve ter sido um golpe duro para o seu ego, mas não estou disposta a me prostituir pela sua autoestima.

Uma expressão de horror surgiu no rosto dele, como se não tivesse lhe passado pela cabeça que ela poderia interpretar as coisas dessa forma.

– Meu Deus, Gretchen. Não estou exigindo que transe comigo. Quero levar você para um encontro. Só isso.

Ela plantou as mãos nos quadris.

– Por quê?

– Como assim, por quê?

– Tipo, deve ter milhões de mulheres que venderiam a alma pela chance de sair com você…

Ele assentiu.

– É verdade. Às vezes até jogam o sutiã para mim com o número do telefone anotado.

Gretchen jogou as mãos para o alto.

– Ótimo. Ligue para elas.

– Eu não quero. Quero sair com você.

– *Por quê?*

– Porque eu gosto de você.

– Ninguém gosta de mim.

Colton deu uma piscadela.

– Com esse seu temperamento alegre? Acho difícil de acreditar.

– É isso o que você chama de flerte? – Ela botou a mão no próprio peito. – Aguenta, coração.

Colton riu, e Gretchen percebeu, com um sobressalto, que ele estava gostando da conversa. Suas longas pernas diminuíram a distância entre os dois em poucos passos, e Gretchen teve o instinto momentâneo de recuar. Mas manteve sua posição, mesmo com Colton tão perto quanto dois dançarinos prestes a começar sua apresentação. Seu corpo reagiu como se tivesse sido atingida por um raio. Ela se lembrou claramente de como era dançar com ele… e quais eram os passos.

– Vou tentar isso de outro jeito – disse ele, baixando a voz para um tom sedutor. – Gretchen, eu gosto de você. Achei que você gostasse de mim. Não faço ideia do que aconteceu no ano passado para você fugir daquele jeito, mas adoraria ter uma segunda chance. Poderia me dar a honra de levar você para sair hoje à noite? Aí pode tentar me fazer reconsiderar a proposta da sua família.

Foi a sinceridade que rompeu as barreiras de sua determinação. A voz de Gretchen saiu num suspiro.

– *Por quê?*

Colton deu de ombros.

– Por que não?

– Porque é perda de tempo.

– Para quem? Para mim ou para você?

– Para nós dois.

Ele arqueou as sobrancelhas.

– Pego você às sete?

Gretchen engoliu em seco.

– Não tenho muita escolha, né?

– Claro que tem.

Lógico. Escolher entre contar a Evan que fazia jus às baixas expectativas dele ou sair com o único homem que tinha o poder de fazê-la sentir a pior de todas as emoções: vulnerabilidade. Não era bem uma escolha.

– Está bem – respondeu, no automático.

– Perfeito. – Ele abriu um sorriso, afastando-se. – Pego você em casa.

Colton puxou de leve uma mecha de seu cabelo e se virou. Parou antes de abrir a porta.

– Ah – disse, olhando por cima do ombro –, não se esqueça de se agasalhar bem.

– Por quê? Aonde vai me levar?

– É surpresa.

– Não gosto de surpresas.

– Vai gostar dessa.

Ela duvidava muito.

– E odeio passar frio!

Era tarde demais, Colton já tinha saído.

Gretchen soltou um *argh* e voltou para o escritório, sua capacidade de concentração arruinada. Tinha clientes que dependiam dela, mas só conseguia pensar em procurar a combinação de roupas de inverno perfeita no Pinterest. A única coisa que tornava a humilhação pessoal tolerável era saber que ligaria para Evan dizendo que estava fazendo progresso.

Simplesmente patética.

SEIS

Colton estacionou o Lincoln SUV em frente à casa de Gretchen, do outro lado da rua, pouco antes das sete da noite.

Ela morava em um casarão vitoriano subdividido em apartamentos menores. Uma ampla varanda se estendia pelas laterais da casa, emoldurando um conjunto surrado de móveis de vime de um lado e, do outro, um grande balanço. Não conseguia imaginar Gretchen em nenhum dos dois. Ela precisaria se dispor a diminuir o ritmo e relaxar, mas não parecia alguém que *ficava de bobeira*.

Colton esperou que dois sedãs em marcha lenta passassem antes de atravessar. A porta da frente estava destrancada e se abriu para uma área convertida em hall de entrada, com caixas de correspondência embutidas ao longo de uma parede junto ao interfone. Procurou o número do apartamento dela e tocou a campainha. Um instante se passou antes que ouvisse sua voz.

Gretchen não o cumprimentou, só deu uma ordem brusca para que subisse pela escada adiante até o último andar. Os degraus rangiam a cada passo enquanto ele seguia as instruções. No último andar, a escada terminava em um corredor comprido com uma única porta à direita. Colton mal levantara a mão para bater quando a porta se abriu.

Gretchen apareceu diante dele usando um suéter preto de gola alta, uma calça jeans que deu água na boca, além de uma carranca que o fez abrir um sorrisinho.

– Como você sabia?

Ela fechou ainda mais a cara.

– Sabia o quê?

– Que uma mulher de jeans e gola alta preta mexe comigo.

Gretchen deu meia-volta e o deixou parado à porta. Ele entrou e a viu sumir na escuridão do único corredor do apartamento.

– Aonde você vai?

– Trocar de roupa.

Colton correu e entrou na frente dela, bloqueando a passagem.

– Nem pense!

Ela revirou os olhos.

– Tenho que pegar meu casaco e minha bolsa.

Gretchen mudou de direção e foi até o pequeno armário perto da porta pegar suas coisas enquanto ele inspecionava o ambiente.

– Você não estava de brincadeira, mulher. Você odeia *mesmo* o Natal.

– Não me chame de *mulher* – resmungou ela, vestindo o casaco. – E qual foi sua primeira pista?

– Não ter uma árvore?

– Por que eu gastaria dinheiro numa coisa só para eu ver?

– Porque traz felicidade.

Colton perambulou pela salinha de estar, mobiliada apenas com um sofá, uma mesa de centro e uma pequena TV de tela plana apoiada sobre uma estante barata de compensado. O apartamento tinha uma austeridade, um ascetismo que lhe pareceu ao mesmo tempo triste e assustador. Para uma mulher que irradiava tanta energia, ela vivia em um mar sem cor que drenava a vida de tudo. O sofá era bege. O tapete, cinza. As paredes creme eram despidas de qualquer arte ou foto. A mesa redonda à direita parecia mais usada como espaço de trabalho do que para refeições. Pilhas de pastas e cadernos ocupavam metade da mesa, e o laptop aberto, em modo de suspensão, ocupava a outra metade. Colton se aproximou da mesa de centro, que parecia à beira de desabar com o peso das pilhas de livros sobre a morte da democracia, a ascensão da autocracia global e soluções para a crescente desigualdade de renda nos Estados Unidos.

Ela fechou a porta do armário e se virou.

– Pare com isso.

– Parar com o quê?

– Pare de me julgar pela falta de decoração.

– Só estou dando uma olhada.

– Você está tentando me analisar com base no fato de que não jogo dinheiro fora com almofadas fofinhas e miniaturas de Papai Noel.

– Alguém já disse que você é paranoica?

– Alguém já disse que você é irritante?

– Só você, gata. – Ele deu uma piscadela, por garantia. – Vamos?

Colton abriu a porta e esperou Gretchen passar. Deu uma risadinha enquanto ela trancava a porta.

– Seu entusiasmo é devastador.

– Seu perfume também.

Ele riu e procurou a mão dela. Gretchen a enfiou bem fundo no bolso.

– Sem chance. Não vamos andar de mãos dadas.

– Por que não? Isso é um encontro.

– Eu estou indo como refém.

Outra risada irrompeu do peito de Colton, mas as palavras o fizeram sentir uma pontada de culpa. Ele se manteve um passo atrás enquanto Gretchen castigava as escadas com as botas até o hall de entrada. Cada passo causava um estrondo nos degraus da varanda. Colton apertou o controle da chave para destravar o carro, e ela seguiu o bipe até a porta do passageiro. Ele esperava poder exercitar o cavalheirismo de abrir a porta, mas ela foi mais rápida: puxou a maçaneta com toda a atitude de uma adolescente birrenta e se jogou no banco com a mesma irritação. Colton estendeu a mão para a porta, querendo pelo menos fechá-la, mas Gretchen a bateu na cara dele.

Balançando a cabeça, Colton deu a volta até o lado do motorista. Mal teve tempo de entrar antes de ela recomeçar a reclamar:

– Não acredito que você está me forçando a fazer isso.

Com o polegar, ele pressionou o botão de partida.

– Vamos nos divertir um pouco.

Ao se afastar do meio-fio, Colton ligou o rádio e sintonizou em uma estação de músicas natalinas. Ela desligou no ato.

– Meu carro, minhas regras – retrucou ele, ligando o rádio de novo. E, só para provocar, aumentou o volume, inundando o carro com a inconfundível melodia bebop de Mariah Carey, "All I Want for Christmas is You".

Gretchen grunhiu e bateu com a cabeça várias vezes no encosto do assento.

– Mudei de ideia. Me deixe sair daqui. Isso é tortura.

– Qual é – gritou ele, mais alto que o som. – Como é que alguém pode não gostar dessa música?

– Quantas vezes tenho que dizer? Eu odeio o Natal!

Colton apontou para ela.

– E, até o fim da noite, chegaremos ao fundo disso.

Os grunhidos de frustração de Gretchen eram música para os seus ouvidos. Quem diria que irritar alguém poderia ser tão divertido?

– Quer que eu cante junto com a música?

– Quer que eu me jogue do carro?

Ele deu outra gargalhada, até que enfim cedeu: baixou o volume e pediu a Gretchen para abrir o porta-luvas.

– Tem um presente para você aí.

Gretchen pegou o embrulho em formato de livro e o pôs no colo.

– Por favor, diga que não comprou um romance água com açúcar.

– É ainda melhor.

Ela rasgou o papel e viu um livro de bolso intitulado *Uma noite fria de inverno*. A capa mostrava um casal trocando olhares sob a neve que caía ao redor. Gretchen olhou para ele, impassível.

– É um *romance água com açúcar*.

– Romance de *Natal*. São os melhores.

– Acha mesmo que eu vou ler?

– É sua primeira lição.

– Em quê?

Ele ergueu as sobrancelhas, sugestivo.

Gretchen apertou os lábios.

– Sou muito bem entendida no assunto.

– E eu não sei? – Colton deu uma piscadela, e Gretchen fingiu irritação, mas ele viu a faísca de diversão e… que esperança ousada a dele!… de *interesse carnal* nos olhos dela. – Pare de pensar besteira – brincou ele. – Esta é a sua primeira lição sobre a magia do Natal.

Ela virou o livro e deu uma lida nos textos de capa.

– Você vai adorar – disse ele. – Prometo.

Gretchen soltou um grunhido de descrença e pousou o livro no colo de novo.

– Qual é a segunda lição?

– Vamos chegar lá daqui a pouquinho.

– Fale agora, assim eu me preparo mentalmente.

– Está na hora de você começar a apreciar a alegria das luzes de Natal.

Ela virou a cabeça como um chicote.

– Por favor, diga que isso não quer dizer o que acho que quer.

– Vamos para a margem do rio, gata.

Ela deixou a cabeça cair contra o encosto de novo.

– Por favor, Deus. Não.

– Você vai adorar.

Gretchen virou o rosto para ele de novo e estreitou os olhos. Provavelmente queria fazer cara de brava, mas só conseguiu ficar adorável. Colton quase invadiu a contramão.

Os dois passaram os próximos minutos em silêncio – ele contente, ela insolente. Quanto mais se aproximavam do rio, mais lento o trânsito ficava, até que pedestres com carrinhos de bebê começaram a ultrapassá-los. As ruas estavam entupidas de gente, as calçadas, quase intransitáveis. Gretchen afastou o rosto da janela.

– É ainda pior do que eu esperava.

– Você tem algo contra multidões?

– Você não?

– Se eu tivesse, minha carreira não iria muito longe.

– Mas as pessoas devem se amontoar em cima de você.

– Às vezes. Hoje à noite, se alguém vier falar com a gente, faço minha cara de *agora não*.

– Como é essa cara?

Colton desviou o olhar da estrada e mostrou para ela um sorriso de lábios cerrados, seguido de um curto e rápido meneio de cabeça, muito sério.

Gretchen se retraiu.

– Uau. Nem eu quero chegar perto.

– Não que isso seja muito diferente do seu normal.

Ela virou o rosto para esconder o sorriso.

– Ahá! – exclamou Colton, tirando uma das mãos do volante e apontando o dedo para ela. – Eu vi. Vi um sorriso de ver-da-de bem aí no seu rosto.

– É de indigestão.

Colton contornou a longa fila de carros esperando para entrar no estacionamento público. Já deixara tudo pago para uma vaga na área VIP do estacionamento com manobrista.

– Não acredito que você está fazendo isso comigo – disse Gretchen. – Passei a vida inteira em Nashville e nunca fui obrigada a aturar o Natal em Cumberland.

– Está de brincadeira. Você *nunca* veio aqui?

– Não. Nem uma vez.

– Nem quando criança? Com seus pais?

– Não é bem a praia deles.

– Por que não?

– Se você conhecesse meus pais, entenderia. – As palavras carregavam uma nota amarga de rancor, mas foi a pitada de tristeza que ecoou mais alto em seus ouvidos. Colton queria muito fazer outras perguntas, mas deixou a tentação passar quando se aproximaram do manobrista.

– Ei – disse, com toda a delicadeza, porque pareceu ser o certo a fazer depois do que ela acabara de dizer e não dizer. – Poderia pegar o boné de beisebol e o estojo de óculos no porta-luvas?

Gretchen abriu o porta-luvas de novo e pegou o que ele pediu.

– Esse é o seu disfarce?

– É.

Ela riu pela primeira vez na noite.

– Eu estava sendo sarcástica.

– Você quer evitar a multidão, não quer?

– Você poderia usar uma máscara de esqui e as pessoas desta cidade ainda reconheceriam sua cara, Colton.

– Você ficaria surpresa. – Ele colocou o boné na cabeça e os óculos falsos de armação preta na cara. Deu uma olhada no retrovisor e sorriu para ela. – Como estou?

– Ridículo.

Mas Gretchen sorria ao dizer isso, e o coração dele disparou, frenético. Se quisesse, ela poderia mover montanhas com aquele sorriso, e Colton de repente sentiu ciúmes de qualquer outro homem que já tinha visto aquele brilho.

Deixou o motor ligado e desceu do carro enquanto o atendente abria a porta para Gretchen. Mostrou um print da tela do recibo e esperou que o manobrista escaneasse o código de barras.

– Tudo certo, Sr. Wheeler.

Gretchen passou a alça da bolsa por cima da cabeça para usá-la na transversal. Um leve arrepio fez seus braços tremerem enquanto esperava na calçada.

– Com frio?

– Congelando – resmungou ela, pegando um gorro de lã branca na bolsa.

– Me permita…

Ele pegou o gorro e, no que só podia ser um milagre de Natal, Gretchen não protestou. Colton o ajeitou por cima dos cabelos dela e puxou até o meio da testa. Ela estremeceu de novo, mas, se o lampejo de calor em seus olhos era verdadeiro, não tinha nada a ver com o frio e tudo a ver com o fato de que só estarem perto um do outro provocava uma explosão de memórias ardentes que ela, assim como ele, não conseguia ignorar.

Colton a olhou nos olhos.

– Melhor assim?

Gretchen se afastou, engolindo em seco.

– Vamos acabar logo com isso.

– Não fique tão emburrada. Vai ser divertido.

– Temos definições diferentes de diversão.

– E a minha, cada vez mais, inclui provocar você.

Gretchen lançou um olhar sarcástico para ele.

– Então você vai se divertir demais hoje à noite.

Droga. Gretchen tinha uma pontaria tão certeira para respostas quanto a mira de um atirador de elite. Mas tinha razão. A noite prometia ser a mais divertida que ele tivera em muito tempo.

Colton a deixou ir na frente, mantendo o ritmo dos passos rápidos dela. Gretchen andava com a mesma determinação com que o encontrou no bar na noite anterior – brava e resignada, como se tivesse sido desafiada a entrar numa casa mal-assombrada e preferisse morrer a deixar os amigos verem o quanto estava nervosa. O ritmo da marcha dela lembrava uma fanfarra de tambores liderando as tropas para o campo de batalha. Se Colton parasse, duvidava que ela sequer perceberia.

– Estamos treinando para uma maratona?

– Está com dificuldade de acompanhar? – Ela parecia ofegante.

– Só me perguntando qual é a pressa. – Colton pegou a mão dela e a puxou um passo para trás. – Vá devagar, sinta o aroma das castanhas.

– Esse cheiro é castanha? Pensei que fosse você.

Colton a virou, puxou-a contra si e passou os braços pela cintura dela. Gretchen se encaixava nele com mais perfeição do que se lembrava, e, a julgar pelo jeito como suas pupilas dilataram quando olhou para ele, o corpo dela também se lembrava. Aproximou a boca do ouvido dela.

– Sabe, cedo ou tarde você vai aceitar que eu também estava lá naquela noite. Você não me engana.

Ele a ouviu engolir em seco.

– Não seja convencido. Eu estava entediada.

– Se aquilo era tédio, adoraria ver você animada.

Ela arfou. O som enviou um sinal direto para a virilha de Colton, que a soltou antes de acabar passando vergonha.

– Vamos comer alguma coisa – disse, buscando a mão dela de novo. Dessa vez, Gretchen deixou. Seus dedos pequenos envolvidos pelos dele, frios e macios contra a mão calejada pelo violão. – O que quer comer? – A voz dele estava tensa.

– Quais são as opções? – A voz dela também.

– Praticamente qualquer coisa que você possa imaginar. – Ele apontou com a mão livre para a longa fileira de food trucks na Primeira Avenida.

– Frango frito com molho de pimenta?

Colton fez uma careta.

– Ok, qualquer coisa menos isso. – Assim como qualquer outra pessoa, suas papilas gustativas adoravam os pratos típicos de Nashville, mas seu estômago, não.

Gretchen abriu um sorriso.

– A barriguinha do Colton dói com comida apimentada?

– A barriguinha do Colton não quer estragar a noite me fazendo passar meia hora no banheiro.

– Acho que nunca conversei sobre necessidades fisiológicas num primeiro encontro.

– Segundo encontro – corrigiu ele. – E, já que o nosso primeiro encontro de verdade envolveu coisas muito mais íntimas, não vejo motivo para esconder isso de você.

– Não sei se tem algo mais íntimo do que seus hábitos no banheiro.

Colton inclinou a cabeça para o céu e grunhiu.

– Podemos parar de falar disso, por favor?

– Que tal aquele food truck de carne e três acompanhamentos?

Colton olhou na direção que ela apontava até avistar um food truck que servia outro prato famoso de Nashville, tão simples quanto o nome. Uma porção de carne (geralmente rocambole de carne moída, peito ou tênder) e três acompanhamentos tradicionais da região sul.

– Topo.

A maioria dos passantes nem prestou atenção neles enquanto ziguezagueavam pela lenta multidão, mas um punhado de gente percebeu que Colton estava disfarçado, como sempre. Ele fechou a cara para inibir qualquer aproximação e uma onda de instinto protetor o fez segurar a mão de Gretchen com mais força. Como celebridade, namorar podia ser bem difícil, mesmo quando a outra pessoa também era famosa, acostumada a receber atenção. Mas Gretchen não existia em seu mundo, e Colton teve o súbito ímpeto de escondê-la desse mundo e das pessoas que o habitavam. O olhar de umas vinte pessoas que obviamente o reconheceram parecera inesperadamente invasivo.

Sentindo sua tensão, Gretchen ergueu os olhos e acompanhou o olhar dele até um grupo de mulheres de olhos arregalados que estavam a um grito histérico de correr até ele e tirar uma selfie.

– Não decepcione as fãs por minha causa, Clark Kent.

– Nada disso – retrucou ele, puxando-a para mais perto. – Esta noite, somos só você e eu.

A fila no food truck estava curta. Colton pediu o tênder com macarrão e queijo, salada e pãezinhos. Gretchen pediu a mesma coisa, só que com peito. Quando ele tirou a carteira do bolso, ela interveio:

– Eu pago.

– Não seja ridícula.

– Por que seria ridículo eu pagar pelo jantar?

– Porque o encontro foi ideia minha.

– Está bem. Vamos rachar a conta.

Colton fez que não com a cabeça.

– Você compra a sobremesa, que tal?

Gretchen retorceu a boca, e por um triz ele não a beijou.

– Está bem – concordou ela, guardando o dinheiro na bolsa.

Colton entregou o cartão de crédito ao atendente no balcão e deu de ombros diante da expressão perplexa do sujeito.

– Mas sou perfeitamente capaz de pagar pelo meu próprio jantar – comentou Gretchen, enquanto se afastavam para esperar pela comida.

– Pare de birra – brincou ele. – Deixo você comprar um chocolate quente para mim também, se isso fizer com que se sinta melhor.

Gretchen plantou as mãos na cintura.

– Você acabou de me mandar parar de fazer birra?

– Sim. – Dessa vez, o desejo de beijá-la quase o deixou sem ar. A única coisa que o impediu foi terem gritado o número do pedido. Depois de pegar as bandejas, Colton apontou com o queixo para uma mesa onde um grupo de jovens se preparava para sair. Os dois se aproximaram, e ele perguntou se poderiam ficar com os lugares.

Uma das moças olhou para cima e sorriu.

– Claro… – Ela parou de falar, boquiaberta. – Ai. Meu. Deus.

As amigas olharam para cima, piscaram várias vezes e começaram a dar gritinhos.

– Meu Deus – disse outra, eufórica. – Você é Colton Wheeler?

Colton botou a bandeja na mesa e inclinou a aba do boné em cumprimento.

– A seu dispor.

As moças deram outro gritinho.

– Podemos tirar uma selfie? – perguntou a primeira.

Ele olhou para Gretchen, que mal conseguia disfarçar um sorriso.

– Fique à vontade.

– Com certeza, senhoritas – respondeu, arrastando o sotaque. As moças se aglomeraram ao seu redor, e Colton teve que se abaixar um pouco para sair na foto.

– Meu Deus – disse uma delas, dando uma risadinha. – Minha avó vai ter um treco. Ela adora você!

Uma voz descaradamente animada entrou na conversa.

– Então sua avó tem bom gosto, não é mesmo, Colton? Ele vai adorar dar um autógrafo para ela, talvez como presente de Natal.

A moça quase desmaiou.

– É sério?

– Claro – respondeu Colton.

Gretchen deu um sorriso de provocação e entregou a ele papel e caneta que tirara da bolsa.

Colton limpou a garganta e tirou a tampa da caneta.

– Como sua avó se chama?

– Jennifer.

Colton assinou o nome no papel e entregou à moça, que o apertou contra o peito.

– Feliz Natal – disse ele.

Elas se afastaram às pressas, em um ataque de risos. Colton se sentou fazendo careta.

– Acho que estou ultrapassado. A *avó* dela?

Gretchen deu um tapinha no braço dele.

– Não esquenta. Acontece com os melhores homens.

– Ótimo. Parece até que a minha carreira tem uma disfunção erétil.

Gretchen virou o rosto, mas não antes que ele visse outro sorriso genuíno.

– Admita – disse, entregando-lhe um prato e um saquinho com garfo e faca.

– Admitir o quê?

– Você gosta de mim.

Ela revirou os olhos e atacou a comida com gosto. Colton deu uma risadinha.

– Com fome?

– Morrendo. Não comi nada o dia todo.

– Por que não?

– Muito ocupada.

Colton engoliu uma garfada de salada e limpou a boca.

– Como é isso para você?

Gretchen mal tirou os olhos da carne.

– Como é o quê?

– Um dia corrido.

Ela deu de ombros e continuou comendo.

– Você acharia chato.

– Vou me esforçar para não ficar ofendido com isso.

Gretchen revirou os olhos de novo.

– Me dê uma chance, Gretchen.

Ela engoliu a comida e se recostou na cadeira.

– Bem, faço muita pesquisa…

– Sobre o quê?

– Jurisprudência, em grande parte. Precedentes jurídicos relevantes, novos decretos. Qualquer coisa que convença o tribunal de que deportar alguém com filhos é cruel e desumano. Também passo um tempo absurdo escrevendo relatórios, preenchendo formulários de prorrogação de visto para compositores canadenses que não respeitaram o prazo de permanência e fazendo meu melhor para garantir que a família dos meus clientes que aguardam deportação não morra de fome.

Uau. A Gretchen profissional era um espetáculo memorável. A fisgada que sentiu na parte inferior do abdômen sinalizou que estava prestes a passar vergonha de novo.

– Você faz tudo isso sozinha?

Gretchen voltou a comer.

– Tenho três estagiários e uma assistente, Addison, que me ajuda a organizar tudo. Mas, nessa época do ano, ela passa a maior parte do tempo descobrindo um jeito de continuarmos de portas abertas no ano que vem.

Colton franziu as sobrancelhas enquanto terminava o macarrão com queijo.

– Por quê?

– Nossa firma depende de doações. A maioria dos casos que pegamos é *pro bono*, porque meus clientes não têm condições de pagar.

Colton inclinou a cabeça.

– Mas você é uma Winthrop.

– Não significa que tenho acesso ao dinheiro dos Winthrops.

Gretchen não tinha acesso ao dinheiro, mas a família a incumbia de tarefas como pedir a ele que fosse o garoto-propaganda da empresa?

– Você vai ter que me explicar isso melhor.

– É uma longa história. – Nem foi tanto o tom de voz, mas a expressão no rosto dela que declarou sua falta de disposição para entrar em detalhes. Colton queria saber mais, só que algo lhe dizia que Gretchen sairia correndo se insistisse. Tinha feito muito progresso naquela noite para arriscar, então mudou de assunto.

– Se não vai comer todos os pãezinhos, eu como. – Ele apontou o garfo para o prato dela, mas Gretchen tirou-o de seu alcance.

– Nem pense.

– Então coma logo. Nossa noite ainda não acabou.

– Não precisa esfregar na cara.

SETE

Encontraram um lugar para sentar, um banco à beira do rio. A ponte estava à direita, as luzes criando reflexos coloridos na água. Colton se acomodou em uma pose viril descontraída, pernas esticadas casualmente, tornozelos cruzados. Quando ele passou o braço pelos ombros dela, Gretchen ficou zonza.

Um homem empurrando um carrinho de chocolate quente e sidra com especiarias passou ali perto. Colton o chamou e comprou um chocolate para cada um.

– Eu deveria pagar por isso – reclamou Gretchen quando ele voltou.

Colton balançou a cabeça.

– Não é nada.

Ele relaxou em silêncio ao lado dela. De vez em quando, Gretchen ouvia o ruído suave de Colton sorvendo a bebida escaldante. Mas, mais que tudo, contemplava o rio, o delicado caleidoscópio de cores sobre as leves ondulações da água corrente. Do outro lado da ponte, um coro itinerante cantava canções de Natal, mas só chegava até eles um eco melancólico.

Crianças corriam com os pais logo atrás. Casais se beijavam, adolescentes riam. Filhos eram carregados nos ombros, mães limpavam mãozinhas melecadas.

Gretchen não conseguia se lembrar de um único momento em que seus pais fizeram algo assim.

– Está tudo bem admitir – disse Colton, de repente, aproximando a boca de seu ouvido.

– Admitir o quê? – Gretchen cometeu o erro de olhar para ele, deixando seus lábios a um beijo de distância.

– Que isso tudo é lindo.

Se Colton continuasse olhando para ela daquele jeito, como se Gretchen fosse uma bengalinha doce que queria chupar, teria que dar uma de prisioneira e implorar pelas algemas. Então recorreu ao seu mecanismo de autodefesa padrão. Sarcasmo.

– Na verdade, não consigo parar de pensar em quanto dinheiro é desperdiçado em coisas assim quando poderia ser usado para ajudar os necessitados a pagarem a conta de luz. As pessoas surtam só com a ideia de os impostos pagos serem usados para programas sociais, mas não veem problema nisso.

– Isso não é pago com o dinheiro dos impostos. Toda a decoração é custeada pelo fundo de desenvolvimento da cidade, que é financiado por doações privadas.

– E imagine o bem que essas doações poderiam fazer se fossem destinadas a uma boa causa.

– Como a sua firma de assistência jurídica à imigração *pro bono*?

– Entre milhares de outras causas importantes.

– Ei. – O toque de Colton sob seu queixo, virando seu rosto para o dele, foi como um choque elétrico. Gretchen se esqueceu de respirar quando ele olhou fixo em seus olhos. – De onde vem isso?

– Isso o quê?

– Essa culpa por ser de família rica.

– Não é culpa, é empatia. Por que eu deveria ter tanto quando tantos têm tão pouco? Por que eu tenho que ficar aqui me enganando com essa beleza frívola quando há pessoas nesta mesma cidade que dependem de caridade só para alimentar os filhos?

– Isso é culpa. Você está culpando a riqueza da sua família pela pobreza dos demais.

– Não, eu culpo um sistema que permite que famílias como a minha acumulem grandes fortunas às custas dos outros. É por isso que fico tão incomodada com o Natal. Os ricos correm para fazer doações de última hora para poderem deduzi-las do imposto de renda em janeiro, enquanto outros são obrigados a escolher entre jantar e deixar os filhos sem presente de Natal. Como foi que o mundo ficou tão desigual?

Colton arqueou a sobrancelha.

– E eu pensando que íamos só admirar a beleza das luzes.

Ela olhou para o próprio colo.

– Desculpa. Não sou muito divertida.

– Tenho que discordar. Estou me divertindo muito com você. Também curti muito o que aconteceu no ano passado.

Ela segurou o copo com força.

– Não vou para a cama com você hoje – afirmou, sem rodeios.

Ele quase engasgou com o chocolate quente.

– Como é?

– É esse o seu plano, não é? Está tentando fazer com que eu me sinta especial para eu ir para a cama com você?

Colton rangeu os dentes enquanto limpava o canto da boca.

– Nossa, garota. Você tem uma insegurança do tamanho do Texas. Talvez seja bom se consultar com alguém. Mas, já que está interessada nos meus planos, hoje preciso dormir cedo. Tenho um dia cheio amanhã. – Ele sorriu para ela. – Desculpe por decepcioná-la.

O calor inundou as bochechas de Gretchen.

– Como é isso para você?

– Um dia cheio? – Ele deu de ombros. – Muitas reuniões e merdas assim.

– De que tipo de reunião um astro da música country participa?

– Bem, para começar, tenho hora marcada no cabeleireiro, depois um tratamento facial. Então preciso escolher a próxima foto sensacional da minha pessoa para assinar e enviar para todas as mulheres que imploram por um autógrafo meu, em seguida tenho uma reunião importantíssima com meu consultor de estilo para comprar roupas novas...

– Não sei dizer se você está brincando.

– Claro que estou. Mas meu dia amanhã está cheio, então não tenha medo. Não tenho a intenção de atacar você esta noite.

Constrangida, Gretchen afundou no encosto duro do banco.

– Ótimo – disse, depois de um instante. – Porque temos negócios a discutir.

– Ah, claro. Negócios. – Ele se empertigou. – Então, me convença.

Ela estreitou os olhos, confusa.

– Convencer você?

– Por que eu deveria aceitar uma quantia obscena de dinheiro para posar com uma garrafa de uísque?

– Eu nunca disse que seria uma quantia obscena.

– Teria que ser, para eu considerar a proposta.

Os lábios dela estremeceram ao disfarçar um sorriso.

– Para ficar parado enquanto alguém tira umas fotos?

Ele apontou para si mesmo.

– Se quiser este rostinho bonito, tem que pagar por ele.

– Nada de errado com seu ego, né?

– Não é ego quando é um fato. Essa minha cara linda aqui vale muito dinheiro.

O autoelogio funcionou. O rosto dela perdeu todos os traços de tensão, e Gretchen se rendeu ao sorriso.

– Está bem. Mas você vai ter que negociar com meu irmão. Sou só a intermediária.

Colton estalou os lábios.

– Você não está conseguindo me vender a ideia, querida.

Gretchen cruzou os braços.

– Carraig Aonair é uma das marcas mais conhecidas no mercado mundial. Ser escolhido como garoto-propaganda é uma das publicidades mais cobiçadas ao alcance das celebridades. Aparecer como nosso representante faria com que sua própria marca alcançasse um sucesso maior do que qualquer outra coisa que você já fez.

– Não sei... Já sou muito famoso, meu bem.

– O que você precisa ouvir para ser convencido?

– Um número.

– Um número?

– Um valor aproximado para começarmos as negociações.

Uma faísca de êxtase iluminou os olhos de Gretchen. Colton desejou que fosse porque ela de repente tivesse ficado tão excitada quanto ele, mas sabia que não era o caso.

– Quanto tem que ser?

– Trinta milhões, no mínimo.

Gretchen sequer piscou.

– Então, se fizerem uma proposta inicial, você vai considerar? – perguntou.

– Eu seria idiota se não considerasse. Afinal, como você disse, é só ficar parado posando para fotos, não é?

– Obrigada – murmurou ela.

Alguma coisa no jeito como ela se expressou devia tê-lo deixado irritado, porque Colton levantou de um pulo e estendeu a mão.

– Vamos.

– Acabamos?

– Desculpe, não. Quero dançar com você.

– E-eu não vou dançar com você.

– Por que não?

– Tenho vergonha de sermos vistos juntos.

Colton riu, como vinha fazendo a noite toda – um som inebriante e acolhedor que fez estrelas dançarem diante dos olhos dela e seus pés pesarem. Se ele estivesse *irritado* com ela, sabia esconder muito bem. Colton pegou sua mão e a levantou.

– Bem, eu não tenho vergonha de ser visto com você. Além de ser a mulher mais bonita aqui…

Ela soltou um grunhido debochado para disfarçar a onda de calor estonteante que sentiu.

– … também é a mais brilhante. Eu exibiria você por todos os cantos, se você deixasse.

– É uma surpresa você flertar tão bem, já que as mulheres simplesmente se jogam aos seus pés.

– Não é flerte se é real.

Ela soltou outro grunhido debochado.

– Você fica fazendo esse grunhido. Está com sinusite?

– É o seu laquê. Me deu alergia.

A risada de Colton foi mais suave dessa vez, mais íntima. Ele conseguia confrontar e seduzir ao mesmo tempo. Afastou o cabelo dela do ombro.

– Vamos. Uma dança. Ninguém vai prestar atenção na gente. Prometo.

Ah, claro. Colton Wheeler não passaria despercebido nem todo camuflado em meio à selva. Mas mesmo que ele não percebesse os olhares, Gretchen sentia o peso de cada globo ocular voltado para ela e ouvia cada cochicho enquanto Colton a conduzia até perto do palco.

A cada passo que davam, mais pessoas olhavam, querendo ter certeza. Colton nem notava. De algum modo, ao longo dos anos, tinha aprendido a ignorar a comoção que criava. Mas, mesmo que não fosse famoso, as pessoas olhariam para ele. Colton chamava a atenção como ninguém que ela conhecera, como se o ar e a terra se curvassem em reverência à sua beleza surreal.

Ao entrarem no turbilhão de dançarinos, Colton se virou para encará-la e, com um movimento suave, enlaçou-a pela cintura e pegou sua mão. Gretchen não teria conseguido resistir nem se quisesse, e, para o diabo com tudo, realmente não queria. Porque o cheiro dele era bom. Ele era quente. Tinha a altura perfeita, exatamente como se lembrava do casamento de Mack e Liv. Alto o suficiente para precisar olhar para cima ao encará-lo, mas não tanto a ponto de não conseguir descansar a cabeça no ombro dele, se quisesse.

E queria.

– Você está tensa – murmurou Colton, a voz profunda fazendo o corpo dela vibrar de expectativa. A mão de Colton desceu alguns centímetros por suas costas, e, embora pudesse ser apenas fruto de sua imaginação, Gretchen sentiu que ele a puxou um pouquinho mais perto.

– Você já fez algum show aqui? – perguntou ela, pois, se não dissesse *alguma coisa*, acabaria fazendo algo completamente irracional, como beijá-lo.

– Sim. Já faz muitos anos.

– Antes de virar uma grande estrela?

– Querida, eu sempre fui uma grande estrela.

– Lá vem aquele seu ego de novo.

– Por falar nisso…

– Sinto que vem choradeira por aí.

Colton deu uma risadinha, fazendo seu peito vibrar junto ao dela. Mas então aproximou a boca de seu ouvido, e qualquer vestígio de provocação se esvaiu.

– Vamos voltar ao assunto de por que você fugiu naquela manhã.

Era o que Gretchen temia. Procurou uma explicação vaga o bastante para satisfazê-lo e pôr um ponto-final no assunto.

– Nós não combinamos.

– Ah, eu lembro que nós dois combinamos muito bem.

– Está bem. O sexo foi ótimo. Eu admito.

Dessa vez, a risada de Colton foi seca.

– Nossa, valeu.

– Ah, qual é!

Gretchen inclinou a cabeça para trás para encará-lo. Grande erro. Colton a fitava com aquele mesmo olhar que a fez perder todo o juízo no casamento e se jogar para cima dele no elevador. Engoliu em seco.

– Você não pode estar preocupado de verdade em ser ruim *naquilo*.

– Todo mundo tem inseguranças, Gretchen.

– Até o famoso Colton Wheeler?

– Até eu. – Ele espalmou a mão em suas costas, deixando sua marca através do casaco e do suéter.

Gretchen disfarçou a reação com a tática de sempre. Sarcasmo.

– Talvez você só não esteja acostumado a ser rejeitado.

– Vou soar babaca se disser que não estou?

– Arrogante, talvez.

– Então você se divertiu *mesmo*?

– Pensei que estivesse óbvio que sim.

– Então por quê?

Ela mordeu o lábio.

– Você não vai responder? – murmurou ele.

– Você é você, eu sou eu.

– Ah, Gretchen – disse ele, fazendo graça com um péssimo sotaque britânico. – Que resposta prudente e horrível.

– Sério? Citando *Um conto de Natal*? Que falta de criatividade.

Ele riu e a apertou com mais firmeza contra seu corpo.

– É um clássico. Leio todo ano e já vi todas as adaptações para o cinema. Se quiser aprender a adorar o Natal...

– O que eu nunca disse que queria.

– ... essa é sua primeira lição. Todo mundo que você conhece é representado por uma personagem nesse livro.

– E qual você é?

– O sobrinho Fred, claro. Sou feliz e vivo para fazer os outros felizes.

– Imagino que você pense que eu sou o Scrooge?

– Se a carapuça serviu...

– Bem, é aí que você se engana. Só porque não leio o conto todo ano, não quer dizer que eu não conheça a história. Estudamos o texto na faculdade, e tem menos a ver com Natal e mais com a recusa em agir pelo bem maior. Em se sacrificar pelo bem dos outros. Essa não é uma mensagem natalina. Alguns dos cristãos mais fervorosos que conheço não sacrificariam o esmalte de uma única unha para ajudar os menos favorecidos. Fingem se importar na época de Natal, mas depois passam o resto do ano atravessando a rua para desviar de um sem-teto.

– Está bem, mas você *é* rabugenta e odeia o Natal.

– É a carapuça.

Colton riu de novo. A vibração do peito dele contra o seu estava se tornando hipnótica.

– Só pra você saber – murmurou ele –, não estive com mais ninguém desde aquela noite.

Gretchen soltou sua risada debochada, apesar do coração disparado.

– Você não me poupou de suas besteiras, mas esta é a primeira mentira deslavada que já saiu da sua boca.

– Não é mentira. Você foi a última mulher com quem dormi.

Em resposta, ela só franziu o cenho para ele. A ideia era mostrar um semblante duro, mas provavelmente falhou. Não acreditou, nem por um segundo, que Colton se mantivera em celibato desde o casamento de

Mack e Liv. E, mesmo que acreditasse, não seria tão ingênua a ponto de achar que isso tinha algo a ver com ela. Ainda assim, seu coração disparou com a fantasia feminina absurda de ter abalado tanto o mundo daquele homem que ele não suportava estar com mais ninguém.

A música terminou, e, antes que Gretchen pudesse confrontar o que ele havia acabado de confessar, Colton se afastou.

– Obrigado.

– Pelo quê?

– Pela dança.

Colton trilhou a curva do lábio inferior dela com o polegar, e Gretchen sentiu que um ano se passou naquele segundo.

Ela se afastou do círculo de seus braços.

– Vou pedir que meu irmão marque uma reunião.

Colton a acompanhou com o olhar, mas não se moveu.

– Não quero uma reunião com seu irmão.

– Mas você falou que...

– Falei que estou aberto à proposta. Mas quero ouvi-la de você.

Devagar, Colton se aproximou o máximo possível sem tocá-la. Atingiu-a com um ataque duplo, estreitando os olhos e correndo a língua pelos lábios de maneira sedutora. Gretchen sentiu os mamilos se enrijecerem sob o suéter. Então, como se soubesse que alcançara seu objetivo, Colton abriu um sorrisinho arrogante e deu um passo para trás.

– Podemos combinar nosso próximo encontro no carro.

Ele se virou e saiu andando, deixando-a de queixo caído.

– Alto lá! – Ela correu para alcançá-lo. – Eu concordei com *um* encontro.

– Não definimos um número. Eu disse que queria sair com você.

– Isso é trapaça.

– Isso é negociação. – Ele a encarou. – E acho que ainda temos alguns assuntos pendentes, não acha?

A tensão mergulhou em silêncio o trajeto de volta à casa. Quando Colton ligou o rádio na estação de músicas natalinas de novo, Gretchen não contestou, e ele não teceu qualquer comentário sobre sua docilidade. Cada molécula de matéria entre os dois vibrava com o peso de duas palavras. *Assuntos pendentes.*

Colton reduziu a velocidade e parou em frente à casa.

– Não se mova – mandou, quando Gretchen encostou a mão na maçaneta da porta.

– Por quê? – A pergunta saiu esganiçada.

– Porque eu quero ser um cavalheiro e abrir a porta para você.

Ah. Gretchen não sabia se sentia alívio ou decepção. Não que estivesse esperando que ele se inclinasse sobre o console, segurasse sua nuca e… A porta se abriu. Gretchen se assustou e olhou para ele. Colton estendeu a mão, e ela estava nervosa demais para reagir de outro modo que não fosse aceitá-la.

Assim que ela saiu do carro e ficou de pé, os olhos dele miraram sua boca. Gretchen engoliu em seco.

– Então, quando será nosso próximo encontro?

– Ansiosa, é?

– Ansiosa para acabar com isso.

– Sexta-feira.

– Vou verificar minha agenda, mas acho que pode ser.

– Algum outro encontro que talvez tenha que cancelar?

– Sim, exame de Papanicolau.

– Algum item em pauta para a próxima reunião?

Ela teve que limpar a garganta para disfarçar os vestígios de luxúria.

– Hã?

– Posso te beijar?

– Você quer me beijar? – Ah, Deus. É sério que tinha dito isso? E seu orgulho? Sua dignidade?

– Acho que você já sabe a resposta.

– Talvez devêssemos adiar essa discussão até que eu possa pesar os prós e os contras.

– Sinta-se livre para me dizer o que fazer para ajudá-la a decidir.

Gretchen reuniu seu respeito próprio e deu um passo para o lado.

– Eu ligo quando tiver um número.

– Faça isso.

Ela jurou a si mesma que não olharia para trás enquanto caminhava pela calçada, subia os degraus da varanda e entrava na casa.

Uma noite fria de inverno

Simon Rye estava atrasado.

E não pouco, mas *muito* atrasado. Tipo, quase meia hora. E, se havia uma coisa que fazia Chelsea Vanderboek cerrar os dentes, era falta de pontualidade.

Toda a sua vida era um cronograma exato e preciso. Tinha que ser, se ela esperava se tornar a sócia mais jovem da história da agência de talentos de Hollywood em que trabalhava. Desde o momento em que se formara na faculdade, fizera cada minuto valer a pena, e essa reunião não era exceção.

Tinha exatamente dois dias para concluir a venda da pousada histórica de sua família, no norte de Michigan, antes de pegar um voo de volta à Califórnia a tempo da festa anual de Natal da agência. Lá, conforme esperava, receberia a promoção pela qual vinha trabalhando.

Infelizmente, um decreto local revoltante exigia a aprovação do Departamento de Patrimônio Histórico da cidade de Leland para a venda de qualquer propriedade que estivesse na mesma família havia mais de um século. Tinha algo a ver com a "salvaguarda do patrimônio" da cidade, segundo o inventário que recebera do advogado da tia. Deveria ter sido apenas uma formalidade, até que *Simon Rye* entrou no caminho.

Chelsea conferiu o relógio. Ele já estava 36 minutos atrasado. Eram 35 minutos a mais do que ela queria ter ficado ali. Havia uma razão para Chelsea ter jurado nunca mais voltar. Lembranças assombravam cada canto daquele lugar, como o fantasma de Jacob Marley arrastando suas correntes à porta de Scrooge. Assim que entrou, teve o instinto de abraçar a si mesma para se proteger do frio e do mau agouro que pairavam em cada centímetro quadrado do casarão.

Alguma hora teria que lidar com a casa, mas não era para ter acontecido tão cedo assim. Era para a tia ter vivido mais duas décadas, tempo o bastante para aproveitar os anos dourados e decidir o que fazer com o patrimônio da família antes que virasse um problema para Chelsea. O câncer, em sua crueldade, tirara isso dela. Agora, Chelsea era o único membro do clã Vanderboek que restava para livrar o mundo daquele casarão assombrado e abominável. O destino tinha um senso de humor doentio.

Chelsea foi até a longa fileira de janelas frontais com vista para as águas serenas, geladas e azuis do Leelanau. O lago, porém, estava praticamente indistinguível, camuflado pelo véu branco de neve. Os cristais finos de gelo que a acompanharam por todo o caminho, desde o minúsculo aeroporto de Traverse City até a península de Leelanau, tinham se tornado flocos grandes e pesados. Chelsea pegou o telefone no bolso do casaco para ver a previsão do tempo e praguejou ao se lembrar que ficara sem sinal algum momento depois de sair de Traverse City.

Mais um motivo pelo qual não via a hora de voltar para o sul da Califórnia.

Se *ele* se desse ao trabalho de aparecer.

Quando enfim ouviu o rugido de um motor reduzindo a marcha lá fora, Chelsea foi até a porta. Abriu-a no exato momento em que uma caminhonete preta subia a ladeira íngreme e estacionava atrás de seu carro alugado.

O homem que saiu de trás do volante não era como ela imaginava. Para começar, tinha uns quarenta anos a menos do que se esperava de alguém com o título de diretor de preservação histórica. Era mais alto, magro e forte, e mais parecia um dos robustos habitantes locais que trabalhavam nas docas de Fishtown.

Vestia uma jaqueta marrom grossa da Carhartt e botas de inverno bem gastas, mas o que chamou a atenção dela foi o sorriso tranquilo enquanto caminhava pela trilha coberta de neve até a varanda. Só que Chelsea não se deixaria enganar por um sorriso encantador. Afinal, trabalhava em Hollywood, onde sorrisinhos falsos eram o ganha-pão de muita gente.

– Você está atrasado.

Simon parou no primeiro degrau da varanda.

– Tentei mandar mensagem.

Chelsea mostrou a tela do celular.

– Chegou a lhe passar pela cabeça que eu estivesse sem sinal?

– Não. O meu está funcionando muito bem. – Ele bateu os pés no chão para se livrar da de neve nas botas. – Parece que você também não viu o alerta meteorológico.

– Que alerta?

Ele apontou para a neve que caía.

– Tem uma tempestade grande vindo aí. Pode ser que caia mais de trinta centímetros de neve.

– Achei que a tempestade só atingiria o sul.

Ele deu de ombros.

– Sabe como é o clima aqui em Michigan.

– Sei. Então é melhor nos apressarmos, preciso acabar logo com isso.

Chelsea deu as costas e voltou para dentro, deixando-o ao pé da escada. Suas botas estavam envoltas pelo manto de neve que já cobria os degraus quando ele a seguiu.

Simon fechou a porta e a encarou com aquele mesmo sorriso.

– Que tal começarmos de novo? – Ele estendeu a mão. – Simon Rye. Me desculpe pelo atraso. É um prazer conhecer você.

Chelsea encarou a mão dele por uma fração de segundo, então soltou um suspiro, aceitando o cumprimento.

– Chelsea Vanderboek.

Ele segurou sua mão por mais tempo que o necessário.

– Lamento pela perda da sua tia. Ela era uma mulher incrível.

Uma onda inesperada de emoção tomou seu peito, e Chelsea puxou a mão.

Simon se sentou em um banco próximo à porta, desamarrou os cadarços e tirou as botas antes de se levantar.

– Isso não é necessário – disse Chelsea, estranhamente nervosa ao ver o homem de meias.

Simon ergueu a sobrancelha.

– É indispensável. Tem uma crosta de neve e sal nas minhas botas, e o assoalho desta casa é de nogueira e tem mais de cem anos. Você deveria tirar as suas também. Se houver chance de restauração...

Chelsea ergueu a mão para silenciá-lo.

– Eu já falei que não tenho intenção de ficar com a casa.

– Eu sei, você já me disse isso. Estou aqui para mudar essa ideia.

– Não. Está aqui para autorizar a venda.

– Me desculpe. – Ele passou a mão pelo cabelo cheio de neve, deixando-o todo espetado. – Não vou concordar que você venda um patrimônio histórico para alguma construtora gananciosa de Detroit que vai demolir a casa e erguer um condomínio fajuto no lugar.

– Mas este é o *meu* imóvel.

– E este é o *meu* trabalho.

– Olha, Sr. Rye...

– Simon.

– *Sr. Rye*, admiro sua paixão pela preservação de locais históricos, mas a casa é minha e sou eu que decido se vendo ou não. O que lhe dá o direito de me dizer que não posso fazer isso?

– Não tenho nenhuma intenção de impedir você de vender a casa da sua família.

Para variar, a surpresa a deixou sem palavras.

– Minha intenção é convencer você a vender para alguém que vai manter a propriedade como está.

– Impossível. Já tenho um comprador aguardando.

Simon deu de ombros.

– Então temo que estejamos em um impasse.

Um som arranhado lá fora fez os dois pararem de repente. Parecia um trenó escorregando ladeira abaixo. Simon inspirou fundo.

– Por favor, diga que puxou o freio de mão antes de descer do carro.

– Eu...

– *Merda.*

Simon abriu a porta com tudo e saiu correndo, ainda de meias. Parou na escada da varanda, mãos na cabeça, porque já não havia mais nada a fazer. Ela correu e parou a seu lado, e juntos viram o carro deslizar para trás até colidir com a caminhonete.

Chelsea prendeu a respiração e rezou para que o pior já tivesse passado.

Mas sabia que era perda de tempo.

Com um rangido, a caminhonete também começou a derrapar, então os dois veículos tombaram e escorregaram pela ribanceira até uma vala profunda.

OITO

Na manhã seguinte, a fila no ToeBeans Café estava tão longa quanto o pavio de Gretchen estava curto. Ela chegou logo depois das oito e mal conseguiu passar pela porta porque fregueses com cara de sono esperando por sua dose matinal de motivação se aglomeravam até a entrada.

Gretchen abafou um bocejo com a mão. Não havia cafeína suficiente no mundo que compensasse a noite maldormida. Colton e seu quase beijo tinham apenas parte da culpa, o resto foi por conta do livro. Pelo visto, romances eram fast-food literários viciantes. Cada capítulo que terminava trazia um gancho de *só mais uma página,* até que de repente eram duas da manhã. Mesmo quando percebeu que a personagem principal era tão parecida com ela que chegava a ser ofensivo, Gretchen não conseguiu parar de ler.

Tinha muito que fazer para se dar ao luxo de estar tão cansada, inclusive mandar um e-mail para Evan dizendo que Colton estava aberto a negociações.

O telefone começou a vibrar no casaco, e ela olhou duas vezes para a tela. Era Evan.

– Parece que alguém descobriu o número do meu celular – comentou, à guisa de cumprimento.

– Tive que pedir para minha esposa.

Lógico.

– Tem novidades?

– Encontrei Colton ontem à noite.

Ele deu uma risada debochada.

– Eu sei. Vi as fotos.

Uma rajada de ar frio gelou sua pele, e não tinha a ver com a porta se abrindo atrás dela.

– Que fotos?

– Achou mesmo que teria um encontro em público com Colton Wheeler sem que ninguém postasse uma foto nas redes sociais, não é?

Tinha achado, sim. Verdade. Não era ligada em redes sociais e não dava a mínima para sites de fofocas de celebridades. Além do mais, os fãs haviam tirado fotos dele, pedido para tirar selfies com *ele*. Por que se dariam ao trabalho de tirar fotos *dela*?

Nervosa, Gretchen sentiu o coração disparar. A última coisa de que precisava era que Evan achasse que ela não estava levando a missão a sério.

– Não foi um encontro, Evan.

– Não me importo – respondeu ele. – Só quero saber se deu certo. O que ele disse?

Outra rajada de vento frio veio de trás e a forçou a avançar o máximo possível.

– Ele concordou em ouvir uma proposta de contrato publicitário, se é isso que quer saber.

– Ótimo. Vou marcar a reunião e…

– Não.

– Não?

– Quer dizer, é para eu dar para ele. – E, como essa frase carregava todo tipo de conotação constrangedora, Gretchen acrescentou mais que depressa: – A proposta.

– Ele quer que *você* entregue a proposta?

A ênfase era particularmente incômoda.

– Quer. Se você encaminhar a proposta *para mim*, eu entrego a ele.

– Assim vocês podem marcar outro encontro?

– Não foi um encontro.

Evan soltou um grunhido como quem diz *ah, tá.*

– Mando alguma coisa por e-mail amanhã.

– Estarei esperando, e…

Ele desligou. Gretchen afastou o celular do ouvido e encarou a tela, tensionando a mandíbula. Mas a raiva do irmão logo se tornou pavor. As fotos. Não tinha perfil no Instagram e só usava o Twitter para ficar por dentro das notícias sobre imigração, então teve que pesquisar no Google. "Natal de Colton Wheeler em Cumberland", digitou.

O primeiro resultado foi uma matéria antiga sobre a última vez que ele se apresentou no evento. Gretchen ignorou e rolou a tela do celular até encontrar a foto. Ou melhor, *as fotos.* Diversas imagens em miniatura de Instagram, Facebook e Twitter.

Clicou na primeira e foi parar no Instagram. A foto mostrava os dois dançando, e era impossível interpretar o olhar de Colton para ela como qualquer outra coisa a não ser carinho. A legenda dizia: "O que eu tenho que fazer para Colton Wheeler me olhar assim? #queméessagarota".

Uma voz divertida a interrompeu:

– Quantas vezes vou ter que dizer?

Gretchen ergueu o olhar da tela e guardou depressa o celular no bolso. Alexis aparecera do nada ao seu lado na fila. Usava um avental com estampas verdes e vermelhas de patas de gato. Com o cabelo preso em um coque alto e um colar imitando um pisca-pisca de Natal no pescoço, ela parecia um dos habitantes de Quemlândia, do Dr. Seuss. O visual faria qualquer outra pessoa parecer insana, mas Alexis ficava muito bem nele.

– Amigos não esperam na fila – disse Gretchen. – Eu sei, mas me sinto mal por passar na frente de tanta gente.

– Venha comigo. – Alexis a puxou para fora da fila. – Você tem muito o que explicar.

Merda. Isso só poderia significar uma coisa: Alexis também tinha visto as fotos. Mas, mesmo que não tivesse, claro que já sabia que ela saíra com Colton na noite anterior. Os rapazes do clube do livro e suas parceiras eram uma família muito unida, e todos sabiam tudo um do outro. Por isso, Gretchen não deveria ter ficado surpresa quando seguiu Alexis até a cozinha e viu Liv, a esposa de Mack. Liv e Alexis eram melhores amigas, e, apesar de seu breve namoro com Mack antes de ele conhecer Liv, Gretchen também ficou amiga dela.

– Veja quem acabou de chegar – disse Alexis.

Liv praticamente pulou em cima dela, agarrou sua mão e a arrastou até a cadeira mais próxima.

– Minha nossa, estávamos falando de você agora mesmo!

Gretchen deu um sorrisinho.

– Eu jamais teria adivinhado.

– Você tem que nos contar tudo.

– Sobre o quê?

– Não se faça de boba.

Ela não estava se fazendo de boba. Estava adiando o inevitável.

– Dá um tempo pra ela – disse Alexis.

– Estou dando – choramingou Liv. – Só quero muito ouvir a história da boca da *"hashtag-Quem-é-essa-garota"*.

– *Não* foi um encontro.

– Quem você está tentando enganar? A gente ou a si mesma?

– Toma, experimenta isso. – Alexis entregou a Gretchen um prato de muffin recém-saído do forno. – Laranja e cranberry com cobertura de açúcar.

Gretchen deu uma mordida e soltou um gemido.

– Cacete, isso é bom.

– Não é? É tipo o sabor do Natal em um prato.

– Não diga uma coisa dessas – disse Liv, mais que depressa. – É capaz que ela cuspa. A Gretchen faz o Scrooge parecer um duende do Papai Noel.

Por que todo mundo tinha decidido comentar a atitude dela em relação ao Natal? Deu outra mordida e pôs o prato de lado.

– O que vocês querem saber?

Os olhos de Liv faiscaram, cheios de malícia.

– Vamos começar com: por que tivemos que ficar sabendo pelo Instagram que Colton foi ao Natal de Cumberland ontem à noite com uma mulher igualzinha a você?

Da maneira mais rápida e vaga possível, Gretchen contou sobre a proposta publicitária e que Colton concordou em considerar a oferta se ela saísse com ele.

– E ponto. Não foi um encontro. Foi estritamente profissional.

Liv deu um sorrisinho.

– O jeito como ele olha para você naquela foto está longe de ser profissional.

– É a iluminação do lugar.

– É verdade que vocês transaram na noite do meu casamento e depois você sumiu?

Alexis engasgou.

– *Liv!*

Um calor se espalhou pelas bochechas de Gretchen.

– Como… Como vocês ficaram sabendo disso?

Alexis ergueu as mãos no mesmo instante.

– Você não precisa falar disso. A gente não devia ter se intrometido.

Gretchen podia contar nos dedos de uma das mãos o número de amigos sinceros e verdadeiros que tinha. Amizade exigia a única coisa que nunca havia aprendido: ter fé que alguém em quem você confia não vai te apunhalar pelas costas. Mas ela se sentiu tão culpada pela preocupação de Alexis que se apressou em tranquilizá-la.

– Não estão se intrometendo. É só que… Colton jurou que não diria nada.

Os olhos de Liv ficaram do tamanho do prato de muffin.

– Conte tudo!

Gretchen fechou a cara.

– Não vou entrar nos detalhes.

– Acho que a Liv não estava falando do sexo – disse Alexis, rindo.

– Claro que estava – disse Liv. – Estou morrendo de curiosidade para saber como ele é na cama.

– Liv, não é justo. Ficaríamos furiosas se os rapazes saíssem contando nossas intimidades. Temos que respeitar a privacidade deles também.

Liv fez beicinho.

– Está bem. Não precisa dar detalhes de como ele é na cama. Mas quero saber todo o resto.

Não tinha como sair dessa. Gretchen cruzou os braços e bufou, irritada.

– Tivemos uma noite incrível e...

Liv suspirou tão fundo que dava para encher uma câmara de ar.

– ... e então... – Gretchen parou. Não estava pronta para admitir que tinha pulado da cama e saído correndo como se o quarto estivesse em chamas. – E então, do nada, ele começa a falar de ir para Belize no jatinho particular.

Era verdade, mas várias informações relevantes tinham sido deixadas de fora.

Gretchen se preparou para o típico sermão "o que diabos tem de errado com você?". Em vez disso, Alexis assentiu, compreensiva.

– Que absurdo sugerir uma coisa dessas, né?

Gretchen piscou.

– Eu... sim.

– Entendo por que você deu um pé na bunda dele.

– Eu também – concordou Liv, devorando um muffin.

Gretchen alternou o olhar entre as duas.

– Vocês entendem?

Liv deu de ombros.

– Bem, é a mesma atitude de merda que fez você largar o Mack, não é? Quando ele tentou te impressionar com um cupcake de mil dólares.

Gretchen grunhiu.

– Podemos nunca mais falar sobre isso, por favor?

Apesar de há muito tempo não se sentir constrangida diante de Liv por já ter namorado Mack, o homem com quem a amiga estava casada, a única lembrança constrangedora entre elas era da noite em que Gretchen terminou com Mack. A mesma noite em que ele conhecera Liv.

– A questão é que qualquer pessoa que te conheça bem sabe que você não tem paciência com ostentação – disse Alexis, com toda a calma.

– *Isso!*

– Você é uma pessoa bem realista, uma pessoa séria – continuou Alexis. – Colton acha que o mundo é um enorme salão de festas.

– Isso, obrigada.

– Você odeia o Natal. Ele é praticamente o Papai Noel.

– *Exatamente.*

Liv fez um ruído debochado.

– E é por isso que vocês são perfeitos um para o outro.

– Exato! Espera, o quê?

Alexis se afastou da bancada.

– Os opostos se atraem.

– Não somos só opostos. Somos, tipo, de planetas diferentes. Ele passa o dia num *jatinho particular*, e eu passo o dia com pessoas que mal podem comprar comida.

– No fundo, vocês se importam com as mesmas coisas – disse Alexis. – E é isso que importa.

– Pois é. Você é exatamente o que ele precisa, e vice-versa.

– Eu *não* preciso de Colton Wheeler. Ele é… ele é…

Alexis arqueou as sobrancelhas enquanto Gretchen tentava encontrar os insultos que sempre tinha na ponta da língua.

– Ele é irritante – concluiu enfim. – E arrogante. E…

Seu cérebro preencheu as lacunas contra sua vontade. Generoso. Gentil. Engraçado. Devastadoramente lindo.

– Podem acreditar – concluiu, por fim. – Nós não somos compatíveis.

Liv fechou a cara.

– Que decepção. Vocês são perfeitos um para o outro.

Gretchen riu com desdém.

– Ah, tá.

– É sério – disse Liv. – Vocês dois têm todo aquele lance de opostos que se atraem, o rabugento que se apaixona por quem está sempre de bom humor.

– Mack também está te fazendo ler romances água com açúcar?

– Você devia tentar. Eles podem ser bem engenhosos. – Liv mexeu as sobrancelhas sugestivamente. Mas logo depois franziu o cenho. – Espera aí. *Também?* O Colton está tentando converter você?

– Deixa ela em paz – repreendeu Alexis.

– Preciso ir para o escritório – disse Gretchen, balançando a cabeça.

Alexis olhou o celular, piscou algumas vezes, então encarou Gretchen com uma expressão dócil.

– Olha, preciso que você acredite em mim quando eu disser que não planejei isso.

Gretchen engoliu em seco.

– Não planejou o quê?

A porta da cozinha se abriu e um deus grego de cabelo escuro entrou como se fosse dono do lugar. Usava camisa de flanela e calça jeans, e dessa vez o colete era vermelho. Trazia duas guirlandas de Natal, uma em cada mão, que combinavam com seus olhos verdes. Olhos que agora a encaravam de um jeito que sugeria que ele estivera do outro lado da porta ouvindo a conversa o tempo todo.

Colton abriu um sorriso.

– Ora, que conveniente!

Não, nem um pouco. Era um pesadelo. Mais um pesadelo.

– O que você está fazendo aqui? – inquiriu Gretchen. – Estava ouvindo atrás da porta?

Colton deu uma piscadela.

– Não, mas agora estou supercurioso. – Em seguida, dirigiu-se a Alexis e Liv. – Senhoras, que bom vê-las esta manhã. As duas estão deslumbrantes, como sempre.

– Colton – disse Alexis, com um sorriso nervoso. – O que traz você aqui?

– Bem, eu ia pedir sua opinião sobre estas guirlandas, mas, já que a pessoa para quem vou dá-las está bem aqui, posso perguntar direto para ela.

Alexis nem tentou esconder o sorriso.

– Entendi.

Liv ergueu as sobrancelhas para Gretchen.

– Então, de qual das duas você gosta mais?

– Ambas são horrorosas.

Liv caiu na gargalhada.

– É por isso que eu te amo. Você é ainda mais rabugenta que eu.

– Faz parte do charme dela – disse Colton. Em seguida, ergueu um pouco as guirlandas para Gretchen analisar. – Uma é para o seu escritório, a outra é para a sua casa.

– Não gosto de decoração de Natal no trabalho.

– Acho que esta, então – disse ele, evidenciando a guirlanda de folhas de eucalipto. – Não grita "Natal". Só "boas festas".

Colton a encarou ansioso, esperando que ela pegasse a guirlanda de sua mão. Com um suspiro, Gretchen enfim cedeu. O aroma das folhas de eucalipto lembrava um spa, o que, convenhamos, não era nenhuma tortura.

Mas, claro, a última vez que estivera em um spa tinha sido na despedida de solteira da esposa de Evan, e aquilo sim fora torturante. Era a única madrinha que não tinha sido membro da sororidade de Anna na universidade, e todas a trataram como um inseto alfinetado na aula de biologia. Uma criatura esquisita para se cutucar e dar risada.

– Tenho que voltar ao trabalho – disse Gretchen.

– E o seu café? – perguntou Alexis.

Droga.

– Eu faço rapidinho. – Alexis correu pela porta da cozinha.

– Também preciso ir – disse Liv. Antes de sair, parou à porta, deu um sorrisinho para Gretchen e um soquinho no braço de Colton. – Tenham juízo.

Assim que Liv saiu, Colton se inclinou em um ângulo sedutor.

– Vocês estavam falando de mim?

– Não.

– Mentirosa. Eu sei quando chego a um lugar e estão falando de mim, e...

– Você contou para os rapazes que passamos a noite juntos depois do casamento.

Ele gaguejou por um momento.

– Não contei, não.

– Então como Alexis e Liv sabem?

Colton se retraiu.

– Como você pôde? – Gretchen empurrou a guirlanda contra o peito dele, que a pegou com a mão livre.

– Não é que eu tenha dado com a língua nos dentes – justificou Colton. – Eles deduziram por si mesmos.

– Você podia ter negado.

– Eu tentei, mas eles viram a verdade estampada na minha cara. Aqueles caras me conhecem bem demais para saber quando estou mentindo. E, pode acreditar, fiquei muito irritado com isso.

Alexis voltou trazendo dois copos de café para viagem com o logotipo do ToeBeans, um para ela e outro para Addison.

– Obrigada – disse Gretchen. – Põe na minha conta?

Alexis deu uma piscadinha.

– Sei onde te encontrar.

Sem olhar para Colton, Gretchen ergueu os dois copos em direção à porta para empurrá-la com o antebraço. Então uma guirlanda surgiu na frente dela.

– Me permita – disse Colton.

Ele abriu a porta vaivém e a segurou com o bumbum para que Gretchen passasse.

Infelizmente, Colton a seguiu.

– Vou acompanhar você.

– Não é necessário. – Gretchen manteve o olhar no chão para evitar qualquer celular que pudesse fotografá-los juntos de novo. Considerando a luz do dia e a proximidade dos dois, sua imagem provavelmente ficaria muito mais nítida.

– É, sim – disse Colton. – Tenho que pendurar essa guirlanda para você, e precisamos planejar nosso próximo encontro.

Ao se aproximarem da saída, Gretchen apertou o passo para que Colton não abrisse a porta para ela de novo. Virou-se para empurrá-la e saiu de costas. Lá fora, virou-se de volta e deixou a porta se fechar na cara dele.

Um momento depois, ouviu o rangido da porta se abrindo de novo e os passos de Colton atrás dela.

– Você está brava?

– Só estou atrasada para o trabalho. – No ar frio, seu hálito se condensou em uma nuvem diante do rosto.

– Gretchen, espere. – Como ela continuou andando, Colton enganchou o dedo mindinho na manga do casaco dela. Em seguida a contornou, entrando na frente dela e forçando-a a parar. – Eu juro que não contei para eles. Eu prometi para você que não contaria. Jamais trairia você desse jeito.

Gretchen acreditava, e isso a deixava ainda mais mal-humorada.

– Tem fotos de nós dois nas redes sociais.

– Eu sei. Sinto muito.

– Meu irmão viu.

– Isso é um problema?

– Sim, se isso o fizer pensar que não estou levando a negociação a sério e só usando isso como pretexto para tirar suas calças.

Um lampejo de consciência carnal fez com que os olhos dele ganhassem um tom mais escuro de verde. Gretchen engoliu a frustração e desviou, dando a volta.

– Tenho que trabalhar.

Infelizmente, ele a seguiu.

Ao chegarem ao escritório, Gretchen abriu a porta.

Infelizmente, ele a seguiu de novo.

Quando entraram, Addison estava atarantada com outro cordão de pisca-piscas. Ela espiou por cima do ombro, então parou e olhou de novo para Colton.

– Ah, meu Deus, você é…?

Colton assentiu.

– Colton Wheeler. É um prazer conhecer você.

– Puta merda – sussurrou Addison.

Gretchen entregou o café para ela.

– Ele não é tudo isso. Pode acreditar.

Colton deixou as guirlandas no balcão da recepção e apertou a mão de Addison. Ela olhou para a própria mão depois, como se tivesse acabado de tocar Deus.

Então Colton voltou para o lado de Gretchen, ajeitou uma mecha do cabelo dela e a olhou de um jeito que fez seus joelhos tremerem que nem gelatina.

– Te pego às sete na sexta?

Diante do silêncio dela, Colton inclinou a cabeça feito um cachorrinho e, em algum lugar, os anjos começaram a cantar. Droga. Soltando um grunhido, Gretchen virou as costas e saiu batendo o pé em direção à sua sala.

– Ei – chamou ele, mais atrás. – Onde o Papai Noel pega ônibus para viajar?

– Por favor, não me diga…

– Na ho-ho-rodoviária.

Gretchen balançou a cabeça e olhou para o chão. *Não ria, não ria*, ela entoou em pensamento, mas não adiantou. Acabou rindo.

– Ahá! – exclamou ele, triunfante. – Minha missão está cumprida. Te vejo na sexta.

Gretchen fugiu para sua sala e, ao se sentar, apoiou o café e a testa na mesa. Em questão de segundos, Addison apareceu.

– Puta merda, o que foi aquilo, Gretchen?

– O Fantasma do Natal Passado.

– Você vai mesmo sair com ele na sexta? Como é que isso aconteceu? – A voz dela subia uma oitava a cada pergunta, até atingir o ápice do crescendo ao exclamar: – Quero saber o que está acontecendo!

– Não está acontecendo nada. Minha família quer que ele seja o novo garoto-propaganda da marca.

– Mas ele vai te buscar na sexta à noite.

– Para uma reunião de negócios.

– Seja lá o que tenha acontecido entre vocês dois lá fora, não tinha nada a ver com negócios. Estava mais para preliminares.

– Volte ao trabalho – ordenou Gretchen, ligando o computador, que levava cinco minutos para inicializar. Mas não podia se dar ao luxo de comprar um novo.

– Qual é! Vai dizer que não está nem um pouco, nem um tico de nada, deslumbrada com ele? Afinal de contas, é *Colton Wheeler*.

Gretchen fez o login no computador.

114

– Você pretende trabalhar de verdade hoje ou…?

– Eu sabia! Você gosta de bancar a rainha do gelo, mas nem você é imune a alguém assim.

Addison fechou a porta ao sair, deixando Gretchen sozinha com um único pensamento.

Esse era o problema.

Gretchen não era imune a ele. Era tão suscetível a ele quanto um cão é suscetível a pulgas.

Mas nada mudara naquele ano desde que Gretchen fugira às pressas do quarto de hotel dele. Não formavam um par melhor agora do que antes. Havia uma razão, e apenas uma, para ela continuar com esse jogo: garantir a bênção da família para que pudesse assumir seu lugar no conselho da fundação.

Quanto antes essa farsa boba acabasse, melhor.

Nunca era bom sinal quando Vlad estalava os dedos.

Mas foi assim que Colton o encontrou na academia, uma hora depois, quando chegou para a aula de aeróbica do Silver Sneakers. Foi o último a chegar e quase nem notou a encarada de Vlad, porque atrás dele, ali de pé, estavam mais dois caras que Colton não tinha convidado: o técnico de hóquei de Vlad e outro sujeito que nunca tinha visto.

Colton largou a bolsa e apontou para os dois.

– Que merda eles estão fazendo aqui? A Sra. Porth já viu esses dois?

Vlad estreitou os olhos, ameaçador.

– Esqueça eles. Nós vimos as fotos.

– E conversamos com as meninas – acrescentou Noah, num tom que Colton só ouvira uma vez, quando os dois passaram duas horas em seu carro correndo a toda velocidade para que Noah pudesse encontrar Alexis antes de ela entrar em uma cirurgia, e só depois Colton deixou escapar que tinha acesso a um helicóptero.

Naquele dia, Noah estava bem intimidador; agora, estava assustador. A merda estava prestes a bater no ventilador.

– Gavin, Del e Yan não vêm hoje, ou…?

– Cale a boca e conte logo o que está acontecendo – mandou Mack.

– Está bem, olha...

– É sério que você está chantageando a Gretchen para ter encontros? – A pergunta veio de Malcolm, que raras vezes erguia a voz acima de um barítono reconfortante, mas que estava quase alcançando o tom do Coral dos Meninos de Viena.

– Não é chantagem.

– Você deu um ultimato – lembrou Noah, olhando para Colton como se tivesse acabado de brotar um terceiro olho no meio da testa dele. – Sair com você ou admitir pra família que ela nem sequer conseguiu entregar uma proposta.

– Dei a ela uma *escolha*. Não um ultimato.

– Nesse caso, é a mesma merda – retrucou Mack. – Quando tem uma porra de uma opção claramente pior que a outra, é um ultimato.

– Não vá se animando por ela ter achado que você era a opção menos ruim – acrescentou Noah. – Isso não diz muita coisa.

Malcolm massageou a ponte do nariz.

– Quando penso que um de vocês, imbecis, atingiu o auge intransponível da canalhice, o outro dá um jeito de se superar.

O técnico de Vlad e o outro cara se aproximaram.

– Então, hã... valeu por nos convidar para a aula – disse o sujeito desconhecido.

– Não convidei vocês – reclamou Colton.

– Eu convidei – explicou Vlad.

– Você pediu para a Sra. Porth?

– Pedi, mandei um e-mail para ela ontem à noite.

– Mandou um e-mail? Desde quando você tem o e-mail dela?

A aula era dele. Era ele quem tinha descoberto aquilo. Os amigos estavam passando dos limites.

– Pare de mudar de assunto – vociferou Mack. – Você tem três segundos para explicar quais são suas intenções com a Gretchen antes que eu chame a Sra. Porth para te mandar fazer flexões.

Colton engoliu em seco e olhou depressa para a frente da sala, onde a Sra. Porth estava bem distraída, graças a Deus.

– Só me diga que não está fazendo isso para massagear seu ego – pediu Mack.

Um soco teria doído menos.

– Nossa, se eu soubesse que vocês me consideravam tão merda assim...

– Não tem a ver com você, irmão. Tem a ver com ela. Vocês dois vivem em mundos muito diferentes. Gretchen é bem reservada; mesmo tendo nascido em uma família famosa, optou por não viver essa vida. Então, ainda que suas intenções sejam puras...

– *E são.*

– ... podem ter consequências indesejadas e bem reais para ela.

Colton se lembrou da reação dela às fotos, naquela manhã.

– Eu sei – admitiu, passando a mão na nuca. – Mas estou levando isso a sério. Ela é incrível, sabe? Inteligente, engraçada, bem-sucedida, dedicada... que tipo de pessoa larga uma fortuna igual à da família dela para ajudar os outros? Eu nem sei se sou bom o bastante para ela.

Os caras piscaram, atônitos, mudos.

– Caramba – disse Malcolm, por fim.

Colton ficou batendo no chão com o bico do tênis.

– O que foi?

– Você gosta *mesmo* dela, né? – Isso também veio de Mack.

Colton o paralisou com o olhar.

– Gosto. Eu gosto dela de verdade.

– Então você começou com o pé esquerdo – disse Noah. – Não se faz chantagem com uma mulher...

– *Não é chantagem.*

Noah ergueu as mãos.

– Seja lá como queira chamar, não é um começo saudável. E não sei se temos como ajudar.

– Eu não pedi ajuda.

A reação a essas palavras foi uma troca de olhares céticos entre os amigos. A Sra. Porth escolheu aquele momento para anunciar que a aula começaria dali a dois minutos. Colton cometeu o erro de cruzar o olhar com o dela e quase se mijou.

– Ei – chamou Mack, posicionando o tapete de ioga ao lado do dele.

Colton respondeu olhando feio.

– O quê?

– Me desculpe pela chantagem.

Colton começou a alongar os tríceps.

– Você me magoou.

Mack deu um tapinha nas costas dele.

– Me desculpe. Um abraço?

– Não. – Colton ficou olhando para baixo.

– Qual é, irmão. Me dá um abraço.

Colton cedeu e deixou Mack abraçá-lo. Um segundo depois, abraçou-o de volta. Os dois trocaram tapinhas nas costas, em sinal de reconciliação, antes de se afastarem.

– Ok, que bom – disse Noah, aproximando-se dos dois de novo. – Estamos todos de bem?

Colton fez que sim com a cabeça, estranhamente emocionado. Não gostava de brigar com os amigos.

– Então, quando é o próximo encontro? – perguntou Vlad.

– Sexta. Vou levá-la lá em casa para decorar minha árvore de Natal.

– Isso é uma figura de linguagem? – perguntou Mack.

– Quê? Não.

Mack deu uma risada debochada.

– Bem, então é uma ideia de merda.

Noah deu um tapa nele.

– Ei, qual é, Mack. Vocês acabaram de fazer as pazes.

– Ainda assim é uma péssima ideia – devolveu Mack.

– Não pedi sua opinião – retrucou Colton, fazendo bico.

– Bem, essa foi de graça.

Malcolm pigarreou para evitar outra desavença.

– Então, só para ficar bem claro para todos, você não só está forçando a Gretchen a sair com você, como também está obrigando a coitada a fazer atividades natalinas, mesmo sabendo que ela odeia essa data?

– Quero que ela mude de ideia.

Malcolm encheu os pulmões, tentando se acalmar, e deixou o ar sair com um suspiro.

– Colton, acho que vou falar por todos aqui do grupo: quando levar um pé na bunda, não venha pedir nossa ajuda. Você está por sua conta e risco.

– Nossa, valeu.

Uma mão musculosa pousou em seu ombro.

– Meu amigo, eu te amo como um irmão – disse Vlad.

Colton deu um tapinha na mão dele.

– Obrigado, cara. Eu também te amo...

– Mas prevejo uma catástrofe.

Colton mal teve tempo de processar aquele chute nas bolas antes que Malcolm lançasse um olhar direto para ele.

– E lembre-se bem disso, Colton: ninguém odeia o Natal. As pessoas odeiam os *próprios* Natais. Se quiser começar um relacionamento com a Gretchen, não estrague tudo confundindo as coisas.

NOVE

Não é um encontro.

Nos últimos dois dias, Gretchen havia mentalizado essas palavras tantas vezes que quase chegara a acreditar. E, quando a fé começou a vacilar, mergulhou no trabalho ou saiu para correr. Mas ali estava, trocando de roupa pela terceira vez, com apenas dez minutos de sobra para o horário combinado. Ou era mais complicado escolher o que vestir para um "não encontro" do que para um encontro legítimo, ou seu cérebro estava oficialmente farto da tentativa de fingir que não estava nervosa por ver Colton.

Era ridículo. E humilhante.

Mas quem estava tentando enganar? Gretchen não desenterrava a legging de couro, que realçava as pernas torneadas de corredora, para qualquer um. Não usava acessórios para ir a reuniões de negócios. E com certeza não enrolava a droga do cabelo para um "não encontro".

Pa-té-ti-co.

O toque do interfone fez seu coração saltar em ziguezagues frenéticos.

Ele estava ali. Gretchen fechou a porta do quarto, principalmente para que Colton não visse o caos dos looks descartados, e correu para destravar a porta. Momentos depois, ouviu os passos dele, cada vez mais altos, escada acima. Abriu a porta assim que Colton ergueu a mão para bater.

– Cadê a guirlanda que eu te dei… Uau! – Colton parou e colocou as mãos em cada lado do batente. Examinou o corpo dela de cima a baixo. – Se você se produziu para mim, acertou em cheio. Sou todo seu.

Gretchen sentiu o calor se espalhar por sua pele como se tivesse acabado de mergulhar em um banho de espuma – que logo virou um banho de chá escaldante. Onde estava com a cabeça para se vestir daquele jeito? Agora *ele sabia* que ela considerava aquilo um encontro. E, como isso era pior do que admitir para si mesma, Gretchen disfarçou o constrangimento da única maneira que sabia: fez cara feia.

– Não tinha outra roupa limpa. Não ache que foi nenhuma consideração especial.

– Tarde demais. – Ele entrou e fechou a porta. – Como eu dizia, antes de quase ter um ataque do coração ao ver você nessa calça… Cadê a guirlanda que eu te dei?

Gretchen apontou para a mesa de café, onde a guirlanda estava apoiada sobre uma pilha de livros que jurara um dia organizar na prateleira. O que provavelmente nunca seria feito.

– Quer que eu pendure para você?

– Não.

Ela pegou o casaco no encosto do sofá; quando foi alcançar o cinto para fechá-lo, Colton segurou suas mãos.

– Deixa que eu faço isso – disse, a voz parecendo calda de caramelo.

Talvez devesse tê-lo espantado. Talvez devesse ter se afastado.

Talvez.

Mas deixou.

Colton não teve pressa para dar o laço no cinto e, sabe-se lá como, conseguiu puxá-la para mais perto a cada volta no tecido. Quando terminou, deslizou as mãos até os quadris dela e diminuiu a distância ínfima que restava entre seus corpos para meros centímetros. O calor dos dedos dele atravessava as roupas de Gretchen, mas não era nada comparado ao ardor de quando aproximou a boca da dela.

– Você pensou mais sobre o item pendente da agenda?

Claro. Muito. Quase sem parar.

– Não.

– Que pena – murmurou ele, os lábios pairando sobre os seus. – Porque eu adoraria saber sua opinião sobre o assunto.

O bom senso de Gretchen enfim dominou a força de vontade combalida.

– Acho que temos outros assuntos urgentes para discutir primeiro.

Gretchen foi até a mesinha de jantar adjacente à sala para buscar o envelope pardo com as informações que Evan enviara. Deu meia-volta e entregou a ele.

– Aqui está. Uma proposta formal.

– Ótimo. Estou ansioso para saber sua opinião sobre isso também. – Ele enrolou o envelope e o segurou com as duas mãos. – Pronta?

– Posso saber aonde vamos desta vez?

– Tem certeza de que não prefere uma surpresa?

– Certeza absoluta.

– Nóóóós… – ele arrastou a palavra – vamos decorar minha árvore de Natal.

– Por favor, diga que isso é uma piada.

Colton ergueu e abaixou as sobrancelhas.

– Pode ser.

Gretchen contraiu os lábios para conter o sorriso que ameaçava arruinar seu desinteresse fingido. Como não funcionou, virou-se e fingiu estar procurando alguma coisa.

Atrás dela, a porta se abriu.

– Chega de enrolação.

– Não estou enrolando. Estou procurando minha bolsa.

– Está é tentando esconder esse sorriso de mim.

Ela pegou a bolsa da cadeira na sala de jantar e se virou, invocando a expressão mais carrancuda que seu rosto podia demonstrar.

– Sinto muito. Você continua encantadora – disse ele. – Vamos.

Colton esperou no corredor enquanto ela trancava a porta.

– Não que eu não esteja grata por esta experiência…

– O que você não está nem um pouco.

– Mas posso perguntar se vamos comer em algum momento da noite?

Ele se aproximou, apoiando a mão no batente da porta atrás dela.

– Vou te fazer comer ameixas açucaradas e biscoitos de gengibre.

– Preciso de carne.

– Ah, isso eu tenho pra dar.

Gretchen revirou os olhos e passou por baixo do braço dele.

– Você entendeu.

– Sim – concordou ele, indo atrás. – Tenho toda a intenção de proporcionar comida para você, e carne faz parte do cardápio. Botei um pernil no forno.

Ela estava no meio da escada, mas parou e olhou por cima do ombro.

– Você botou *um pernil* no forno?

– Você diz isso como se fosse uma coisa ruim.

Ela continuou descendo a escada.

– Só estou confusa pelo fato de você saber cozinhar um pernil. Aliás, pelo fato de saber cozinhar qualquer coisa.

– Sou bem crescidinho. Claro que sei cozinhar. E pernil é a melhor carne de Natal, na minha opinião.

– Mas você poderia contratar uma frota inteira de *personal chefs*.

– É verdade. Mas imagine como você ficaria decepcionada se eu admitisse que tinha feito isso.

Chegaram ao carro e, dessa vez, Gretchen deixou que Colton abrisse a porta. O sorriso recatado decorando os lábios dele sugeria que, por *muito pouco*, ele não fez um comentário jocoso, mas a educação silenciosa com que a ajudou a entrar no carro mostrava que ele não correria o risco de provocar sua ira. Homem esperto.

Depois de fechar a porta, Colton correu até o lado do motorista, e Gretchen aproveitou a chance de observá-lo. Vestia o que ela logo deduziu ser seu uniforme: a calça jeans queridinha, uma camisa de manga comprida por cima de uma camiseta, e o colete vermelho.

Colton sorriu assim que entrou no carro.

– Estou aprovado?

– Não. Essas roupas estão horríveis em você.

A gargalhada dele ricocheteou no para-brisa e ecoou por todo o carro.

– Ah, querida, é bom você saber que prefiro ser insultado por você do que bajulado por qualquer outra pessoa.

Antes de dar a partida, Colton jogou o envelope enrolado no banco de trás. Gretchen virou a cabeça e viu que tinha caído no chão.

– Mas que merda, por que você fez isso?

– A gente vê isso depois. – Ele deu a partida no carro. – Então, posso torturar você de novo com mais músicas natalinas ou…

– Seja lá o que vier depois desse "ou", eu prefiro. – Ela afivelou o cinto de segurança.

– Ou podemos falar sobre o livro.

Talvez ela tenha até rosnado.

– Tem uma terceira opção?

– Claro – respondeu Colton, pegando a rodovia. – Você pode finalmente contar por que me dispensou naquela manhã.

Pronto. O assunto que ela mais temia. Embora soubesse que era quase impossível evitar essa conversa para sempre, Gretchen morreria tentando.

– O livro. Com toda a certeza, o livro.

– Então você começou *mesmo* a ler. – Ele ligou o pisca-alerta na placa PARE, esperou um carro passar, então virou à direita. – O que está achando?

– Acho que você queria que eu me visse na personagem de Chelsea, e me sinto ofendida com isso.

– Interessante.

– Como se não fosse intencional.

Ele deu de ombros, mas manteve os olhos na estrada.

– Qual é, sério? Foi por acaso que me deu um livro sobre uma mulher que odeia o Natal, evita a família e é extremamente dedicada à carreira?

– Isso poderia descrever tantas mulheres… ainda mais as personagens de romances de Natal.

– Bem, não sou como ela.

– Registrado. O que mais?

Era uma armadilha. Se admitisse que o livro a manteve acordada muito além da hora habitual duas vezes naquela semana, Colton nunca mais pararia de tripudiar. Por outro lado, estava mesmo curiosa sobre algumas coisas.

– Está bem. – Ela bufou, sobretudo para si mesma. Então se virou no banco para encará-lo. – Por que aquele cara, o Simon, se preocupa tanto com o que ela vai fazer com a própria casa?

– Você vai descobrir. Só continue lendo.

– Mas ele está me irritando. Se eu não descobrir logo por que o cara é tão obcecado com isso, vai ser difícil entender por que a mulher se apaixonaria por ele.

– Porque é um *trope* literário: Grumpy/Sunshine.

– Um o quê?

Ele fez outra curva para entrar na Avenida Shelby.

– É um tema clássico recorrente em romances. Um personagem é alegre e de bem com a vida, o outro é sério e rabugento. A única pessoa que consegue fazer o rabugento sorrir é o bem-humorado, e a única pessoa que consegue fazer o bem-humorado olhar profundamente para si mesmo é o rabugento.

Era parecido demais com o que Liv falara sobre ela e Colton serem um par perfeito. Gretchen estreitou os olhos.

– Isso é uma conspiração?

Colton riu alto e olhou para ela.

– Uma conspiração?

– É. Você, Liv, Alexis… os três estão envolvidos nisso, né?

– Envolvidos em quê? Em fazer você ler um romance?

– Isso e tentar me fazer gostar do Natal e…

– Você fica fofa quando está paranoica.

Dessa vez, ela com certeza rosnou.

– Pare de ser *o bem-humorado*.

A risadinha dele deixou Gretchen com um frio irritante na barriga.

– Estamos muito longe da sua casa? – reclamou ela.

– Moro na zona sul de Brentwood, então faltam uns vinte minutos.

– Você mora perto do Vlad e da Elena?

– Mais ou menos. Eles moram numa área residencial próxima, mas, hã… minha casa fica um pouco mais escondida.

Gretchen passara a vida toda rodeada de pessoas ricas e sabia quando estavam deliberadamente tentando evitar a aparência de ostentação. Seus pais eram mestres nessa arte, e gostavam de se referir à mansão de dezesseis quartos, com salão de baile e piscina coberta, como "nossa cabana". Porque, afinal, super-ricos fazendo *cosplay* de pobre era sempre tão divertido.

Como ela suspeitara, "escondida" foi um jeito pitoresco de descrever a localização da casa. O CEP até poderia indicar Brentwood, mas Colton morava em uma área exuberante e reclusa, com mansões resguardadas dos olhos do povo por hectares de árvores. Depois de digitar a senha do portão de ferro forjado, ele seguiu por uma rua privativa ladeada de postes de luz históricos e árvores centenárias que deviam tirar o fôlego no outono, mas que agora estavam desfolhadas por conta do inverno.

Quase quinhentos metros adiante, avistaram a casa. Paredes de pedra cinza e telhado branco e anguloso assomando bem acima de um aclive suave, dividida em duas alas por uma ampla varanda central. Uma escadaria de pedra grandiosa descia até a entrada circular de carros, na frente.

Colton claramente já se ocupara com a decoração. Uma guirlanda do tamanho de uma piscina infantil estava presa no alto da empena da varanda. Festões adornados com laços vermelhos e luzes brancas percorriam toda a balaustrada de pedra e desciam a longa escadaria. No centro da entrada circular de carros, um pinheiro da altura de um chalé de dois andares estava enfeitado com ainda mais luzes.

Quando desligou o carro, Colton ficou estranhamente quieto.

– Talvez seja um pouco demais para os seus padrões.

– É linda – disse ela, esperando que sua sinceridade fosse perceptível.

– Com certeza é muito mais do que eu tive quando criança. – Ele inspirou e deixou escapar uma risada que pareceu forçada. – Enfim… pronta para decorar a árvore?

– Se eu disser que não, você vai me levar para casa?

A injeção de sarcasmo ressuscitou a autoconfiança dele.

– Não, mas valeu a tentativa.

Ele foi até o lado do passageiro, abriu a porta e lhe estendeu a mão.

Os dois subiram as escadas da varanda juntos, e, depois de digitar outra senha para destravar a porta, Colton olhou para ela por cima do ombro.

– Você é alérgica a gatos?

– Hum, não. Por quê?

Ele deu um passo para o lado, deixando-a entrar primeiro. Gretchen não teve chance de reparar no interior da casa, pois toda a sua atenção foi para a aparente resposta à pergunta, sentada no meio do hall de entrada. Tinha forma de gato, mas era grande o bastante para devorar um corgi.

– Colton, não se assuste, mas tem uma onça-parda aqui dentro.

Colton riu e fechou a porta.

– Essa é a Picles.

– Ah, tá. Bem, a Picles tem cara de gente e está prestes a acionar sua advogada contra mim.

Colton se agachou para pegar a fera peluda no colo. Picles miou e esfregou o rosto no queixo dele.

– Ela me ama.

– Ela é *imensa*.

– É uma *Maine coon* de pedigree. Eles crescem bastante.

Hesitante, Gretchen estendeu a mão para coçar atrás da orelha de Picles e foi recompensada com um ronronar afetuoso.

– Essa é a minha garota – elogiou Colton, antes de colocá-la no chão. A gata miou em protesto e circulou entre as pernas dele. – Eu posso pendurar seu casaco – ofereceu a Gretchen, estendendo as mãos.

Gretchen tirou o casaco e, enquanto ele o pendurava no armário do hall, ela aproveitou para dar uma olhada no ambiente. Para uma casa tão grande por fora, até que parecia pequena por dentro.

Não, pequena, não. Aconchegante.

A casa de Colton era aconchegante e acolhedora. Tudo o que a casa de seus pais nunca foi nem nunca seria.

– Aceita uma bebida?

A voz dele a arrancou da observação silenciosa. Colton enfiou as mãos no bolso; parecia inseguro, como quando estavam no carro. Como se estivesse com muito medo de ser censurado por ela.

– Claro. Obrigada.

– A cozinha é por aqui. Venha.

Picles foi trotando na frente dos dois, a cauda peluda erguida bem alto, como se soubesse que algo especial estava por vir. Não estava enganada. Assim que entraram na enorme cozinha, Colton foi direto até um armário baixo e pegou uma caixa de petiscos. Quando chacoalhou a caixa, Picles miou, e então ele despejou um punhadinho no chão.

Depois de guardar os petiscos, ele voltou a atenção para Gretchen.

– Vinho? Cerveja? CAW 1869?

Um sorriso burlou suas defesas.

– Você sabe a resposta.

Enquanto ele servia a bebida, Gretchen voltou a examinar a cozinha. Apesar de grande e equipado com eletrodomésticos de última geração que deixariam até o chef Wolfgang Puck no chinelo, o ambiente era espantosamente intimista. Era fácil imaginar uma família espalhafatosa cantando "Parabéns pra você" à volta do bolo ali.

A cozinha se abria para uma área de estar com lareira, e uma série de portas francesas levavam à sacada com vista para o quintal. Sem pedir, Gretchen abriu a porta e saiu para a noite fresca. Abaixo havia um terraço e uma piscina gigantesca. Mais árvores contornavam os fundos da propriedade, um cinturão natural que dava privacidade à casa.

Colton apareceu com os copos de uísque. Depois de entregar um a Gretchen, ergueu o seu.

– À trapaça… como é o resto mesmo?

– À roubalheira, à briga e à bebedeira.

Colton tilintou o copo no dela, e Gretchen retomou a contemplação.

– Eu sei, eu sei. Pode falar.

– Falar o quê?

– Que é um absurdo gastar dinheiro numa casa dessas quando tantas pessoas como seus clientes mal conseguem alimentar os filhos…

– Eu *não* estava pensando isso.

– … mas não é só para mim. Eu queria ter bastante espaço para toda a família aproveitar. Como se estivessem de férias quando viessem para cá. Meus pais vêm várias vezes ao ano, e é incrível no Natal. As crianças correm por todo lado e…

Gretchen pôs a mão no braço dele.

– Colton, não precisa me explicar nada. Você é um grande sucesso. Eu nunca disse que as pessoas não podem colher os frutos de seu trabalho duro.

– Mas eu sinto o julgamento irradiando de você.

O tom foi zombeteiro, mas as palavras a magoaram mesmo assim. Era isso o que ele pensava? Era essa a impressão que ela passava ao mundo?

Santo Deus. Será que ela era mesmo como Ebenezer Scrooge?

Foi sua vez de se sentir insegura.

– Nós vamos decorar essa árvore ou não?

– Olha só você – comentou Colton, provocando de novo. – Entrando no espírito da coisa.

– Eu quero é acabar logo com isso.

Colton deu uma piscadela.

– Esta é a minha rabugenta.

Ao sentir de novo aquele frio na barriga, ela percebeu que seria inútil tentar manter a palavra de que aquilo não seria um encontro.

DEZ

– Na verdade, nunca fiz isso na vida.

– Nunca fez o quê? – Colton olhou para ela do chão, onde abria as caixas dos novos pisca-piscas e plugava um cordão ao outro, ponta com ponta.

Gretchen estava empoleirada na ponta do sofá, segurando o copo com as mãos entrelaçadas.

– Nunca decorei uma árvore de Natal.

Ele ergueu os olhos de novo e soltou uma gargalhada.

– Ah, tá.

– Não estou brincando.

As mãos dele pararam por conta própria, e Colton ergueu o olhar de novo, mais devagar dessa vez. Gretchen não parecia estar brincando. Aquilo era ainda mais absurdo e inacreditável do que ela nunca ter ido ao Natal de Cumberland, e muito, muito mais triste.

– *Por quê?*

– Eu mesma nunca comprei uma árvore, e, quando era criança, nossa casa fazia parte do circuito do uísque no roteiro de férias, então minha mãe sempre contratava um decorador profissional. A casa costumava ter mais de dez árvores, e os profissionais decoravam todas.

– Mas vocês não tinham uma árvore particular, só para a família?

Ela fez que não com a cabeça.

– Deixa eu ver se entendi direito. – Ele tirou o feixe de pisca-piscas do colo e passou a mão no cabelo algumas vezes. – Tipo, você nunca teve uma noite decorando a árvore em família? Brigando com os irmãos para ver quem iria colocar a estrela no topo da árvore?

– Não.

– Nada de surrupiar doces quando seus pais não estavam olhando?

– Não.

– Nada de tirar sarro da sua mãe por ficar toda sentimental ao pegar os enfeites de papel que você fazia no jardim de infância?

– Tem uma opção "nenhuma das anteriores" que eu possa assinalar nesta conversa? Porque eu garanto: qualquer coisa que vier à sua mente, a resposta vai ser a mesma.

– Mas... ela guardava os enfeites, né? Os que você deve ter feito quando era criança?

– Não faço ideia. – Ela tomou outro gole de uísque. Suas unhas estavam quase brancas, tamanha a força com que segurava o copo.

Colton sentiu um misto de raiva e pena.

– Então, como decidiam em que árvore colocavam os presentes?

– Não decidíamos.

– Vocês não trocavam presentes? – A voz dele saiu em um falsete que teria deixado Freddie Mercury orgulhoso.

– Sim, mas não os colocávamos embaixo de uma árvore. Minha mãe dizia que a árvore parecia atulhada de coisas, e meu pai estava sempre preocupado que algum turista os roubasse, então a gente simplesmente os recebia na manhã de Natal.

– Eu... – Colton piscou várias vezes. – Não sei o que dizer.

Os lábios dela se forçaram a um sorriso tenso.

– É um Milagre Natalino.

– Então...

Gretchen olhou para o teto soltando um choramingo.

– ... você nunca teve a sensação incrível de ver o monte de presentes crescer embaixo da árvore nos dias antes do Natal, de ficar sempre olhando as etiquetas para saber quais eram para você?

– Em geral eu já sabia o que ia ganhar, então... – Ela deu de ombros. A intenção do gesto provavelmente era passar indiferença, mas o tom embargado da voz e a tensão do maxilar enviavam a mensagem oposta.

Uma voz em seu subconsciente (que parecia muito o Malcolm) o alertou para mudar de assunto, mas, meu Deus, cada resposta dela gerava mil novas perguntas.

– Por que você sempre sabia o que ia ganhar?

– Desde que me entendo por gente, eu fazia uma lista, e meus pais compravam tudo o que estivesse nela.

– Você está de brincadeira comigo – disse Colton, estupefato.

– Por que eu mentiria?

– Não acho que esteja mentindo. Só não consigo acreditar. A melhor parte do Natal, quando se é criança, é rasgar o papel de presente e ver aquilo que você mais queria, mas que seus pais vinham dizendo há semanas que você não iria ganhar.

Ela engatilhou outro sorriso forçado.

– Nossas famílias são bem diferentes.

A raiva e a culpa convergiram em um ressentimento indignado pela infância dela. Que tipo de pais negavam aos filhos as tradições mais básicas de Natal em nome de algo tão frívolo como abrir a casa para visitação no feriado?

– Não olhe assim para mim.

– Assim como?

– Como se eu fosse uma criança negligenciada. Cresci em uma mansão, com mais dinheiro do que a maioria das pessoas poderia sequer imaginar.

– Existem muitas formas de negligência.

– Deixar de decorar uma árvore de Natal não é uma delas.

A conversa inteira durou cinco minutos, mas foi como se ela tivesse lido em voz alta a autobiografia completa de sua vida. Não à toa ela odiava o Natal. Nunca houve mágica para ela. Gretchen desafiou seu silêncio prolongado arqueando as sobrancelhas. Colton teve que limpar a garganta para encontrar o tom de voz certo.

– Bem, então parece que tenho o privilégio de ser o seu primeiro.

Gretchen revirou os olhos, mas a piada funcionou. A expressão calculada de indiferença se transformou no sorrisinho de *minha irritação é puro fingimento, na verdade achei graça*. Colton estava começando a viver para ver aquele sorriso.

Ele se levantou do chão.

– Então, você vai me ajudar ou vai ficar sentada aí a noite toda, só admirando meu bumbum neste jeans?

– Lá vem seu ego de novo.

– Porque, pra mim, ambas são opções válidas.

Gretchen colocou o copo na mesa de centro em frente ao sofá.

– Me diga o que quer que eu faça.

Ele baixou a voz:

– Gata, vou sonhar com essas palavras a noite toda.

Ela fez de novo o revirar de olhos e fingiu irritação.

– Começamos com o pisca-pisca ou os enfeites?

– O pisca-pisca, *dãããã*.

– Eu já disse. Sou virgem nisso.

– Você não vai facilitar as coisas para mim, né?

– Não.

Colton rosnou baixinho e pegou o pisca-pisca que deixara no chão.

– Toma – disse, entregando uma ponta do cordão a ela. Em seguida, apontou para o outro lado da árvore. – Você fica ali, e eu vou começar a pendurar as luzes em volta.

– Nossa, e você acha que eu sou rabugenta? – Gretchen foi até onde ele indicou, esticando os cordões de luzes conforme caminhava.

Ele não estava rabugento, estava prestes a ter uma droga de uma ereção. Isso o fez se sentir o ser humano mais desprezível do mundo, por conta do que ela acabara de confessar sobre sua infância.

Levou mais alguns minutos para que todos os pisca-piscas fossem pendurados, mas Colton precisou da escada que trouxera para dentro, mais cedo, para alcançar o topo da árvore.

Quando ele terminou, Gretchen deu um empurrãozinho de brincadeira em seu ombro.

– Vamos logo com essa primeira vez, para podermos comer.

Ele gemeu e cambaleou para trás, as mãos no peito.

– Você está tentando me matar de verdade?

– Se é o que preciso fazer para conseguir o que eu quero, então sim.

– Muito bem, já chega. – Colton agarrou sua mão e começou a puxá-la pelo corredor.

Ela tropeçou e soltou uma risada surpresa.

– Aonde vamos?

– Tenho uma coisa para mostrar no meu quarto.

Gretchen riu. Tipo, riu pra valer, alto e com vontade, e puxou a mão de volta. Colton não a deixou escapar, usando o impulso para puxá-la junto a si. Gretchen colidiu de leve contra seu peito e o encarou de um jeito que fez o mundo girar mais rápido e devagar ao mesmo tempo, como perder o controle e sair girando numa estrada coberta de gelo. O cenário passava como um borrão, mas seus sentidos registraram cada cor, cada objeto, cada som e cheiro, até ele não sentir mais nada além da certeza de que algo grande estava prestes a acontecer. E que acabaria em alívio ou desastre.

Se aprendera algo com os romances que lia, era que uma confissão dolorosa resultava em vulnerabilidade, e essa vulnerabilidade sempre vinha com um preço. Gretchen estava vulnerável. Se Colton se aproveitasse da situação, o custo poderia ser mais alto do que conseguiria suportar.

– Lembra a primeira vez que nos beijamos? – A voz dele estava áspera, feito lixa na pedra.

A dela também.

– Sim.

– Eu passei aquela noite inteira querendo esse beijo. Estava desesperado por você. – Colton deslizou o polegar do queixo até o lábio inferior de Gretchen. Outro tremor abalou o corpo dela. – Queria que não tivesse sido daquele jeito.

Seu olhar perguntou *por que*, mas ela não fez a pergunta em voz alta. Talvez confiasse ainda menos que Colton na firmeza da própria voz.

Ele subiu a mão pelas costas de Gretchen, até que os dedos se enredassem nos cabelos grossos.

– Merecíamos um momento doce para o nosso primeiro beijo. Um momento sem pressa. – A respiração dela ficou ofegante quando Colton massageou sua nuca com o polegar. – Ter tempo de nos conhecermos melhor. Para aproveitar.

Ele baixou a boca em direção à dela, pairando a uma respiração de distância, em um pedido de permissão silencioso.

– Colton – sussurrou Gretchen.

Ele espalmou a mão em suas costas.

– Oi?

Ela o agarrou pela camisa, subiu na ponta dos pés e o beijou.

O sangue nas veias de Colton correu feito um rio turbulento. Ela se entregou, acolhendo o enlace de sua língua com a dela, e, num piscar de olhos, foi como se um sol nascesse entre os dois. Quente, abrasador, radiante. Colton se curvou, recebendo esse sol como se sentisse o primeiro toque de calor no rosto depois de um longo inverno.

Ansiava por ir mais fundo, mais longe. Deitá-la e tocar cada parte de seu corpo. Mas resistiu, sem pressa. Queria a simples beleza de provocar os lábios dela com os seus, o prazer nebuloso de descobrir sua boca de uma forma diferente. Queria deixar que o gosto dela se demorasse na língua, explorar todos os seus sabores e se deliciar com cada um. Queria recomeçar.

A mão dela se aninhou no centro de seu peito, e, mesmo através das roupas, Gretchen o marcou. Colton ergueu a mão para entrelaçar seus dedos aos dela, junto de seu coração.

Gretchen dissera que os dois não faziam sentido juntos, mas não era verdade. Eles eram uma memória compartilhada, uma promessa de algo bom. Eram verdades monossilábicas em um mundo de teorias da conspiração. Eram calor e toque e fé e alegria. Eram uma pipa no céu. Uma tempestade no mar.

Ela era areia, ele, a onda.

Ela era a canção.

Ele, a voz.

Puta merda.

Puta merda.

Colton separou a boca da dela, relutante, angustiado.

– Porra, Gretchen. – Encostou a testa na dela. – Me desculpe.

Gretchen piscou, e a confusão reduziu sua voz sensual a um ganido.

– O q-que foi?

– Você precisa ir.

Esse era o problema de beijar Colton Wheeler, veja só. O cara fazia ovos mexidos com a cabeça dela.

As funções cognitivas de Gretchen congelaram em algum momento entre sentir a carícia dele em seus dedos e o roçar de lábios, então estava difícil entender o que interrompera a queda livre em um abismo de equívocos.

– Ir *aonde*?

– Sinto muito – murmurou Colton, e parecia sincero. – Porra, você não faz ideia do quanto. – Ele aproximou a boca da dela de novo e deu um mero selinho. – Mas preciso do meu piano.

– Seu piano? – Nossa, o cérebro dela estava mesmo cozido, mal conseguia lembrar o que era um piano.

– Estou com uma música na cabeça.

Música. Então ele não estava surtando. Não estava dando para trás que nem um caranguejo-ermitão porque Gretchen tinha bafo nem nada parecido. Era só uma inspiração-relâmpago. O alívio, tanto para seu ego quanto para sua libido, tomou conta do bom senso de Gretchen mais uma vez.

– Calma… você quer que eu *vá embora?*

– Não sei explicar. Porra. – Ele passou as mãos pelo cabelo. – Eu só… Eu poderia falar para você esperar aqui, mas não sei quanto tempo isso vai levar, e *preciso* tirar essa música da cabeça.

Talvez ela devesse se sentir ofendida, mas a paixão no rosto dele sufocava qualquer outra emoção. Colton se transformara, como se o Espírito Santo tivesse se apossado de sua alma.

– Não, tudo bem. Eu entendo. Vou… chamar um Uber ou coisa assim.

Colton já estava distraído com qualquer melodia que estivesse compondo em pensamento. Encarou-a por um instante como se não tivesse escutado, mas logo voltou a si.

– Espera. Não. O Uber vai ter que esperar no portão. Pega o meu carro.

Ele tirou a chave no bolso e a entregou.

– É sempre assim quando surge a inspiração para uma música? – perguntou Gretchen, depois de agarrar a chave.

– Não – murmurou ele, balançando a cabeça. – Quer dizer, faz muito tempo que não é assim. – Ele a segurou pelos ombros e lhe deu um beijo de enrolar os dedos do pé. – Acho que você é minha musa.

No breve histórico de sua vida amorosa, essa sem dúvida iria para o topo da lista de *Como fazer a Gretchen derreter.*

– Juro por Deus que vou compensar você por isso – prometeu Colton, ainda segurando seus ombros.

– Não há o que compensar. Vá lá fazer sua música.

– O portão vai se abrir quando você se aproximar. – Mais uma vez, ele se curvou e a beijou.

Então deu meia-volta e seguiu pelo corredor com um andar que ela reconheceu. Não por ser típico dele, mas por ser típico *dela*. Colton caminhava com a mesma determinação e firmeza com que ela andava sempre que pegava um caso novo.

Ele parou de repente, virou-se e voltou até ela com uma corridinha.

– Dirija com cuidado – pediu. – Essas ruas ficam muito escuras, e os cervos aparecem do nada no meio da estrada.

– Preocupado com o carro? – brincou ela.

– Preocupado com você.

Colton soprou um beijo e se virou pela última vez. Os passos rápidos se dissipavam conforme ele desaparecia em uma ala que ela não havia explorado. Gretchen abriu a mão e olhou para a chave. Emprestar o carro talvez fosse tão íntimo quanto o beijo que deram. Ninguém emprestava o carro assim para outra pessoa. Havia algo implícito no ato, algo que Gretchen tivera muito pouco das pessoas mais próximas.

Confiança.

E não do tipo *eu confio que você não vai destruir meu carro.*

Mais como *eu confio que você não vai me destruir.*

Era isso que a assustava. Colton poderia lhe dar cem romances para ler e fazer a cabeça dela sobre o Natal, mas uma coisa ele não podia mudar.

Gretchen era uma Winthrop. Cedo ou tarde, os Winthrops destruíam tudo em seu caminho.

ONZE

Colton ouviu vozes. Vozes distantes.

– Acho que morreu.

– Cutuca com uma vareta. Vê se ele se mexe.

– E se ele não se mexer? Temos que ligar para alguém? Porque eu realmente preciso embrulhar aqueles presentes hoje.

Colton abriu um olho e viu a turma toda – Malcolm, Mack, Noah, Vlad, Gavin, Yan e Del –, todos encarando-o como se estivessem fazendo uma autópsia. Cada um com uma expressão apreensiva no rosto e chifres de rena piscando na cabeça.

– Cara, você parece que foi atropelado – disse Mack. –Tá doente?

– O que vocês estão fazendo aqui? – A voz rouca arranhava como uma lixa.

Vlad ergueu um rolo de papel de presente.

– Festa do embrulho, lembra?

Porra. Colton, de fato, *não* lembrava. Sentou-se, abafando um bocejo.

– Que horas são?

– Onze horas, sua besta quadrada – respondeu Noah. – A hora que você mandou a gente chegar. – Ele enfiou a mão em uma das sacolas que carregava e pegou outra tiara. – Trouxemos uma para você também.

– Como vocês entraram? – resmungou Colton, pressionando a órbita dos olhos com a base da mão.

– Você me deu uma chave e a senha do alarme – respondeu Vlad.

– Era para emergências.

– *É uma emergência* – retrucou Vlad. – Elena quer os presentes embrulhados cedo, para ver se vão caber no meu saco de Papai Noel. Se não couberem, teremos que arranjar outro jeito.

Mack soltou uma risada debochada.

– *Saco de Papai Noel.*

Noah se afastou do sofá e deu uma olhada na sala, absorvendo os vestígios do caos da noite anterior. Pedaços de papel espalhados pelo chão em volta do banco do piano, alguns amassados. Quatro garrafas d'água enfileiradas ao longo da borda do instrumento. Encostados nas pernas do piano, dois violões.

– Noite difícil? – perguntou Noah.

– Fiquei compondo até tarde.

O que era o maior eufemismo de todos os tempos. Colton estava possuído na noite anterior. Assim que Gretchen foi embora, ele se sentou ao piano, e as músicas começaram a fluir. Não parou até apagar no sofá em algum momento antes do amanhecer. Não ficava inspirado assim havia anos. Foi como se uma enorme represa em sua mente tivesse sido desobstruída, e o rio de palavras voltasse a fluir – o que era uma metáfora tão vagabunda que ele teve vergonha de usá-la em uma música, mas... cabia.

Noah deu um tapinha em seu ombro.

– Você compôs outra música? Isso é ótimo, irmão.

– Três – corrigiu Colton.

– *Três?* – Os caras repetiram ao mesmo tempo, em um tom harmônico de *puta que pariu.*

– Você compôs três músicas ontem à noite? – perguntou Yan, pelo visto apenas para reafirmar.

– Isso deve ser algum recorde – comentou Vlad, se jogando na extremidade oposta do sofá. Os chifres de rena balançaram para a frente e para trás com o movimento. – Vai tocar pra gente?

– Não.

Vlad fez beicinho.

– Por que não?

– Porque são só os primeiros rascunhos.

– Isso nunca te impediu antes – salientou Noah.

É verdade. Mas agora era diferente. Pela primeira vez na vida, estava se borrando de medo de que as pessoas não gostassem das músicas. E não só pelo que acontecera na gravadora, mas porque as novas canções destoavam de tudo o que escrevera até então. Eram as composições mais sinceras que já criara.

Colton se levantou, se espreguiçou e abafou outro bocejo.

– Vou tomar uma ducha. Fiquem à vontade na cozinha.

O som do tropel o acompanhou enquanto ele corria escada acima. Quando voltou, vinte minutos depois, encontrou todos reunidos ao redor da mesa da cozinha com os pratos cheios de pernil, batatas e abóbora, tudo o que deveria ter servido a Gretchen na noite anterior.

Mack abriu um sorriso, o garfo a meio caminho da boca.

– Nossa, cara. Você tinha uma refeição completa na geladeira.

– Fiz para a Gretchen ontem à noite, mas não tivemos a chance de comer.

Ele só se lembrara de guardar a comida na geladeira uma hora depois de Gretchen ter ido embora.

Malcolm engasgou e logo se recuperou.

– Ok, tem muita coisa por trás do que você acabou de dizer que requer mais explicação.

– É, pode começar com: por que você fez um *pernil* para Gretchen? – Gavin deu risada.

– Porque pernil é a melhor carne de Natal! – Meu Deus, por que todo mundo implicava com pernil?

– Calma, cara – disse Mack. – Só estamos querendo detalhes.

Colton passou as mãos no cabelo molhado.

– Está bem. Gretchen veio aqui ontem à noite para decorar minha árvore de Natal...

– Isso é uma figura de linguagem? – interrompeu Del.

– *Não.*

Malcolm silenciou a gargalhada de todos com um único olhar. Eles sossegaram o facho como se tivessem levado bronca do professor.

– Por favor, Colton, continue.

– Nós literalmente decoramos minha árvore de Natal. Ou melhor, começamos a decorar. E íamos comer depois, mas fomos interrompidos.

– Pelo quê? – perguntou Yan.

Pelo beijo mais incrível da minha vida.

– Pela música na minha cabeça.

– Você escreveu as músicas com ela aqui? – perguntou Noah.

– E não quer tocá-las *pra gente*? – acrescentou Vlad.

– Não, ela não estava aqui quando escrevi. Eu... – Colton estremeceu. Eles não iam levar isso numa boa. – Eu meio que pedi para ela ir embora.

– Você... pediu... para ela ir embora – repetiu Malcolm, como se as palavras nunca tivessem sido encadeadas nessa ordem.

– É que eu sabia que precisava pôr a música no papel e não conseguiria fazer isso com ela aqui, então... deixei que ela fosse para casa com o meu carro.

Vlad largou o prato e começou a estalar os dedos.

– Ok, antes que vocês se revoltem – explicou Colton, erguendo as mãos para se proteger do ataque verbal que estava por vir –, ela não estava chateada nem nada assim quando saiu.

A conversa parou de repente quando Picles saiu da área de serviço, onde ficava sua caixinha de areia. Atrás dela veio um cheiro de levantar defunto que se alastrou pela cozinha como uma nuvem negra, até que cobriu tudo e todos.

Noah cobriu o nariz e a boca com a mão e murmurou:

– Porra, cara. O que você tá dando para esse bicho comer?

– Ração gourmet – retrucou Colton, irritado. – E quem é você para falar? O gato da sua namorada é uma ameaça à humanidade.

– Mas não tá apodrecendo por dentro.

Malcolm engasgou.

– Você tem que trocar essa ração para alguma coisa orgânica.

– Nenhum gato deveria cagar fedido desse jeito – concordou Mack, fazendo cara feia para a comida agora intragável. – Você precisa levá-la ao veterinário ou algo assim.

Colton não tinha tempo para aquela palhaçada.

– Achei que vocês tinham vindo aqui para embrulhar presentes.

– Sim – concordou Vlad, enfiando um último pedaço de pernil na boca. – Temos que embrulhar.

Enquanto todos se dispersavam, Colton pegou a sacola de presentes que comprara para os filhos dos amigos e foi se juntar ao grupo na sala de estar. Estavam sentados no chão perto da árvore de Natal, e a sala já parecia o resultado de uma explosão da fábrica do Papai Noel. Papel de presente e laços transbordavam das sacolas da loja de artesanato ao lado de cada um deles, e pilhas enormes de presentes desembrulhados ocupavam o centro da sala. Roupas, bonecas, bolsinhas e bichos de pelúcia.

Colton pescou um papel com estampa de cachorrinho e o desenrolou entre as pernas esticadas. Então, tirou o primeiro presente da sacola: uma guitarra de brinquedo que tocava músicas com um simples toque de botão.

– Por favor, diga que isso não vai parar na minha casa – pediu Yan.

Colton abriu um sorriso.

– *Para Oscar, com amor, do tio Colton.* – Oscar era o filho de 3 anos de Yan e sua esposa, Soledad.

O amigo grunhiu.

– Um dia ainda vou me vingar por todos os seus presentes barulhentos para os meus filhos.

– Minha esposa teve que esconder aquela minibateria que você deu para o Grady no ano passado – comentou Del, falando do filho de 2 anos.

Ele e a esposa, Nessa, também tinham uma menina de 6 anos chamada Josephine, ou Jo Jo.

– Meu trabalho é promover a educação musical – explicou Colton, colocando um laço vermelho no presente.

– O que foi que você comprou para as minhas filhas este ano? – perguntou Gavin.

Ele e a esposa, Thea, tinham gêmeas.

Colton pegou dois ukuleles da sacola. Gavin grunhiu.

– Valeu mesmo.

– Traga as meninas aqui que eu ensino as duas a tocar – sugeriu Colton.

– Posso deixar os ukuleles aqui também?

– Não. – Colton os embrulhou com o mesmo papel de cachorrinho que usou na guitarra de brinquedo.

Noah de repente olhou para Gavin, boquiaberto.

– O que você acha que está fazendo?

Gavin franziu o cenho.

– Embrulhando presentes.

– Você *nunca* embrulhou um presente na vida?

Gavin olhou para a monstruosidade de papel vermelho e verde amarfanhado à sua frente.

– O que tem de errado?

– Papel demais – explicou Colton, grato porque os holofotes estavam em outra pessoa.

– Tipo, você embrulhou a manta sem nem colocar numa caixa – acrescentou Del, chocado. – O pacote ficou todo molenga e horroroso.

– Está *embrulhada* – replicou Gavin, ríspido. – Quem liga para a aparência?

Foi como se alguém tivesse acabado de escancarar a porta de um avião em pleno voo. Todo o ar foi sugado da sala. Papéis voaram. Pacotes caíram. Yan até gritou.

– Um presente bem embrulhado é uma demonstração de amor – explicou Malcolm. – Por favor, me diga que você toma um pouco mais de cuidado com os presentes da sua esposa.

– Eu costumo entregar tudo em sacos de presente.

Yan balançou a cabeça, balbuciou algo que soou indelicado e começou a se levantar.

– Estou indo embora.

Noah agarrou seu braço e o puxou.

– Ele com certeza não quis dizer isso – disse Noah, olhando para Gavin. – Não é mesmo? Não é verdade que você simplesmente joga tudo em sacos de presente como se não tivesse importância.

Gavin fez cara feia, mas começou a refazer o pacote.

Picles logo se juntou ao grupo e, sem rodeios, se deitou em cima do papel desenrolado de Mack. Ele se afastou como se a gata tivesse uma doença contagiosa.

– O que você vai dar de Natal para Gretchen? – perguntou Del, de repente.

– Nem sei ainda. Não sei se ainda estaremos saindo até lá. – E que ideia bosta era aquela?

– Então vocês *estão* saindo? – perguntou Noah. – Tipo, pra valer? Ou ainda estão fingindo que esses encontros são só reuniões de negócios?

Colton fechou a cara, em grande parte porque não sabia como responder.

– Vocês se beijaram? – perguntou Yan, na lata.

– Vá se foder. Não vou sair contando para todo mundo. Temos o direito a um pouco de privacidade, não temos?

Yan fez beicinho.

– Seu chato.

– Mas vocês *se beijaram*. – Vlad olhou de canto para Colton. – Quer dizer, é óbvio que se beijaram antes de fazer outras coisas. – O rosto de Vlad ardeu, e ele calou a boca.

– Tá na cara que você está se apaixonando – interveio Noah.

Um calor subiu pelo pescoço de Colton, que tentou disfarçar com um dar de ombros desanimado. Sabia o que sentia, mas não sabia dizer o que Gretchen sentia. Só tinha a certeza de que tudo mudara na noite anterior. Não só pela forma como Gretchen o beijara, mas também por tudo o que revelara sobre sua infância. Malcolm tinha razão. Há uma diferença entre odiar o Natal e simplesmente odiar as próprias experiências natalinas.

– Você sente um arrepio nos dentes quando está perto dela? – perguntou Gavin.

– O quê?

– Thea me dava um arrepio engraçado nos dentes. – Gavin bateu nos incisivos superiores com o dedo. – Como se uma corrente elétrica percorresse meu corpo sempre que eu pensava nela.

Colton tentou conter um sorriso.

– Ela me faz sentir como se eu não pudesse respirar direito.

Mack riu.

– Às vezes, ainda não consigo respirar perto da Liv.

– É um mistério eu ainda não ter desmaiado perto da Alexis – comentou Noah.

– O que mais? – perguntou Del, batendo palmas. – Esse é o lado bom. O lado romântico das coisas.

– Foi por causa dela que você ficou tão inspirado para compor, ontem à noite? – perguntou Malcolm.

– Não sei. Mas acho que são as melhores músicas que já compus. – A boca de Colton secou ao admitir.

– Em que sentido? – incentivou Mack.

– São sinceras, sérias… Como se eu estivesse contando histórias que tinha muito medo de contar.

Um silêncio reverente pairou sobre o grupo.

– Caramba – comentou Malcolm. – O lance é pra valer mesmo, né?

Colton sentiu um nó no estômago.

– Para mim, é. Não tenho certeza se é para ela.

– O que te faz pensar assim? – perguntou Mack.

– Ela ainda não quer me contar por que me deu um fora ano passado. Perguntei duas vezes, e ela se esquiva da pergunta ou me vem com uma não resposta vaga.

– Talvez você só não esteja acostumado a ter que lutar para saber – disse Mack.

– O que diabos isso quer dizer?

Mack deu de ombros.

– Você é uma celebridade. Quando foi a última vez que ficou preocupado porque alguém não quis sair com você?

A precisão aguçada pareceu uma estaca afiada na lateral de seu corpo, sobretudo porque Gretchen praticamente o acusou da mesmíssima coisa. Mas, na noite anterior, ela o beijara como se não pudesse se controlar. Colton balançou a cabeça.

– É mais que isso. Ela gosta de mim, mas é como se não *quisesse* gostar.

Noah bateu palmas.

– Ah, eu *adoro* esse *trope*.

Colton olhou feio para ele.

– Não é um *trope*. É a minha vida.

– Noah tem razão – interveio Malcolm. – É uma narrativa clássica. Um personagem resiste à atração pelo outro por algum motivo desconhecido. Mas sempre há um motivo. Você só tem que descobrir...

O grupo falou em uníssono.

– *Como tudo começou.*

– Isso nunca falha, irmão – disse Malcolm. – A história de como tudo começou é crucial.

Os caras estavam certos, como sempre. No dia anterior, Colton tivera um pequeno vislumbre do passado dela, mas não era o suficiente.

– Acho que ela teve uma infância bastante conturbada. Até ontem, nunca tinha decorado uma árvore de Natal.

– *Nunca?* – A voz chocada de Noah condizia com a expressão no rosto dos outros.

– Como isso é possível? – perguntou Del.

– Acho que os pais dela tinham prioridades bem superficiais.

– É aí que está sua resposta. Se descobrir mais sobre *isso*, vai saber por que ela está hesitando em ficar com você – pontuou Malcolm, enfático.

– É mais fácil falar do que fazer. Ela é um livro fechado.

– Então continue tentando abri-lo – incentivou Mack.

– E não desista – acrescentou Malcolm. – Desconfio que ela esteja acostumada com pessoas que desistem.

Pouco antes do meio-dia, Addison enfiou a cabeça no vão da porta da sala de Gretchen.

– Tem um minutinho?

– Claro – respondeu Gretchen, virando a cadeira. – Entre.

Addison tinha passado a manhã calada demais, e Gretchen não se tranquilizou nem um pouco ao notar a hesitação com que ela entrou na sala, as mãos nervosas contorcidas contra a barriga ao se sentar.

Addison olhou de relance para o computador.

– Posso voltar depois, se você estiver muito ocupada.

– Ok, agora estou preocupada. Você nunca se incomoda em me interromper.

Até a risada de Addison estava perdendo a alegria habitual.

– Verdade. É que isso é meio constrangedor.

– Constrangedor tipo você foi presa por correr pelada pela Broadway, ou constrangedor tipo...

– Precisamos de mais gente.

Gretchen cruzou as pernas sob a mesa.

– Mais clientes?

– Hahaha, não. – Dessa vez, a risada não tinha nenhuma alegria. – Mal conseguimos dar conta dos que temos agora.

– Então você quer dizer que precisamos de mais gente trabalhando aqui.

– Já faz um tempinho que quero falar sobre isso, mas sei que você anda muito ocupada e estressada, então estava segurando a língua. Só que não dá mais. Sinto muito.

– Quanto tempo é "um tempinho"?

– Desde o ano passado.

Gretchen bufou, irritada, mas se forçou a respirar fundo.

– Está bem. Vamos voltar a esse assunto depois, mas por que decidiu vir falar comigo agora?

– Eu me candidatei a uma vaga em outra empresa.

A sensação de ser traída e o medo se misturaram na boca de Gretchen, criando um sabor amargo.

– Onde?

Ela citou o nome de uma grande firma em Memphis, do tipo com carpete felpudo, elevadores reluzentes e nenhum escrúpulo.

– Sério? Addison, você odiaria trabalhar lá.

Ela respondeu com silêncio.

Gretchen piscou, hesitante.

– Você odeia trabalhar *aqui*?

– Ainda não.

– Mas pelo visto odeia o bastante para distribuir currículos.

– Eu comecei a mandar currículos porque sei que você está pensando em aceitar aquele trabalho em Washington.

– *Não* estou pensando em aceitar aquele trabalho. – Gretchen movimentou os lábios, num muxoxo silencioso. – O que posso fazer para você ficar?

– Contratar mais pessoas.

– Addison, você sabe como nosso orçamento está apertado.

– O que eu não entendo. Você é, tipo, a herdeira legítima de uma fortuna.

– Não tenho direito a nada antes de meus pais morrerem.

Addison se retraiu.

– Me desculpe. Só estou tentando dizer que você deve ter dinheiro.

– Eu já gastei quase todo o dinheiro que meu avô deixou para mim aqui na firma, o resto é o nosso fundo de emergência.

E o Inferno congelaria antes que pedisse ajuda financeira a seus pais. Qualquer dinheiro deles viria com uma taxa do tipo *eu bem que avisei* que Gretchen jamais conseguiria quitar. Se não conseguisse ser bem-sucedida no trabalho por conta própria, eles passariam o resto da vida relembrando, cheios de si, que ela deveria ter se dedicado aos negócios da família.

– *É* uma emergência – insistiu Addison, inclinando-se para a frente. – Estamos todos sobrecarregados. Isso não é problema porque acreditamos no que fazemos aqui. Mas…

– Mas o quê?

– Eu não estava pensando a sério em sair daqui até receber aquele seu e-mail ontem.

– Que e-mail?

– Aquele sobre trabalhar na véspera de Natal.

– Toda semana eu envio um panorama da próxima. Nem me dei conta de que dia seria a véspera de Natal.

– Exatamente! – Addison mordeu o lábio, como se estivesse perdendo a coragem. Então respirou fundo e se aprumou. – Ao contrário de você, nós temos vida fora do trabalho. Gostaríamos de aproveitá-la.

Foi a parte do "ao contrário de você" que fez a espinha de Gretchen se enrijecer.

– Com licença, mas eu também tenho uma vida fora do trabalho.

A sobrancelha de Addison se ergueu tanto que quase se mesclou à raiz do cabelo.

– Você nem sabia em que dia seria a véspera de Natal.

– Foi um lapso – justificou Gretchen. – E eu tenho vida social, sim. Até saí com o Colton ontem à noite de novo.

O rosto de Addison ficou inexpressivo por um momento, mas ela de repente voltou a si.

– Está falando sério?

Gretchen suspirou.

– A questão é…

– Nada disso. Não vamos simplesmente ignorar essa pequena revelação. Vocês dois estão mesmo saindo?

– Há cinco segundos você estava ameaçando largar o emprego. Agora quer que eu fale da minha vida amorosa?

– Com Colton Wheeler? Lógico. Quero cada detalhe.

– Vai me contar sobre você e Zoe?

– Vou sair com ela de novo hoje à noite. Sua vez.

– Continue assim e não vai precisar se demitir.

– Você dormiu com ele?

– Não vou responder isso.

– Ai. Meu. Deus. Você transou com Colton Wheeler. – Addison fez uma dancinha na cadeira.

– Podemos voltar ao assunto em questão, por favor? Por que não me disse antes que se sentia assim?

Addison ficou séria de novo.

– Eu não queria parecer ingrata ou preguiçosa.

– Você não é nenhuma dessas coisas. Você é a alma deste escritório, mas é óbvio que está sobrecarregada.

– Então você vai pensar no assunto? Em contratar mais gente?

– Vou dar um jeito. – Gretchen não fazia ideia de *como* daria um jeito, mas não podia se dar ao luxo de perder Addison. – E *não* estou considerando aceitar o trabalho na capital.

Addison fechou a porta da sala ao sair, deixando Gretchen sozinha com a mente distraída e um forte pressentimento. De fato, quando enviara a programação semanal, esquecera que a véspera de Natal caía na semana seguinte. Ficou chateada por Addison estar guardando tudo aquilo há tanto tempo. Será que era *tão* inacessível assim? Será que sua equipe a via como um tipo de...

Ah, merda. Ela era mesmo Ebenezer Scrooge, e isso não tinha nada a ver com o quanto odiava o Natal.

Gretchen olhou para o alto, contou até dez e se levantou. Abriu a porta e foi até a recepção.

– Addison... – As palavras sumiram quando ela se deparou com uma mulher bem-vestida passando pela porta.

Usava um longo casaco branco de inverno, segurava na mão direita um par de luvas de couro macio como pele de bebê e tinha uma semelhança impressionante com sua mãe. Mas era impossível. Sua mãe nunca tinha aparecido no escritório. Pelo que Gretchen sabia, ela nem fazia ideia de onde ficava.

– Aí está você, querida – disse a mulher, abrindo um sorriso.

Uau, até a voz era igual à da mãe.

A mulher flutuou pela salinha de espera, o cachecol de veludo e as botas de salto alto parecendo tão despropositados ali quanto uma girafa em uma fazendinha. Gretchen se preparou para o impacto de seu abraço rígido.

– Eu estava nas redondezas e pensei em dar uma passada aqui para ver você.

Gretchen encontrou os olhos de Addison. As duas trocaram olhares estarrecidos, a tensão de alguns minutos atrás substituída por uma perplexidade mútua. Gretchen limpou a garganta.

– Nas redondezas? Você está perdida?

– Tem uma primeira vez para tudo, não é mesmo? – A mãe lançou um olhar deliberado à sua volta. – Então é aqui que você trabalha.

– Esta é minha firma de advocacia, então sim.

– É menor do que eu imaginava.

– Meus clientes não ligam para o tamanho do escritório.

– Certo. Bem... – Ela olhou para Addison, irradiando o sorriso artificialmente clareado de socialite que encantara todo mundo, do presidente Bush, o filho, ao astro do rock Little Richard, o que era uma longa história. – Sou Diane Winthrop, mãe da Gretchen.

Addison estendeu a mão por cima do balcão da recepção.

– É um prazer conhecer a senhora.

– Sério, mãe. O que está fazendo aqui?

– Minha nossa. É bom ver você também.

– Me desculpe. É que a senhora *realmente* me surpreendeu.

– Esse era o plano. – Diane sorriu. – Já comeu? Pensei que talvez pudéssemos almoçar alguma coisinha naquele café de que você sempre fala.

Gretchen queria enfiar a ponta do dedo no ouvido e dar uma chacoalhada para ter certeza de que sua audição ainda estava boa.

– A senhora quer almoçar no ToeBeans?

– Sim, é esse mesmo. O que me diz?

– Eu não entendo. O que é que está acontecendo?

– Pelo amor de Deus, Gretchen. Uma mãe não pode levar a filha para almoçar?

– Claro que pode. Mas a senhora nunca, nem uma vez, apareceu no meu escritório e sugeriu que fôssemos almoçar em um lugar onde o pedido é feito no balcão. Então me perdoe se estou um pouco desconfiada.

– Bem, como eu disse, tem uma primeira vez para tudo.

O que pegou Gretchen desprevenida não foi bem o que ela disse, e sim *como* ela disse. A mãe passou as luvas de uma mão para a outra. Duas vezes. Como se estivesse nervosa.

Gretchen se dirigiu a Addison no balcão da recepção:

– Como está minha tarde?

Addison pigarreou e clicou no botão do mouse algumas vezes.

– Você tem compromisso às duas e meia e às quatro.

– Viu só? Tempo suficiente – disse a mãe.

– Vou pegar sua bolsa – ofereceu Addison.

Enquanto ela ia à sua sala, Gretchen vestiu o casaco e as luvas. Addison retornou um instante depois e lhe entregou a bolsa.

– Quer alguma coisa do ToeBeans? – perguntou Gretchen.

– Não, obrigada.

Ela acompanhou a mãe até a calçada. Caminharam em silêncio por um quarteirão, até que Diane disse:

– Este bairro é uma graça.

Gretchen parou de repente.

– Ok. Quem é você e o que fez com minha mãe?

– Como assim?

– O bairro é uma graça? A senhora não está vendo o estúdio de tatuagem? A galeria de arte com a escultura nua na vitrine?

– É claro que estou.

– Isso não é a sua definição de "graça".

– Estou tentando puxar conversa. Agora vamos, estou com frio.

Gretchen retomou o passo. A música-tema da série *Além da Imaginação* tocava baixinho em sua cabeça.

– Sim, é uma graça – concordou, por fim. – Adoro esse bairro.

– E seu apartamento é aqui perto, não é?

– A alguns minutos daqui.

– Bem, quero conhecer também.

– Meu apartamento?

– Sim.

– Mãe, é sério. O que está acontecendo? A senhora está morrendo ou alguma coisa assim?

Para sua surpresa, a mãe soltou uma risada bem fora do comum.

– O papai? O papai está morrendo?

– Não! Gretchen, pelo amor de Deus.

– Os negócios estão afundando, e a senhora veio me contar que vocês estão prestes a se mudar para Schitt's Creek e morar numa espelunca de hotel igual à família da série?

A mãe riu de novo e balançou a cabeça.

– Você é mesmo cínica, hein?

– A senhora me conhece, né?

– Eu só queria ver onde você mora e trabalha.

– Depois de sete anos?

– Não faz tanto tempo assim. Faz?

Pois é. Sete anos. Era o tempo que Gretchen estava morando e trabalhando naquele bairro, e os pais nunca tinham ido visitá-la.

– Bem, é aqui. Onde moro e trabalho. – Gretchen apontou para o café na esquina. – E aquele é o ToeBeans.

O café estava ainda mais cheio na hora do almoço do que de manhã. A fila se estendia até a porta, e um grupo de cinco ou seis clientes esperava no balcão por seus pedidos para viagem. Quase todas as mesas estavam ocupadas. Se pudesse, Gretchen tentaria filmar a reação – de *espanto* – da mãe por ter que esperar tanto tempo para ser servida.

Então Alexis as avistou e marchou até lá fingindo estar brava. Usava um lenço com estampa natalina trançado nos longos cabelos.

– Quantas vezes eu preciso dizer?

– Eu sei. Amigos não esperam. – Gretchen sorriu. – Hã, esta é minha mãe, Diane.

– Muito prazer em conhecer a senhora. – Alexis sorriu. A sinceridade irradiou de sua voz, porque ela fazia tudo com sinceridade e generosidade. – Peguem uma mesa, estarei lá em alguns minutos para anotar o pedido.

Gretchen não perdeu tempo discutindo, porque a mãe já agradecera a Alexis profusamente e estava se dirigindo a uma mesa perto da janela.

– É um lugar charmoso – comentou Diane, sentando-se com toda a delicadeza em uma das cadeiras de madeira com encosto duro.

– Alexis trabalhou muito por este espaço.

A mesinha bistrô só acomodava as duas. No centro, havia um vaso com um pequeno arranjo de azevinho e cerejas. Encaixados entre o saleiro e o moedor de pimenta havia dois cardápios estreitos.

– O que você recomenda? – perguntou a mãe.

– Tudo aqui é bom, mas eu gosto do sanduíche de salada de frango e do creme de aspargos.

– Bem, então também vou pedir isso.

O tema de *Além da Imaginação* tocou mais alto.

– A senhora não quer saber o que vem nesses pratos?

– Se você gosta, tenho certeza de que também vou gostar.

Estava acontecendo alguma coisa, sem dúvida. A mãe praticamente exigia uma lista de ingredientes de tudo o que comia, porque Deus é testemunha de que haveria calorias à espreita, só esperando para se agarrarem a seus quadris esbeltos e torneados pelo Pilates.

– Tem maionese no sanduíche – avisou Gretchen.

– Parece ótimo.

– E a sopa com certeza é cheia de manteiga.

A mãe não estava prestando atenção. Seus olhos sondavam o ambiente, analisando as pessoas em silêncio. Gretchen sentiu os instintos de advogada entrarem em ação e decidiu usar a distração de Diane a seu favor. Era comum as pessoas revelarem tanto em seus momentos de silêncio quanto quando falavam, e a mãe não podia ser mais óbvia. Diane apertava as luvas com força entre os dedos de novo. Um rubor realçava o tom natural das maçãs do rosto, em parte pelo frio lá fora, mas Gretchen pressentia que também por desconforto.

– Mãe.

Diane olhou para ela, voltando a sorrir.

– Oi?

– O que está acontecendo?

– Eu queria mesmo visitar seu trabalho e almoçar com você.

– Se eu disser que acredito, a senhora me conta o resto da história?

A mãe enfiou as luvas na bolsa, e Gretchen de repente se arrependeu de ter forçado o assunto. Queria que aquela fosse só a visita de uma mãe com saudades da filha, mas as coisas nunca eram tão simples em sua família.

Diane inspirou fundo e soltou o ar.

– Seu pai decidiu se aposentar.

Não, nada nunca era tão simples com sua família.

– Isso é ótimo. Quer dizer, já era hora. Ele tem 75 anos.

– E eu estou no pé dele há quase dez – concordou Diane.

– Mas você ou o papai poderiam ter me contado isso por telefone.

– Assim pareceu mais divertido.

Alexis veio e anotou o pedido, se demorando por alguns minutos para trocar gentilezas com Diane antes de voltar para o balcão.

– Então, esse é o verdadeiro motivo de você ter vindo me ver hoje.

– Era um belo pretexto para fazer o que eu já quis tantas vezes.

– Mas nunca fez.

– Você nunca me pediu para vir aqui, Gretchen.

– Eu não sabia que uma filha tinha que implorar para a mãe visitá-la.

– Não seja tão dramática.

Ah, estava demorando. Gretchen era dramática demais. Histérica demais. Rebelde demais. Volúvel demais. *Exagerada* demais. Um leve zumbido em seus ouvidos começou a abafar o burburinho no café. Havia apenas um motivo para a mãe ter tomado a iniciativa extraordinária de visitá-la em pessoa para dar a notícia. Era porque uma bomba estava por vir.

– O que a senhora não está me contando?

Para seu crédito, Diane encarou Gretchen desta vez.

– Achei que você deveria saber que Evan vai assumir o cargo de CEO.

Uma sensação antigravitacional fez o estômago de Gretchen virar de cabeça para baixo.

– Por que não o tio Jack?

– Jack tem quase 70, querida. Não faz sentido.

– Mas Evan é um narcisista. Ele não vai pensar na empresa para tomar decisões, vai pensar apenas em si mesmo. A senhora sabe disso.

A mãe estendeu o braço sobre a mesa e cobriu a mão de Gretchen com a sua.

– Sei que vocês dois têm suas diferenças.

– *Diferenças?* É assim que a senhora vê? – Gretchen puxou a mão. – É muito mais do que isso, e a senhora aparecer aqui do nada para me contar que ele vai ser o CEO da empresa só mostra que você *sabe disso*.

– Vocês eram crianças, querida. Todo irmão briga. Mas vocês dois agora são adultos, tanto que ele até ofereceu uma posição no conselho da fundação para você.

– O que ele só fez para que eu falasse com Colton.

– Por falar no Sr. Wheeler... – O rosto da mãe brilhou com a conveniente mudança de assunto. Mais uma conversa dolorosa evitada. – Como estão as negociações com ele?

Gretchen tentou esconder a decepção por este ser o único interesse da mãe. Negócios. Era a única coisa correndo no sangue da família que a mantinha unida.

– Entreguei uma proposta oficial. Ele está analisando.

– Por que é que você nunca me contou que tinha um relacionamento com ele?

– Não temos – retrucou Gretchen, mais que depressa. – Um relacionamento. Temos apenas alguns amigos em comum.

E o péssimo hábito de se beijarem como se as respostas para as perguntas mais profundas da vida pudessem ser encontradas nos braços um do outro.

Meu Deus! Até ela estava começando a parecer uma cantora de música country.

– Não sou tão alienada quanto você pensa – replicou a mãe. – Não preciso ver fotos suas e de Colton Wheeler dançando à margem do rio para saber que tem alguma coisa acontecendo. Posso ver no seu rosto.

– Eu nunca disse que a senhora era alienada, mãe. Só... desinteressada.

– Bem, não sou. – Ela sorriu. – Por que não leva Colton à Fazenda? Mostre a ele a sala de degustação e os escritórios. Vá com ele à nossa cabana. Deixe que ele conheça a família para a qual pode entrar.

– Ele não vai entrar para a família. Vai entrar em um negócio.

Claro, para os Winthrops, família e negócios eram a mesma coisa. E Colton era bom demais para qualquer um dos casos.

– Bem, seja como for, apareça com ele. Todos adoraríamos conhecê-lo.

– Vou pensar no assunto.

Uma pausa na conversa transformou o que já era um momento constrangedor em uma verdadeira tortura. Diane olhava para um lado, e Gretchen, para o outro, qualquer coisa para evitarem cruzar os olhares. Sempre tinha sido assim com a mãe. Ou, pelo menos, era assim desde que ela se entendia por gente. Gretchen costumava ficar agradecida pela aversão da mãe a todo e qualquer tipo de confronto. Manter as conversas em um nível superficial garantia que Gretchen não seria relembrada de que ocupava uma posição de tão baixa prioridade na agenda dos pais.

Mas, hoje, a frustração gritava alto demais para ser ignorada. O interrogatório de Colton na noite anterior sobre a inexistência de tradições natalinas em sua família tinha aberto um poço profundo de ressentimentos que ela pensava estar seco havia muito tempo, mas ele jogara um balde ali dentro – e pelo visto encontrara uma última gota de água rançosa.

– Eu já fiz enfeites de Natal para a senhora?

A mãe franziu as sobrancelhas.

– Como assim?

– Tipo, na escola. Árvores de Natal de papel, ou o desenho da minha mão cheia de purpurina num pedaço de papel.

– Tenho certeza de que você fez coisas assim quando criança.

– A senhora guardou?

A mãe deu de ombros, evasiva.

– Devem estar guardados em algum lugar.

Certo. Guardados em algum lugar.

– Por que nossa família nunca teve árvore de Natal?

– Do que você está falando? Tivemos dezenas de árvores de Natal.

– Mas nenhuma só nossa. Particular.

– Querida, de onde você está tirando essas perguntas?

– Esquece – disse Gretchen. – Deixa pra lá.

Alexis chegou com a comida bem a tempo, porque a cara da mãe dizia que ela estava se preparando para mais um sermão do tipo *pare de ser dramática*.

– Está tudo em ordem? – perguntou Alexis, mas sua expressão, com os olhos estreitos e fixos em Gretchen, sugeria que a pergunta não era sobre a comida.

– Estamos bem – respondeu Gretchen.

– Que bom. Chamem se precisarem de alguma coisa. – Ela apertou de leve o ombro de Gretchen antes de se afastar.

– Essa menina é mesmo especial, não é? Bem excêntrica.

– Alexis é um dos melhores seres humanos do planeta.

– Eu não estava sugerindo o contrário. – Os lábios de Diane se crisparam enquanto ela desdobrava um guardanapo no colo. – Sério, Gretchen. Você sempre vê o pior em tudo o que digo e faço.

Claro. A interpretação de Gretchen era o verdadeiro problema. Suas reações exageradas. Seus dramas.

Você não pode simplesmente ignorá-lo?

Agora não, Gretchen. Estamos ocupados.

Ele só está provocando. Não seja tão dramática.

Era o que sempre tinha ouvido. Qualquer desculpa para ignorar a verdade sobre Evan, porque encarar a situação causaria um escândalo. E Deus era testemunha, não havia nada pior que isso.

Mas a mãe tinha razão sobre uma coisa: Colton precisava mesmo saber no que estava se metendo, se estivesse considerando aceitar o contrato de publicidade. Precisava ver a verdade nua e crua. Então, quando o almoço interminável enfim acabou, Gretchen voltou ao escritório e enviou uma mensagem para ele.

Amanhã à noite. Sete horas. Minha vez de fazer uma surpresa.

Uma noite fria de inverno

Simon Rye já tinha conhecido sua cota de gente teimosa na vida.

Como diretor do conselho de patrimônio histórico de uma das áreas mais nobres de Michigan, travara batalhas com muita gente, desde engenheiros gananciosos a viúvas ranzinzas. Mas Chelsea Vanderboek estava subindo depressa ao topo de sua lista de *Pessoas que queria esganar*.

Não só porque era culpa dela que sua caminhonete tivesse caído numa vala funda durante uma tempestade de neve. Nem só porque pretendia vender uma das propriedades históricas mais valiosas da região.

Naquele momento, era principalmente porque Simon tinha feito uma droga de um chocolate quente para ela, que olhava para a bebida como se estivesse envenenada.

– O que é isso? – Ela estreitou os olhos para a caneca fumegante.

– Chocolate quente.

– Onde foi que você achou isso?

– Se não quiser, é só dizer. Só pensei que você precisava de alguma coisa para derreter esse bloco de gelo no seu coração.

– Derreteria bem mais rápido se eu soubesse como vamos sair daqui.

– Ela aceitou a bebida mesmo assim, recostando-se na cadeira onde estava plantada havia mais de uma hora. Tomou um gole e olhou de canto para ele. – Obrigada.

– De nada.

Ele se sentou na cadeira do outro lado da lareira. O calor do fogo só era suficiente para impedi-los de ver a respiração se condensar em nuvens.

– Por que está tão determinada a vender este lugar?

– Porque não restou ninguém na minha família para cuidar daqui. Ninguém mesmo.

– Você poderia fazer isso.

O ruído que Chelsea emitiu foi meio desdenhoso e cem por cento "Você só pode estar de brincadeira!".

– Estou falando sério – insistiu Simon, envolvendo a caneca com os dedos, na esperança de que um pouco do calor da bebida descongelasse a sala. – Um lugar como este é uma dádiva. Como você pode simplesmente jogar fora?

– Não é uma dádiva. É uma maldição.

Simon observou o rosto dela à luz do fogo. Os traços duros da raiva tinham sumido, substituídos por uma emoção mais suave e muito mais devastadora. Solidão.

A tristeza parecia escorrer dela feito neve derretida.

– O que aconteceu?

Ela olhou de relance.

– O quê?

– O que fez com que você odiasse tanto este lugar?

– Nada.

– Ninguém odeia uma casa assim sem motivo. E esse motivo não costuma ser a casa em si, mas o que aconteceu nela.

Chelsea se enrijeceu.

– Você já tem alguma notícia?

Ele enviara mensagens para todo mundo que imaginava ter condições de rebocar os carros. A resposta era sempre a mesma: não tinha o que fazer por enquanto.

– Sinto muito. Acho que não vamos conseguir sair daqui hoje.

O uivo do vento atravessou a vedação craquelada das janelas. Ou ele estava muito enganado, ou Chelsea estava tensa, como se estivesse com medo.

– O que vamos fazer?

– A única coisa que nos resta. Vamos nos acomodar e tentar não matar um ao outro.

– Nos acomodar? Como assim?

Ele esticou as pernas e apoiou a caneca na barriga.

– Quer dizer relaxar e aceitar a realidade de que ficaremos um tempo aqui.

– Eu não posso... Não posso ficar aqui.

Simon olhou para ela. Os dedos de Chelsea apertavam a caneca com tanta força que a louça tremeu em suas mãos, e seu peito subia e descia com a respiração acelerada.

– Chelsea.

Ela virou bruscamente a cabeça em sua direção.

– O quê?

– Você está bem?

A caneca tremeu de novo. Meu Deus, será que ela estava com medo *dele*? Será que era isso? Será que estava com medo de ficar presa em uma casa, sozinha, com um homem que não conhecia? Fazia sentido, mas, mesmo assim, Simon sentia que havia outra coisa.

– Você se sentiria mais confortável se eu ficasse em uma área separada da casa?

– Não – respondeu ela, depressa. Depressa até demais. – Você não precisa ir para outro lugar, não.

Simon deixou a caneca de lado e se levantou. Chelsea o observou se aproximar de sua cadeira e o encarou quando ele se agachou à sua frente.

– Eu juro que você está em segurança, Chelsea. Não vou a lugar nenhum se você não quiser que eu vá.

O alívio nos olhos dela foi tão impactante quanto a maneira com que isso o afetou. Não queria mais esganá-la. Queria abraçá-la. E, fizesse chuva ou sol, Simon iria até o fim para descobrir por que ela odiava aquela casa.

DOZE

– Não vou mentir. Fantasiei muito em dirigir com você por uma estradinha escura no meio do nada.

Colton desviou o olhar da estrada por um instante e sorriu para Gretchen, no banco do passageiro. Ela tinha ido buscá-lo em casa com o carro dele e já chegara fazendo piada: "Entra aí, fracassado. Vamos conhecer minha família problemática."

– Estamos chegando – avisou ela, apontando para uma plaquinha à frente que dizia SALA DE DEGUSTAÇÃO.

Colton entrou no estacionamento do que parecia ser uma fazenda histórica. Por instinto, levou a mão ao porta-luvas para pegar o boné e os óculos falsos, mas Gretchen já estava com seu disfarce nas mãos e o entregou a ele com um sorriso. Ao saírem do carro, ela explicou que a casa da fazenda e o celeiro ainda eram praticamente as construções originais, mas haviam sido restaurados ao longo das décadas. A decoração de Natal na varanda que contornava toda a casa era rústica e acolhedora. Havia cadeiras de balanço e mantas. Festões de ramos verdes e lampiões antigos. Colton fez menção de ir em direção à varanda e ao que parecia ser a porta principal, mas Gretchen o puxou pelo cotovelo.

– Por aqui.

Ele a seguiu ao redor da casa, onde ela digitou uma senha para destravar a porta lateral. Dali, entraram no que um dia parecia ter sido uma espécie de vestíbulo, do tipo em que um homem trabalhador tirava as botas de inverno e se lavava com a água de uma bacia antes de entrar para o jantar. Essa antessala claramente passara por reformas ao longo dos anos, incluindo a porta de aço e o sistema de segurança, mas era pequena e tosca demais para ter servido a outro propósito. As paredes eram de pedras frias e cinzentas, e o teto era tão baixo que Colton poderia espalmar a mão nele se ficasse na ponta dos pés.

Ele a encarou.

– Sério que alguém já morou aqui?

– Claro. Era a casa do meu pentavô. – Ela indicou uma direção com a cabeça. – Siga-me.

Colton foi atrás dela até um cômodo independente, igualmente pequeno e rústico, onde um segurança de uniforme preto e cabelo grisalho estava sentado atrás de uma mesa alta e estreita. Gretchen acenou.

– Oi, Charlie.

O rosto do segurança se iluminou.

– Dona Gretchen! Não vejo a senhora há séculos. O que faz por essas bandas?

– Estou só mostrando o lugar para um amigo.

Ela olhou para Colton com as sobrancelhas arqueadas, como se pedisse autorização para apresentá-lo. Colton assentiu e estendeu a mão por cima da mesa para cumprimentar o homem.

– Colton Wheeler. Muito prazer.

Se reconheceu o rosto ou o nome de Colton, Charlie não demonstrou.

– Bem-vindo à Fazenda.

– Charlie, faz quanto tempo que você está aqui? – perguntou Gretchen, com um sorriso afetuoso.

– Vai fazer 33 anos em abril.

Colton a cutucou com o cotovelo.

– Quase desde que você nasceu.

O sorriso de Charlie se abriu.

– Quer que eu conte para o seu amigo sobre aquela vez que a senhora entrou correndo aqui, quando tinha quatro anos, para se esconder e comer a barra de chocolate que tinha roubado da cozinha?

– Com toda a certeza, não – respondeu Gretchen.

Colton cruzou os braços.

– Com toda a certeza, sim.

– Ela era bem pequenininha. Corria por aí de pés descalços e marias-chiquinhas. Deixei que se escondesse atrás da minha mesa, e ela comeu a barra de chocolate inteirinha!

Gretchen deu de ombros.

– Mas a moral da história é que ninguém ficou sabendo nem se importou por eu ter pegado o chocolate.

– Uma rebelde sem causa aos quatro anos – concluiu o segurança.

– Eu dava um pouco de trabalho.

– A senhora era a alegria deste lugar. – Charlie abriu um sorriso. – Gostaria de vê-la mais por aqui.

Depois de se despedirem, Gretchen guiou Colton por um corredor curto e estreito, de onde um burburinho de conversas se tornava mais audível a cada passo. Entraram em um cômodo que claramente já tinha sido uma simples sala de estar, mas agora era uma espécie de galeria. As paredes estavam forradas de fotografias em tons de sépia em molduras propositalmente sortidas. Umas dez pessoas circulavam sem pressa para observar cada foto enquanto degustavam o uísque.

Ninguém prestou atenção quando Gretchen o levou até a fotografia de um homem de terno preto sentado a uma mesa, a mão esquerda segurando uma garrafa marrom.

– O patriarca da família. – Gretchen estava perto o bastante para que seus braços se tocassem. – Cornelius Donley. Ele veio para cá logo após a Guerra Civil.

– Donley, não Winthrop?

– Meu bisavô só teve filhas, e, na década de 1930, os homens não deixavam a empresa da família para mulheres. Então, ele deixou seu legado para o marido da filha mais velha, Samuel Winthrop. Desde então, a empresa é transmitida aos homens da família Winthrop.

– Parece meio machista.

– E é mesmo. – Ela apontou para outra foto, que parecia ter inspirado o logotipo da empresa: um farol no alto de um rochedo. – Sabe o que significa? O nome da empresa?

Ele balançou a cabeça.

– Significa "rocha solitária". O farol é um lugar real. Começaram a chamá-lo de Lágrima da Irlanda porque era a última coisa que os irlandeses viam quando vinham para os Estados Unidos, para escapar da fome.

– Cornelius veio para cá durante a escassez?

– Não, a escassez já tinha acabado quando ele veio, mas a família nunca conseguiu se recuperar. Depois da morte dos pais, ele fez as malas dos irmãos e vendeu tudo o que tinham para pagar a viagem. Só restava uma coisa de valor em seu nome, uma receita de uísque.

Conforme explicava, Gretchen passava para a próxima série de fotografias, mas Colton não tirava os olhos dela. A mulher ganhava vida ao falar da empresa e dos ancestrais. E, embora seu tom vibrasse com a mesma paixão de quando falava do trabalho, seus olhos brilhavam com uma emoção mais suave. Aquilo era igualmente importante para ela, mas de uma maneira diferente. Para alguém que fazia questão de esconder a ligação com a família, Gretchen tinha um grande carinho por esses laços. Ou, no mínimo, por sua história.

– Tentaram ficar em Nova York durante alguns anos, mas não deu certo, então ele veio mais para o sul e começou a vender jarras da receita original à beira da estrada que saía de Nashville. Depois de alguns anos, conquistou uma boa clientela, que passou a chamar o uísque de Donley's Dare, o desafio de Donley, porque era um veneno de tão forte. A marca Carraig Aonair foi criada mais tarde, na década de 1920.

Isso, pelo menos, Colton já sabia. A empresa oferecia três marcas diferentes: a original Donley's Dare, a Carraig Aonair e a CAW 1869, edição limitada.

– Alguns dos velhos confederados queriam escorraçá-lo da cidade – continuou ela.

– Porque ele era irlandês?

– Porque empregava alforriados. – Gretchen apontou para outra série de fotografias que mostrava cerca de dez homens negros entre vinte e poucos brancos rodeados de barris enormes em um celeiro. – Esta foto foi tirada na destilaria original, incendiada por um grupo de brancos que não concordavam com isso.

– Você está de brincadeira. Que nem a Ku Klux Klan?

– Praticamente, mas não sei se eles se denominavam assim. Cornelius levou um ano para se reerguer, então recontratou as mesmas pessoas.

O orgulho na voz de Gretchen combinava com o brilho em seus olhos. Ambos destoavam tanto do desprendimento frio que demonstrava ao falar dos pais e da infância que era como se ela tivesse vivido duas infâncias diferentes. Esse comentário estava na ponta da língua de Colton, mas não era a hora. Não com outras pessoas por perto que pudessem ouvir, não sem ter certeza de que ela não acabaria se fechando com isso. Então, Colton se contentou em dizer:

– É uma história incrível, Gretchen.

Um vozeirão ressoou atrás deles:

– De fato é.

O rosto de Gretchen se iluminou quando ela olhou para trás.

– E este é o tio Jack.

Um homem de ombros largos e uma cabeleira grossa que parecia faltar pouco para ficar totalmente grisalha estava parado a cerca de um metro dali, com um sorriso tão afetuoso para ela que teria revelado o laço familiar mesmo que Gretchen não o tivesse chamado de "tio". Usava camiseta polo com o logotipo Carraig Aonair bordado na manga e tinha cara de quem se sentiria tão à vontade em acabar com uma briga de bar quanto em servir uma birita.

– Charlie me deu um toque avisando que você estava aqui – explicou o homem, abrindo os braços.

Gretchen entrou naquele abraço, e Colton ficou impressionado com a dissonância do entusiasmo natural que ela demonstrava naquele lugar e a imagem que pintara de como fora crescer ali.

– Eu queria mostrar as instalações ao Colton – explicou ela, abraçando mais apertado.

Depois de dar um beijo rápido em sua bochecha, Jack se afastou e focou a atenção em Colton com um olhar decididamente mais frio. Ele sabia quando estava sendo avaliado, mesmo quando a outra pessoa tentava ser discreta, e Jack não fez questão de esconder: encarou-o com os olhos semicerrados e os lábios contraídos em uma linha rígida.

– Então você é Colton Wheeler?

Colton estendeu a mão.

– É um prazer conhecer você.

– Jack Winthrop. – O aperto de mãos foi bem forte. – Ouvi dizer que está pensando em ser o rosto da empresa.

Colton enfiou as mãos no bolso da calça jeans.

– Estou considerando a possibilidade.

– Achei que ele devia saber no que estaria se metendo antes de tomar uma decisão – explicou Gretchen.

– E? – perguntou Jack.

Colton deu uma piscadela para Gretchen.

– Até agora, gostei do que vi.

– Aposto que sim – replicou Jack, sem rodeios.

Gretchen pigarreou.

– Jack é o irmão mais novo do meu pai. Ele administra a destilaria e a sala de degustação, e meu pai toma conta do lado chato da coisa.

– Onde Evan entra nessa história? – perguntou Colton.

Gretchen e Jack olharam um para o outro e reviraram os olhos. Então Gretchen cutucou o peito dele.

– Por falar nisso, nós dois precisamos ter uma conversinha.

– Sua mãe te contou, né?

– Ele não pode ser o CEO, Jack. Você precisa impedir isso.

Jack deu de ombros e cruzou os braços.

– Juntos, eles têm mais ações com direito a voto do que eu sozinho. Acho que não tem muito o que eu possa fazer.

Gretchen deu uma inspirada que soou como *Hora de mudar de assunto*.

– Enfim… – Ela suspirou. – Meus pais estão em casa? Eu ia levar Colton até lá.

– Acho que não. Tinham uma festa de Natal chique para ir na cidade.

– Você não quis ir?

– Era black-tie. Você só vai me ver de smoking no dia do seu casamento. – Jack arqueou uma sobrancelha na direção de Colton, para dar ênfase.

– Minha nossa! – exclamou Gretchen. – Depois dessa, vamos largar do seu pé.

– Você deveria mostrar a casa da árvore para ele, antes de irem.

– Casa da árvore? – Colton abriu um sorriso.

Gretchen grunhiu.

– Não acredito que você disse isso.

– Eu construí a casa da árvore quando Gretchen tinha dez ou onze anos. Nossa pequena Gretchy queria um lugar no bosque para ler.

– A pequena Gretchy queria um lugar para se esconder de Evan. – Ela lançou um olhar penetrante para Colton. – E não, não vamos ver minha casa da árvore.

– Ah, acho que vamos, sim.

– Valeu, Jack. – Ela suspirou.

Rindo, o tio a abraçou de novo.

– Disponha.

Quando Jack foi embora, ela se virou para Colton.

– Não vamos à minha casa da árvore de jeito nenhum.

Colton chegou mais perto do que talvez fosse aconselhável em público. Aproximar a boca de seu ouvido talvez tivesse sido ainda pior.

– Que tal um acordo? – murmurou.

– Quem sabe? – sussurrou ela. – O que tem em mente?

– O quarto da pequena Gretchy.

Colton já tinha visto sua cota de casas impressionantes na vida – caramba, uma vez até se apresentara em um palácio de verdade na Bélgica –, mas a casa da família de Gretchen era a residência particular mais imponente e luxuosa que já conhecera. Eram três andares de pedra calcária branca com colunas e arcos e varandas de pedras maciças. Isso mesmo, no plural. Três fileiras de varandas se estendiam pela ala central da casa.

Tipo, aquilo vinha direto da bendita Era do Ouro.

E pensar que tivera receio de como Gretchen reagiria ao ver sua casa. Ele vivia num chalé, comparado àquilo.

– Não é possível – disse ele, reduzindo a velocidade do carro ao fim de uma longa estrada particular pavimentada para extravasar sua perplexidade e fazer a curva em um suntuoso chafariz no meio da ampla entrada circular para carros. – Não é possível que você cresceu aqui.

– Chega a ser indecente, né?

– É um *hotel*.

– Com salão de baile e tudo.

Colton parou em frente à entrada principal; aliás, era difícil para ele chamar aquilo de porta, porque... que prosaico. Debruçou-se sobre o console para extravasar um pouco mais de sua perplexidade.

– Você *cresceu aqui*?

– Estou começando a achar que é melhor a gente não entrar.

– Isso está fora de questão. – Ele jogou o boné e os óculos no banco de trás, abriu a porta e deu a volta até o lado do passageiro. Teve que inclinar bem a cabeça para trás para conseguir ver o telhado de terracota vermelha.

– Nós não costumamos entrar por aqui – explicou Gretchen. – A família, quero dizer. Esta é basicamente a entrada pública.

– Entrada pública – repetiu ele, incrédulo. – Sua casa tem uma entrada pública.

– Para as visitações de Natal e outras coisas. Meus pais não fazem muita coisa no primeiro andar, a não ser receber visitas.

– Então é praticamente a Casa Branca.

– Até que é uma descrição bem adequada.

Colton a acompanhou pelos vinte degraus de pedra calcária até a primeira varanda, que levava à porta dupla de *entrada pública*, e ficou meio surpreso quando um mordomo com bandeja de prata não os cumprimentou ao passar.

Não havia hall de entrada. Nem vestíbulo. Nem armário de casacos ou mesa decorativa com um potinho para as chaves do carro, ou um canto para trocar de sapatos antes de entrar da rua. Em vez disso, a entrada pública se abria direto em um salão de baile quadrado com a altura dos três andares. Sacadas internas com vista de cima contornavam três lados do salão.

Colton não sabia o que olhar primeiro. O piso de mármore. Os três corredores que se ramificavam da sala principal para partes desconhecidas da casa. As seis árvores de Natal que rodeavam o salão, cada uma cercada por uma barreira de cordas de veludo vermelho.

Tinha *barreiras* na casa.

– De que porra vocês chamam um cômodo como esse?

Ele não percebeu que fizera a pergunta em voz alta até ela responder.

– Meus pais chamam de Grande Salão. A arquitetura foi inspirada na mansão The Breakers.

– The Breakers?

– Uma das mansões Vanderbilt em Rhode Island.

Então aquela merda era mesmo da Era do Ouro.

– Pode acreditar – disse Gretchen, a vergonha reduzindo seu tom de voz –, eu sei o que parece. Minha mãe queria um lugar para dar festas e reuniões enormes. O primeiro andar é só para exibição.

– Eles fazem isso?

– Fazem o quê?

– Dão festas enormes e coisas assim?

Gretchen riu, e dessa vez não havia nada no som além de amargura.

– Só umas seis vezes ao ano. Na verdade, tem uma festa na semana que vem. O baile de gala anual da fundação.

Gretchen caminhou até o centro do salão, os sapatos fazendo um barulho agudo no piso, como um tênis em uma quadra de basquete.

– Lá nos fundos fica a cozinha comercial – explicou, apontando sem entusiasmo para o corredor bem em frente à entrada. Em seguida, virou-se para indicar o segundo corredor. – Ali fica a biblioteca e uma sala de música para apresentações formais e coisa do tipo. – Ela gesticulou para o último corredor. – E lá fica… na verdade, eu não sei.

– Não sabe?

– Aquela ala foi projetada para hóspedes. Acho que meus pais queriam que minha avó se mudasse para cá depois que o vovô morresse, mas ela morreu logo depois dele, então… – Gretchen deu de ombros. – Eu não sei para que meus pais estão usando esses cômodos agora.

Colton piscou, imerso em um silêncio estupefato.

– Mas onde… quer dizer… – Ele girou no meio do salão, olhando para cima e para baixo e para todos os lados de uma vez. – Onde vocês *moram?*

– Os cômodos da família ficam no segundo e no terceiro andares.

– Como é que vocês chegam lá? – Ele não via uma única escada em canto algum.

Gretchen apontou outra vez para a área da cozinha.

– Tem uma escada particular lá atrás. Usamos a entrada dos fundos porque dá acesso direto a essa escada.

– Gretchen, vou tentar me expressar da forma mais delicada possível, mas… *que porra é essa?*

Ela riu, e soou genuíno.

– Eu sei – respondeu, as palavras seguidas de um leve suspiro. – Pode acreditar. Eu sei.

Colton passou a mão no cabelo.

– Não tenho a intenção de criticar suas escolhas nem nada, mas…

Ela enfiou as mãos no bolso do casaco.

– Nunca é bom sinal quando alguém começa com essa frase.

– Por que você mora naquele apartamento quando poderia morar *aqui?*

A resposta foi outra gargalhada cheia de amargor.

– Você ainda não conheceu meus pais.

– É verdade, mas você poderia morar aqui sem nunca cruzar com eles.

Dessa vez, ela nem se deu ao trabalho de responder. Talvez porque esse fosse o problema. A casa tinha sido projetada para ser exibida a estranhos, não para deixar os entes queridos juntos e confortáveis. Fora construída para impressionar, para intimidar, para provocar admiração e inveja.

Aquilo não era uma casa, mas um museu. E ela vivia ali na infância.

Uma criança que era mais próxima de um tio e de um segurança do que dos próprios pais. Uma criança que crescera para se tornar uma mulher que preferia viver em um apartamento de um único quarto com um aquecedor barulhento do que em meio a todo aquele luxo.

Olhando para ela agora, uma minúscula faísca de fogo no centro da sala fria e sem vida, Colton sentiu uma onda de emoção indistinguível inundar seu peito, embaralhar seus sentidos e fazer sua voz soar como uma lixa.

– Quero ver seu quarto.

TREZE

Se tinha uma coisa que Gretchen não suportava era pena, e Colton irradiava compaixão.

– Você está fazendo aquilo de novo – reclamou, ríspida, ao dar meia-volta.

Ele foi logo atrás, cada passo um baque abafado no chão duro e lustroso.

– Fazendo o quê?

– Olhando para mim como se eu fosse uma pobre menininha rica.

Não teria levado Colton até lá se soubesse que ele a olharia como se ela precisasse de um abraço ou coisa que o valha. Não precisava. Nunca lhe faltara nada, crescendo naquela casa. Nem comida, nem um teto, nem roupa. Nem educação.

– Eu não falei nada – disse ele, ainda seguindo-a pelo longo corredor em direção à escada dos fundos.

– Nem precisava. Dá para ver nos seus olhos.

Colton a segurou pelo cotovelo e a obrigou a parar. Em seguida, deu a volta para ficar de frente para ela.

– A única coisa que você deveria ver nos meus olhos é admiração por você ser uma das mulheres mais corajosas, inteligentes e impressionantes que já conheci.

O coração dela deu uma cambalhota. O sarcasmo se mostrou à altura da ocasião.

– Então você precisa sair mais. Não há nada de muito corajoso ou impressionante em mim.

Colton curvou os lábios em um sorriso.

– E inteligente?

– Nesse caso, vou dar o braço a torcer. Sou inacreditavelmente inteligente.

Ele apertou de leve o cotovelo dela e chegou mais perto.

– O mais sexy em você é a confiança.

Gretchen deu um sorriso presunçoso, em grande parte para disfarçar o arrepio que sentiu percorrer seu corpo inteiro, e saiu pela tangente.

– Por aqui, Clark Kent.

A escada dos fundos era particular, mas não menos absurda que o resto da casa. Eram vinte degraus até o primeiro patamar, com espaço suficiente para uma área de estar completa que, nas lembranças dela, ninguém jamais usara. Depois, mais vinte degraus até o segundo andar. A escadaria dava em um corredor que terminava em uma vista para o Salão de Entrada, um lugar para mais exibicionismo, onde penduravam os retratos a óleo da família e outros quadros que os pais só tinham porque podiam pagar.

– Por aqui. – Gretchen indicou o caminho à direita.

No canto, uma série de portas duplas levava aos cômodos privativos. Colton a seguiu até a antessala e parou de novo para olhar ao redor, inexplicavelmente fixando o olhar no armário de casacos.

– Então vocês também têm um – comentou.

– Um armário?

– Eu não conseguia imaginar onde vocês penduravam as coisas quando chegavam em casa.

Gretchen o deixou observar por algum tempo, tentando imaginar tudo aquilo pelo olhar dele. Essa parte da casa – a residência, como seus pais chamavam – tinha menos austeridade, mas não menos luxo que o térreo. A sala de estar da família acomodaria três apartamentos iguais ao dela. A cozinha íntima era do mesmo tamanho da de Colton, mas era muito menos usada. Ela nem se lembrava de já ter visto os pais cozinhando.

– Onde é o seu quarto? – perguntou ele, depois de explorar por um tempo.

Era o último, no fim de um corredor de janelas com vista para o quintal. Por sorte, estava escuro demais lá fora para ver qualquer coisa. Se Colton pensava que o interior já era um exagero, Gretchen morreria de vergonha quando ele visse as atrocidades financeiras que sua família cometera ao redor da casa em nome do lazer.

Parou em frente à porta do quarto.

– Não sei se estou pronta para isso.

– Talvez você devesse me deixar ir na frente. – Ele a afastou com toda a delicadeza e, brincando, girou os ombros algumas vezes e deu uns golpes no ar, como se estivesse se aquecendo para uma luta. Então alinhou o casaco. – Ok. Estou pronto. Vou entrar.

Colton girou a maçaneta dramaticamente, empurrou a porta e entrou. Parou de súbito.

– Ai. Meu. Deus.

– É um pesadelo, né?

Colton riu, incrédulo.

– É a coisa menos Gretchen que eu já vi.

Paredes rosa. Cama rosa, com dossel rosa e edredom rosa. Ela suspirou e entrou logo atrás.

– Sou a filha temporã da família, e, já que eram só meninos antes de mim, meus pais exageraram um pouco.

Ele girou no meio do quarto.

– Gretchen, a casa toda é um exagero. *Isto* é um verdadeiro crime.

– Agora você entende por que eu queria uma casa da árvore no bosque.

– Meu bem, estou começando a entender *muita coisa* sobre você.

Por isso que ela não via a hora de ir embora. Nisso, Gretchen sentia ainda mais da afinidade indesejável com Chelsea Vanderboek. Esta casa era tão assombrosa quanto a do livro.

– Ok. Você já viu o quarto da pequena Gretchy. Vamos embora.

– Não tão rápido. Tenho muito o que investigar aqui. Este lugar é tipo um sítio arqueológico.

– Com nada além de detalhes constrangedores do meu passado para desencavar. Vamos.

Tentou arrastá-lo em direção à porta de novo, mas Colton girou os braços, em um movimento de autodefesa delicado, e acabou pressionando-a contra o peito. Gretchen soltou um suspiro ao colidir com ele, então cada molécula de oxigênio fugiu do peito ao sentir os corpos se colarem. Com seu braço esquerdo dobrado às costas, entrelaçara seus dedos aos dele.

Era, quase literalmente, sua refém.

– Então... – A voz dele se aprofundou em um sussurro sexy. – Me conte sobre as suas noites solitárias neste quarto, Gretchy. Como satisfazia sua alma gótica rebelde?

O coração de Gretchen entoava *Me prenda*, mas sua boca respondeu sem pensar:

– Eu não era gótica.

Ele ergueu as sobrancelhas.

– Emo?

– Mais do tipo que fica sozinha.

A voz de Colton se aprofundou ainda mais.

– E você tem certeza de que estamos *sozinhos* agora?

– Tenho – sussurrou ela.

Sem aviso, com outro movimento rápido, ele a pegou no colo e começou a andar em direção à cama.

– O que você está fazendo? – Ela riu.

– Tenho mais coisas a explorar.

Colton teve que se abaixar um pouco para não bater a cabeça na estrutura do dossel quando, num movimento nada gracioso, jogou-a na cama. O colchão balançou, e Gretchen soltou um *ai* em protesto, mas, na verdade, estava quase entrando em combustão porque, puta merda, pelo visto seria levada às nuvens. Mal teve tempo de recuar até a cabeceira antes de Colton engatinhar para cima dela. Mãos e joelhos apoiados no colchão, bloqueando-a dos dois lados sob seu corpo, olhos famintos.

Olhos que até pouco tempo estavam cheios de pena agora brilhavam com selvageria e um apetite voraz. Por ela.

Um abismo a atraía naquele olhar. Gretchen hesitava diante dele, sentindo pontadas de medo e expectativa – não porque temia cair, mas porque temia saltar. Dera esse salto antes, caindo com tudo no vale dos abraços, dos beijos, do desejo dele. Teria saltado de novo na outra noite, se não tivessem sido interrompidos pela inspiração criativa. Agora, seus pés estavam mais uma vez à beira do precipício. Anseio e desejo se tornaram oxigênio em seus pulmões, sangue em suas veias.

– O que você está fazendo? – sussurrou de novo.

– Decidindo por onde começar. – Colton dobrou os cotovelos e enterrou o rosto na curva do pescoço dela com um suspiro profundo. – Acho que aqui é um bom lugar.

Sim. Era um ótimo lugar. Os lábios dele roçaram a pele macia de seu pescoço. Uma. Duas vezes. Então, a língua tocou o ponto pulsante que denunciava o quanto ele mexia com ela.

– Que tal aqui? – murmurou Colton, deslizando a boca até o outro lado, logo abaixo da orelha. – Que segredos posso descobrir aqui?

Os mais obscenos.

Colton percorreu uma trilha lenta, mordiscando a linha de seu queixo, uma perseguição atormentadora que a deixou ofegante. Sua pele estava em chamas sob as camadas de roupa entre os dois. Teriam que chamar a emergência se seu coração batesse mais forte ou mais rápido que aquilo.

– Ou talvez aqui – murmurou Colton, a voz quente contra a pele dela ao deslizar os lábios até a clavícula.

Gretchen agarrou o edredom. De olhos fechados, deixou a cabeça pender para trás, dando mais espaço para ele continuar explorando, descobrindo. Quando Colton chegou à curva de seus seios, exposta no decote da camiseta, Gretchen tremia. Quando ele se inclinou para lamber o vale entre os seios, ela suspirou em voz alta.

– *Colton.*

– Paciência – sussurrou ele, soprando a pele que acabara de beijar.

– Não é uma das minhas virtudes.

– Vou fazer a espera valer a pena.

– Promessas, promessas.

– Eu prometo – garantiu, movendo os lábios um centímetro para a esquerda – explorar – continuou, dando outro beijo – cada centímetro do seu corpo.

Colton afastou a camisa dela para o lado, e uma necessidade primitiva fez com que Gretchen se arqueasse, os mamilos em busca da boca dele, mas tudo o que recebeu foi o mais leve sopro de ar.

Então Colton pousou a boca na dela e qualquer decisão se tornou irrelevante. Ele saltou no precipício, e ela foi junto. Gretchen afundou os dedos em seus cabelos grossos e se abriu para o beijo. Quando Colton abaixou o peso de seu corpo sobre ela, Gretchen afastou os joelhos para acolher a pressão forte e quente dele entre as coxas.

– Vai logo – murmurou. Queria parecer sarcástica. Pareceu desesperada.

– É a minha exploração, lembra? Vou fazer do meu jeito.

Com lentidão agonizante, Colton abriu botão a botão, revelando um pouco mais da pele dela à medida que descia. Finalmente, ao desabotoar toda a camisa dela, afastou o tecido para os lados, apoiou-se nos cotovelos e a olhou. Suas narinas dilataram ao ver o sutiã de renda preta cobrindo os mamilos rígidos, implorando por seu toque.

– Tire isso – ordenou.

Sim, senhor. Gretchen se remexeu para erguer o tronco, levou as mãos às costas e abriu o sutiã. As mãos de Colton então tomaram o lugar das suas, deslizando a camisa e a renda preta de seu corpo antes de atirá--las em algum lugar. Empurrando-a com toda a delicadeza, ele a deitou de novo, e a exploração recomeçou. A palma de suas mãos roçava os mamilos dela. Gretchen se arqueou para senti-lo, procurando-o e encontrando. Colton brincava e provocava, roçando o polegar sobre a pele firme, esfregando-a com os dedos.

– Colton – gemeu Gretchen, cobrindo as mãos dele com as suas –, ou caia de boca, ou pare antes que eu morra.

– Tão mandona...

Ele riu. Mas, finalmente, deu a ela o que seu corpo desejava. Sua língua brincou com o mamilo, logo depois deu uma mordiscada. Cada terminação nervosa do corpo de Gretchen ganhou vida.

– Colton. – Sua voz saiu num gemido torturado.

Gretchen agarrou a cabeça dele e levou os lábios a seu mamilo direito. Queria fúria; ele deu delicadeza. A ponta da língua dele explorou, lambeu, provocou. O corpo dela agiu por conta própria, arqueando-se mais uma vez para ele, e Colton passou para o outro mamilo, atormentando-a de novo com seu autocontrole quando tudo o que ela queria dele era furor.

Gretchen não aguentava esperar nem mais um segundo. Se iam fazer isso, iam fazer *agora*. Agarrou a barra da camisa dele e a puxou para fora da calça, então travaram uma batalha frenética para despir cada peça de roupa, tão apressados e desajeitados como no quarto de hotel depois do casamento de Mack e Liv. O que era *aquilo* entre eles? Que força da natureza fazia com que um corpo, uma pessoa, quisesse outro a ponto de ir além do desejo, até se tornar algo mais simples, mais urgente, mais *primitivo*?

Colton ficou de joelhos e tirou a camiseta. Então, pegou as mãos dela e as colocou sobre sua barriga. Gretchen roçou os pelos grossos que cobriam as linhas bem definidas do abdômen dele. Deus, lembrava exatamente como era sentir aquela pele.

Colton fechou os olhos.

– Meu Deus, Gretchen – murmurou. – Você não faz ideia de quanto eu sonhei com seu toque.

Ele se remexeu para desabotoar a calça. Com mãos trêmulas, Gretchen fez o mesmo. Ele praguejou duas vezes quando seus dedos escorregaram do zíper, mas enfim conseguiu se libertar. Sua ereção estava à mostra, e tudo o que Gretchen conseguiu fazer foi encará-la. Queria tanto. Queria agora.

Ela ergueu os quadris para tirar a calça, e, porra, enquanto fazia isso, Colton levou a própria mão à ereção e começou a se acariciar bem devagar.

– Só você – a voz era rouca. – Só você consegue me deixar assim.

Gretchen tentou libertar uma perna da calça jeans. Só uma perna, era só o que precisava. Colton continuou se acariciando enquanto encarava os seios dela. Era a cena mais erótica que ela já vira.

Um barulho os paralisou.

Colton piscou, alarmado.

– O que foi isso?

Em seguida, ouviram de novo. Uma porta fechando. Depois passos. E então uma voz.

– Olá?

– Você só pode estar de sacanagem – grunhiu Colton.

Porra, os pais dela tinham chegado.

Esse era o problema de ficar nua com Colton Wheeler. Se meros beijos confundiam seus sentidos, deixar que ele tocasse seus seios a fazia perder de vez o maldito juízo. Só faltara tirar uma perna do jeans para transar com ele em seu quarto de infância.

Colton soltou um *Porra* baixinho enquanto pegava a camisa embolada no canto da cama, quase invisível em meio à espuma amarrotada do edredom cor-de-rosa. Mas perdeu o equilíbrio e caiu, por pouco não colidindo com a mesa de cabeceira. Soltou mais três palavrões seguidos e conseguiu ficar de quatro.

Gretchen jogou a camisa para ele e se sentou, as mãos cobrindo os seios.

– Onde está meu sutiã?

Ele vestiu a camisa.

– Não sei.

– Foi você que tirou! Jogou onde?

– Não sei. Fiquei um pouco distraído com seus peitos. – Ele deu uma piscadela inesperada. – Espetaculares, por sinal.

Rosnando, Gretchen correu os olhos ao redor da cama.

– Achei – disse Colton, engatinhando até um galho de árvore de Natal em que o sutiã e a camisa dela estavam enroscados.

Fora do quarto, as vozes de seus pais ficaram mais altas quando entraram na sala de estar.

– Eu não sei de quem é aquele carro – disse o pai, ríspido.

– Não é melhor chamarmos a polícia? – perguntou a mãe.

– É um Porsche, Diane.

Como se isso excluísse qualquer possibilidade de delito. Até mesmo quando cogitavam estar sendo roubados, os pais de Gretchen conseguiam ser esnobes.

– Peguei – sussurrou Colton, engatinhando de volta. Gretchen pegou as roupas da mão dele, que ficou de joelhos para subir o zíper da calça. Estremeceu quando o zíper fisgou a ereção, que ainda se mantinha.

Gretchen vestiu o sutiã e praguejou baixinho quando os dedos escorregaram do fecho. Foram duas tentativas até conseguir engatar os colchetes. Os passos se aproximaram no corredor que levava a seu quarto no instante em que Gretchen começou a abotoar a camisa. Merda. *Merda.*

Colton se levantou depressa, passando as mãos na cabeça para assentar o cabelo. Gretchen apontou para a virilha dele, olhos arregalados. Ele olhou para baixo, soltou outro palavrão e começou a inspirar e expirar lentamente.

– O que está fazendo? – sussurrou ela.

– Visualizando a merendeira do colégio. Não está funcionando.

– Ah, meu Deus – resmungou Gretchen. – Isso é um pesadelo.

A voz da mãe ecoou a poucos passos da porta do quarto.

– Olá? Evan, é você? Comprou um carro novo?

Gretchen deu um pulo da cama, passou os dedos pelo cabelo e limpou a garganta para responder a mãe. Mas, antes que o fizesse, Diane apareceu no corredor e parou de repente diante da porta aberta do quarto da filha.

– Ah, Gretchen. Meu Deus. Que surpresa.

Ela acenou.

– Oi, mãe.

CATORZE

Os olhos da mãe iam de Colton para Gretchen, vendo tudo, sem perder um único detalhe.

Perfeito.

Ela precisava começar a prestar atenção justo agora?

O pai apareceu e parou do mesmo jeito que a mãe, os olhos dardejando de Gretchen para Colton e para a cama. Cada movimento dos olhos trazia um novo nível de compreensão do que parecia ter acontecido ali, seguido pela confusão de *por que* aquilo tinha acontecido.

– Oi, mãe, oi, pai – disse Gretchen, quase engasgando. – Oi. Este é, hã...

– Eu sei quem ele é – interrompeu o pai.

Colton deu um passo à frente, cheio de audácia e sorrisos despreocupados. Estendeu a mão primeiro para o pai dela.

– Muito prazer, Sr. Winthrop.

Colton então voltou a simpatia de superstar para a mãe e estendeu a mão para cumprimentá-la também.

– Tem uma belíssima casa, senhora – disse, arrastando ainda mais o sotaque e encerrando a fala com sua piscadela típica.

– Obrigada – respondeu a mãe, envaidecida.

– Confesso que, se Gretchen não tivesse dito que a senhora era a mãe dela, eu teria jurado que eram irmãs.

Gretchen engasgou mentalmente. Ainda mais quando a mãe corou e começou a correr os dedos pelo colar. O caminho mais rápido e certo para o coração dela era dizer que todo o dinheiro gasto em tratamentos faciais e cosméticos de luxo tinham funcionado. Diane encarava o envelhecimento como um bebê luta contra o sono: esperneando, gritando e chorando porque não queria.

– Soube que a casa da senhora faz parte das atrações do roteiro natalino – comentou Colton.

– Pois é, eu amo decoração, e...

– O que vocês estão fazendo aqui? – interrompeu o pai.

A mãe contraiu os lábios em uma linha fina, irritada.

– É a casa dela, Frasier. Ela pode vir a hora que quiser.

Gretchen pigarreou para conter o ácido que subia de seu estômago.

– Nós estávamos... quer dizer, eu estava mostrando a Fazenda a Colton. Como a senhora sugeriu.

A sobrancelha esquerda do pai se arqueou alguns centímetros, um gesto que a fez sentir vergonha e achar graça ao mesmo tempo. Vergonha porque tinha 35 anos e acabara de ser pega no flagra pelos pais. E graça... bom, pelo mesmo motivo. Gretchen chocara muito os pais ao longo dos anos, mas nunca assim.

– Sim. Gretchen tem sido muito persistente em tentar me convencer a fechar o contrato de publicidade. – Colton envolveu os ombros dela com o braço, e Gretchen viu sua vida passar em um segundo diante de seus olhos. Chutaria as bolas dele assim que estivessem sozinhos.

– Gretchen sabe ser *persistente* como ninguém. – Mais uma vez, o tom do pai dizia mais do que as palavras. A filha era um persistente pé no saco da família, ele quis dizer.

Gretchen mexeu os ombros para afastar o braço de Colton.

– Temos mesmo que ir.

– Mas acabamos de chegar – protestou a mãe. – Não podem ficar um pouco para conversar? Evan e Blake já estão chegando.

Ah, tá. De jeito nenhum. Agora que não iam ficar mesmo.

– Com certeza vocês estão querendo descansar depois do seu, hã...
compromisso.

– Bobagem – disse o pai. – Na verdade, eu preciso é de uma bebida
para relaxar. Colton, aceita alguma coisa?

– Opa, claro. Uísque com Coca.

Os olhos do pai de Gretchen cuspiram fogo, de verdade.

– Estou brincando. – Colton riu. – Dois dedos de CAW cairiam bem.

O pai assentiu, curto e seco, e saiu sem nem perguntar se Gretchen
queria algo.

– Nossa, não é fantástico? – A mãe mexeu no colar de novo, e o fato
de ainda estarem no quarto de Gretchen se tornou um letreiro luminoso
de constrangimento. – Quer saber? Vou pendurar meu casaco e ver se
consigo arranjar uns *crudités* para beliscarmos.

– Nós realmente não podemos ficar muito, mãe.

– Que bobagem. – A mãe abanou a mão em um gesto de indiferença
e seguiu os passos do pai em uma retirada rápida. Sem dúvida ela sabia
que Gretchen e Colton precisavam de mais uns minutos para se re-
compor.

Ela se virou para Colton e deu um soco em seu braço.

– Ai, ai – choramingou ele, esfregando o bíceps. – Caramba, garota.
Por que isso?

– Você está de brincadeira? Não quero ficar aqui e beber com meus
pais e meus irmãos. Ainda mais depois disso... – Ela fez um gesto amplo
indicando o quarto e a virilha dele.

Colton movimentou as sobrancelhas de modo sugestivo.

– Depois de quase flagrarem a nossa exploração?

– Ah, meu Deus! – choramingou Gretchen. – Eles perceberam, né?

Ele soltou uma risadinha.

Gretchen soltou um grunhido.

Colton diminuiu a curta distância entre os dois e baixou mais a voz.

– Somos adultos, Gretchen. Não tem por que ter vergonha.

– No meu quarto de criança?!

– Ok, essa parte é meio constrangedora na nossa idade.

– E por que você tinha que flertar com a minha mãe?

– Eu estava tentando amenizar a situação. – Ele fez aquele gesto insinuante com a sobrancelha de novo. – Nenhuma mulher no mundo resiste ao charme do velho Colton, né não?

– Eu vou queimar você vivo.

Ele soltou uma gargalhada alta e gostosa. Depois a puxou pelos quadris para mais perto.

– Deus, eu amo esse seu lado.

– O lado violento?

– O lado temperamental. Me faz querer mentir dizendo que não votei na última eleição só para você ficar brava comigo e me punir. – Ele aproximou os lábios do ouvido dela. Um tremor involuntário percorreu o corpo de Gretchen. – E, gata... você já me faz queimar vivo.

– Ah, meu Deus. – Gretchen espalmou as mãos no peito dele e o empurrou para trás. Colton cambaleou duas vezes, rindo.

Ela deu meia-volta e bateu o pé em direção ao corredor. O carpete luxuoso abafou seus passos, mas não a risadinha de Colton atrás de si. Como é que ele podia achar graça disso? Lançou um olhar assassino por cima do ombro, mas tudo o que conseguiu em resposta foi um sorriso atrevido.

A situação piorou quando, no fim do corredor, toparam com Evan, Blake e suas esposas – Anna e Kayla. Todos com traje de gala e cara de "O que *ela* está fazendo aqui?".

– Gretchen – cumprimentou Evan, neutro. – Não esperava ver você aqui.

– É bom ver você também.

Evan pareceu lembrar que queria atrair Colton para a empresa, e mais que depressa exibiu seu sorriso bajulador.

– Sr. Wheeler. Até que enfim nos conhecemos.

Colton foi até Evan com a confiança arrogante que costumava reservar para o palco.

– Me chame de Colton – disse, estendendo a mão mais uma vez.

Os irmãos mantiveram o ar de desinteresse ao apertarem a mão dele – porque, convenhamos, eram classudos demais para se entusiasmarem por conhecer uma verdadeira celebridade. Muito vulgar. Mas Anna e

Kayla eram outra história. As duas se derreteram que nem as mulheres do vilarejo em *A Bela e a Fera* no instante em que Colton virou aquele sorriso intenso na direção delas.

– Devo confessar – disse Colton, o sotaque carregado –, vocês estão todos deslumbrantes. Pelo visto Gretchen não recebeu o convite da família.

Ao comentário sarcástico, Anna e Kayla deram risinhos nervosos, e Blake balançou a perna, sem graça. Evan, no entanto, nem piscou.

– Imagino que o Porsche Cayenne lá na frente seja seu.

– Culpado – concordou Colton.

– Gretchen jamais gastaria dinheiro em algo tão luxuoso.

Colton voltou para o lado dela.

– Isso porque ela é uma pessoa melhor do que você e eu. Tem as prioridades bem resolvidas.

Blake tirou o sobretudo.

– Ela nunca perde a chance de nos lembrar disso.

Ah, maravilha. Colton estava prestes a ter um lugar na primeira fila para o show de horrores que era sua família. As sombras que sempre a rodeavam na presença da família começaram a se aglomerar, e ela queria se encolher ali dentro. As sombras eram seguras. Nelas, não havia ninguém para apontar seus defeitos. Ninguém para decepcionar. Ninguém para se comparar e acabar no chinelo.

– Faz bem. – De brincadeira, Colton deu um empurrãozinho nela com o quadril. – Ela com certeza me faz pensar nas coisas de um jeito diferente.

– É sério? Ela tentou fazer você se sentir culpado pelo quê? – continuou Blake. – A mudança climática? A desigualdade social?

Colton deu uma gargalhada falsa.

– Nada! Só a superioridade sem noção dos super-ricos.

– Por que não nos sentamos? – sugeriu Evan, pendurando seu casaco e o de Anna. – Aceita uma bebida, Colton?

– Seu pai já está cuidando disso, obrigado.

Os dois se encararam em silêncio, dois boxeadores dando voltas no ringue e estudando o oponente. Além do tio Jack, Gretchen raramente tinha alguém ao seu lado nesse combate peculiar, mas Colton não deixava sombra de dúvida de que lutava por ela. Enquanto os outros se dirigiam para a sala de estar, ele ficou para trás e deu uma piscadinha rápida e discreta para ela. Não de flerte, como com sua mãe. Uma piscadinha mais sutil. Íntima. Que dizia: "Estamos juntos nessa."

Cada irmão sentou ao lado da esposa em um sofá, deixando a namoradeira e um par de poltronas antiquadas como únicas opções para Gretchen e Colton. Colton escolheu a namoradeira, e, assim que Gretchen sentou ao seu lado, estendeu o braço no encosto atrás dela. Gretchen não conseguiria relaxar nem que alguém a fizesse tomar diazepam. Não com os irmãos a encarando com aquele sorrisinho insinuante. Não com Anna e Kayla olhando para Colton como fãzocas. Com certeza, não quando os pais entraram e os olhos de sua mãe brilharam ao ver a cena de aconchego na namoradeira.

Diane trazia uma pequena travessa de petiscos e três copos vazios. O pai vinha atrás com uma garrafa em uma mão e seu próprio copo na outra.

Gretchen engasgou ao ver a garrafa.

– Você abriu um dos velhos Donleys?

– Achei que Colton precisava ter a experiência completa, se vai entrar para a família – justificou o pai. Uma pausa desconfortável pairou sobre a sala antes que ele acrescentasse: – Quer dizer, para os negócios da família.

– Um dos Donleys? – questionou Colton.

– Esta safra saiu com o rótulo errado – explicou Evan. Sua voz era suave, mas o sorriso era forçado. – É um item raro de colecionador. Só nos resta uma caixa.

– Abrimos duas garrafas até hoje – acrescentou o pai.

– Então, é uma honra – disse Colton.

Enquanto a mãe servia, o pai distribuía o uísque. Só para os homens, claro. Colton pareceu ser o único a notar.

– As moças querem um copo?

Os olhos de Anna e Kayla ganharam um brilho suave e sonhador. Os de Evan, de dura ameaça.

– Não, obrigada – respondeu Gretchen, apertando os lábios para dentro da boca para esconder o sorriso.

– Tudo bem, então. – Colton ergueu o copo. – Vamos brindar a quê?

– Aos negócios – disse o pai.

Evan ergueu o copo.

– A fechar um acordo.

Colton ergueu o copo mais alto.

– Às filhas persistentes.

Gretchen teve que apertar os lábios de novo para não rir. A seu lado, Colton tomou um gole e sugou os dentes em aprovação.

– Uau.

Frasier se inclinou na direção de Colton.

– Este é o sabor de um uísque de cinquenta anos.

Evan virou o copo e estendeu a mão para pegar a garrafa. Anna apertou seu joelho, muito delicadamente. Com um olhar de desagrado, ele se recostou de novo.

Anna tentou disfarçar o momento constrangedor com um sorriso radiante.

– Então, vocês já se conheciam antes de tudo isso, não é?

Gretchen e Colton responderam ao mesmo tempo.

– Na verdade, não.

– Com certeza.

O desconforto aumentou, até que Colton riu e a cutucou com o cotovelo.

– Tudo bem, Gretchen. Você não tem que proteger meu ego.

Ah, Deus. Gretchen prendeu a respiração e se preparou para o besteirol.

– A Gretchy aqui foi a única garota que partiu meu coração até hoje.

As cunhadas suspiraram tão fundo que poderiam competir com um aspirador de pó.

Gretchen tossiu.

– Ele está fazendo piada, gente.

Colton adotou seu sotaque despretensioso.

– Quem dera! Nós nos conhecemos no casamento de um amigo, ano passado, mas ela nunca retornou minhas ligações.

– E eu pensando que vocês eram só conhecidos – disse Evan.

Antes que alguém pudesse reagir, Colton botou mais lenha na fogueira.

– Vocês devem ter muito orgulho da Gretchen.

– Ah, nós temos, sim – disse a mãe às pressas. – Muito orgulho.

Gretchen lançou um olhar mordaz para a mãe. Os pais nunca, nem uma vez, disseram que tinham orgulho dela.

– Certamente – disse Evan. Gretchen virou a cabeça tão rápido na outra direção que até ouviu um estalo. – O trabalho que ela faz é bem importante.

Mas o que diabos estava acontecendo? Na verdade, sabia a resposta. Estavam tentando impressionar Colton para que ele assinasse o contrato. Gretchen ficaria furiosa se não estivesse claro que Colton via direitinho quem eram de verdade.

Blake deu uma risadinha dissimulada.

– Sim, Gretchen é muito dedicada à sua pequena causa.

– E como não ser? – indagou Colton. – Só mesmo uma pessoa incrível para deixar tudo para trás para ajudar quem mais precisa.

Blake riu com deboche.

– No caso da Gretchen, foi mais como *fugir*, mas...

– Blake.

O tom afiado da mãe rasgou o ar e mergulhou a sala num silêncio abalado. Diane nunca erguia a voz, e com certeza nunca erguera a voz para os filhos. Fazer isso na frente de um estranho era uma blasfêmia.

– Então – interveio o pai, girando o uísque no copo com um falso ar despreocupado –, o que exatamente Gretchen lhe mostrou esta noite, antes de os interrompermos?

Colton ficou tenso, os músculos do braço pesados e rígidos em volta dos ombros dela.

– Eu o levei à galeria na sala de degustação – respondeu Gretchen, depressa.

Os dedos de Colton apertaram o copo com tanta força que ela temeu que o vidro quebrasse.

– Sua empresa tem uma história e tanto.

– De fato – disse o pai. – Nossa família tem um legado que atravessou várias gerações. Você sabia que leva pelo menos doze anos para produzir um lote de uísque?

Os dedos de Colton roçaram o ombro dela.

– Não sabia.

– O uísque nas prateleiras hoje foi colocado nos barris quando você assinou seu primeiro contrato de gravação.

– Não brinca.

– E o uísque que estava nas prateleiras antes começou a ser produzido quando Gretchen ainda estava no fundamental.

– Impressionante.

– Não convidamos qualquer um para ser o rosto da nossa marca. Temos uma preocupação profunda com valores.

– Neste caso, é uma honra ser considerado.

– Mas você ainda não assinou o contrato. – Evan entrou na conversa. – Por quê?

A mãe interrompeu.

– Evan, Frasier, por favor. Podemos deixar os negócios para outra hora?

Colton sorriu.

– Está tudo bem, Sra. Winthrop...

– Por favor, me chame de Diane.

Ele assentiu.

– Diane. Está tudo bem. Um homem deve ter cuidado ao escolher as pessoas com quem se associa, certo? – Colton colocou o copo na mesa de centro e se inclinou para a frente, cotovelos apoiados nos joelhos. – Também sou muito cuidadoso. Cada pessoa da minha equipe é avaliada minuciosamente para garantir que todos tenham os mesmos objetivos criativos e financeiros.

– Um astro da música country tem que tipo de equipe? – Blake fez a pergunta com uma condescendência tão habilidosa que quase desencadeou uma reação de estresse pós-traumático em Gretchen. Fora ridicularizada por esse tom durante toda a sua vida.

Colton não deixou por menos.

– Bem, vamos ver. Tem meu empresário, meu agente, meu advogado de direitos autorais, meu advogado de entretenimento, a equipe de turnê, um assessor de imprensa e um gerente de marketing. Ao todo, emprego cerca de cem pessoas, se contar os rapazes do som, meu fotógrafo e as duas moças que limpam minha casa.

Gretchen ficou de queixo caído enquanto ele falava. Porque o bom e velho sotaque de menino dera lugar ao de um homem de negócios seguro de si. Era tão sexy e inebriante quanto o do homem que a jogara na cama.

– Eu não convido qualquer um para fazer parte da minha vida – acrescentou Colton. – Tem que ser de confiança. Tem que ser especial.

Colton estava falando dela. Se as palavras não deixassem isso evidente, a maneira como olhava para ela era inequívoca. E todos na sala perceberam.

– Temos mesmo que ir. – Gretchen se levantou. Não aguentava mais. E não pelo desconforto de estar rodeada pela família. Se os dois não ficassem a sós logo, acabaria arrastando Colton de volta ao quarto cor-de-rosa.

Colton não se apressou para se levantar da namoradeira. Pegou o copo e casualmente virou o uísque que restava. Dessa vez, não estalou os lábios.

Ergueu o copo vazio em direção ao pai de Gretchen.

– Obrigado pela bebida.

– Eu acompanho você – disse Evan, levantando-se.

– Não se incomode – respondeu Colton. – Gretchen com certeza sabe o caminho.

Para Gretchen, foi uma dificuldade chegar até o carro antes de se atirar nele. Colton tinha acabado de abrir a porta e se virar para deixá-la entrar, e ela fez aquilo de novo, a mesma coisa que fizera no elevador. Jogou os braços em volta do pescoço dele e colou a boca na sua.

E, assim como no elevador, Colton imediatamente assumiu o comando, encostando-a contra a lataria fria do carro. Os dois se beijaram e se arranharam e gemeram na boca um do outro até que a necessidade de respirar enfim os separou.

Toda uma conversa se desenrolou na troca de olhares silenciosos e intensos. Ele aninhou o rosto de Gretchen nas mãos e encostou a testa na dela.

– Na sua casa ou na minha?

QUINZE

A dele era mais perto.

Mas ainda faltavam vinte minutos, tempo demais.

– Não dá para dirigir mais rápido? – reclamou Gretchen, cruzando as pernas, mas nada aliviava o incômodo latejante.

– Nossa, você fica toda mandona quando está com tesão. – O tom era de brincadeira, mas seus dedos apertavam o volante com força, e havia luz suficiente no painel para iluminar a prova incontestável de seu próprio anseio sob o zíper da calça. Colton também estava agonizando.

– Só dirija – retrucou Gretchen, batendo a cabeça no encosto do assento.

Quando Colton parou em frente à casa, Gretchen estava pronta para montar no colo dele ali mesmo, no carro. Era insuportável esperar o tempo que levaria para entrarem. Pelo jeito Colton pensava o mesmo, porque se inclinou sobre o console assim que desligou o carro, segurou-a pela nuca e puxou-a para encostar a boca na dela. Os dois só se largaram quando os vidros estavam embaçados. Colton suava e tremia quando a mandou sair.

Suas mãos estavam trêmulas ao destrancar a porta e, quando jogou as chaves na mesa ao lado do armário de casacos, errou o alvo. Caíram no chão e ali ficaram, porque ele já estava ocupado levando Gretchen à loucura mais uma vez. Colton fechou a porta com o pé, puxou-a para junto de si e a conduziu de costas em direção à escada.

– Espere – murmurou, no primeiro degrau. Então se abaixou e a pegou no colo.

– O que você está fazendo? – perguntou Gretchen, ofegante.

– Levando você para a cama. Tentando ser romântico. – Mas ele grunhiu logo nos primeiros três degraus.

– Não vai ser romântico se você cair e eu ficar conhecida como a mulher que matou Colton Wheeler.

– Que bela morte, hein? – Ele subiu mais um degrau. – Ok, você tem razão. É perigoso.

Colton a pôs no chão e começou a conduzi-la de costas escada acima, parando para beijá-la e acariciá-la e praguejar contra os botões da camisa dela. Gretchen tropeçou no último degrau e caiu de bunda no chão.

– Chegamos longe o bastante – anunciou Colton, debruçando-se sobre ela com outro beijo de tirar o fôlego.

Ele apoiou os joelhos no último degrau, entre as pernas dela, e agarrou um tornozelo para abri-las mais. Gretchen se agarrou a ele com mãos ávidas, entrelaçando os dedos em seu cabelo para puxá-lo para mais perto, até que seus corpos colidissem em uma busca incessante e desesperada por prazer.

Ah, Deus, sentia Colton tão duro contra seu corpo, duro e quente... Os músculos das costas dele tensionaram sob o tecido da camisa, e os bíceps ao lado da cabeça dela se contraíam e estremeciam cada vez que Colton mergulhava a boca na sua. De repente, um dos joelhos dele escorregou do degrau, fazendo-o cair com todo o peso em cima dela. Com um impulso e um palavrão, ele recuperou o equilíbrio, mas se afastou.

– Estou velho demais para isso. – Colton arquejou, indicando a porta ao fim do corredor com a cabeça.

– Temos a mesma idade – protestou Gretchen.

– E nós dois vamos nos arrepender se distendermos algum músculo idiota enquanto tentamos transar na escada.

– Não somos *tão* velhos assim.

Colton se levantou e tirou a camisa de flanela. Jogou-a sem prestar atenção em onde tinha caído.

– Vamos, mulher.

– E você acha que *eu* sou mandona quando estou com tesão?

– Pro quarto. Já.

Gretchen rolou de lado e ficou de quatro para se levantar. Então Colton soltou um suspiro reverente atrás dela.

– Eu te dou qualquer coisa se você fizer isso na cama.

Ela sorriu por cima do ombro.

– Qualquer coisa?

– Sim. Qualquer coisa.

Gretchen rebolou um pouco.

– Quero um sanduíche de presunto quando terminarmos.

– Você pode comer o porco todo, porra. Agora, mexa-se.

Pelo visto, Gretchen também gostava de obedecer. As pernas estavam fracas, os joelhos, bambos, mas ela encontrou forças para se levantar de novo. Virou-se, pôs as mãos nos quadris e mordeu o lábio.

– Me diga o que fazer.

Colton bufou.

– Vá para a cama e tire tudo, menos a calcinha.

Gretchen tapou os ouvidos, recuando.

– Não chame de calcinha.

– De que porra eu vou chamar? – Colton avançava para cima dela, obrigando-a a recuar em direção ao quarto.

– Não sei. Lingerie ou algo assim. Odeio a palavra *calcinha*.

– Chame como quiser. Tire tudo menos ela.

– Por que não posso tirar minha lingerie?

– Porque eu mandei não tirar, porra.

Ah, sim. Lembrou que ele ficava desbocado quando estava com tesão. Colton tivera a mesma reação naquela noite, depois do casamento. Quando o beijou no elevador, ele sussurrou um *porra* reverente antes de prendê-la contra a parede espelhada e transformá-la em uma devassa. Saber que poderia fazer isso com ele – transformar o galã despojado em um dominador impaciente, boca-suja e desesperado – era o bastante para que seu ventre se contraísse.

Chegando ao quarto, ele a beijou de novo enquanto a guiava até a cama. Quando suas pernas encostaram no colchão, Colton agarrou sua bunda e a apertou, levantando-a mais alto contra sua ereção pulsante. Ela apertou-o contra si com as coxas até que um gemido entrecortado se libertou da garganta de Colton.

– As roupas – disse ele, ofegante, afastando-se e apontando. Depois, foi em linha reta até o banheiro da suíte.

– Aonde você vai? – Gretchen tirou a camisa por cima da cabeça, era mais fácil do que tentar soltar os botões.

– Pegar as coisas de que precisamos.

– Do que a gente precisa? – A calça enroscou em seus tornozelos, e Gretchen precisou de mais uma tentativa para chutá-la para longe.

– Camisinhas, pra começar.

– Tá, e o que mais? – O sutiã se juntou à blusa no chão, e seus mamilos se eriçaram ao ficarem expostos. O anseio por ser tocada era tão forte, tão avassalador, que ela mesma se tocou.

– Não sei, merda. Só as camisinhas. Não estou conseguindo pensar direito, tá?

Ah, como gostava de vê-lo assim. Gretchen beliscou os mamilos com mais força.

Colton voltou do banheiro e, quando a viu se tocando, tropeçou ao parar de repente. Seu queixo caiu.

Ela puxou o bico dos seios.

– Fiquei impaciente.

Ele passou a mão no queixo, engoliu em seco e limpou a garganta.

– Continue.

Gretchen rolou os mamilos entre os dedos.

– Assim?

O meneio de cabeça dele em resposta era quase um tremor, um espasmo. Ela fez de novo e, ah, merda, estava ficando ainda mais excitada. Ou talvez fosse o jeito como ele a olhava. Soltou um leve gemido e inclinou a cabeça para trás.

– Não pare – ordenou Colton. – Não ouse parar.

Ele jogou a caixa de preservativos na cama e se ajoelhou na frente dela, então Gretchen entendeu por que ele a queria só de calcinha – ou lingerie. Para que pudesse torturá-la. Colton agarrou seus quadris e a puxou em direção à boca. Começou com os lábios, roçando um beijo leve no umbigo. Depois mudou para a língua, traçando o fino elástico superior da calcinha que ficava entre aquele toque e o prazer dela. Então vieram os dentes. Ele mordeu o elástico, deu um puxão e soltou com um estalo.

– Vai logo com isso – gemeu Gretchen.

– Isso o quê? – As palavras vibraram contra sua pele, provocando e excitando.

– Me toca, merda. – A essa altura, não tinha mais vergonha de implorar. Uivaria feito um cachorrinho se com isso ele enfim a lambesse. Só de pensar, outro gemido escapou de sua boca.

Colton enganchou os dedos na seda elástica e começou a baixá-la, centímetro a centímetro, beijando a pele exposta enquanto descia cada vez mais. Então finalmente, ah, Deus, *finalmente*, Gretchen ficou nua diante dele. Chutou a calcinha para longe e respirou fundo quando ele se inclinou para dar beijos suaves, quase imperceptíveis, acima de sua intimidade latejante. Com pressão suficiente apenas para deixá-la louca, mas não para satisfazê-la.

Ele parava entre um beijo e outro para outro tipo de tortura: pequenas ordens safadas.

– Abra as pernas.

Gretchen obedeceu e foi recompensada com um dedo deslizando para dentro dela.

– Belisque os mamilos para mim.

Ela olhou para baixo e o viu encarando, as pálpebras pesadas. Obedeceu à ordem e ganhou uma lambida.

– Colton – sussurrou.

– Hummm? – murmurou ele, contra seus grandes lábios.

– Cale a boca e me faça gozar.

Ele riu em um arquejo áspero, cravou os dedos nos quadris dela e enfim mergulhou com o furor pelo qual Gretchen ansiava. Explorou-a com os dedos e a língua, encontrou seu clitóris como o mestre escavador que era e a levou às nuvens.

Talvez ela devesse ter se acanhado pela rapidez com que a tensão cresceu, pela força com que agarrou o cabelo dele, ou pelo fervor com que empurrava o quadril contra aquela boca safada. Mas não houve tempo para nada além de lançar a cabeça para trás e gritar com o choque do orgasmo.

Se não estivesse encostada na cama, teria desabado no chão. Em vez disso, caiu de costas no colchão. Colton não a deixou escapar nem por um segundo. Deslizou as mãos por baixo de seu corpo, agarrou os quadris e a puxou de volta para a boca, para que Gretchen sentisse até o último tremor. Não parecia possível que ainda houvesse algo dentro dela, mas, quando Colton recomeçou a chupá-la, arqueou as costas e sentiu tudo outra vez com mais um grito.

Enquanto voltava a si, Gretchen teve apenas uma percepção periférica dos sons do tecido e da pele, do suave farfalhar de roupas enquanto ele se despia, do colchão afundando a seu lado. Seus olhos se abriram lentamente, e, virando a cabeça, viu Colton apoiado sobre um cotovelo, olhando para ela com um sorriso carinhoso.

Doçura era sua perdição. Gretchen poderia encará-lo de igual para igual quando ele flertava, seduzia, provocava. Mas, quando a olhava daquele jeito, com o coração nos olhos, ficava desarmada que nem um coelho encurralado. Tinha fugido antes, e precisou de toda a sua força de vontade para não deixar o mesmo medo entrar em ação agora.

Colton baixou a cabeça e roçou os lábios nos dela.

– Precisa de alguma coisa? – murmurou.

Gretchen rolou de frente para ele.

– Só de você.

Colton deslizou a mão pela curva do quadril dela e contornou a barriga até que seus dedos se encontrassem. Entre os dois corpos, a pressão urgente da ereção era o único lembrete de que apenas ela encontrara alívio. Porque, embora tivesse suspirado bem fundo quando ela chegou mais perto, Colton não fez qualquer menção de virá-la na cama para buscar o mesmo prazer que acabara de proporcionar.

– Me diga o que fazer – sussurrou Gretchen, trilhando o dedo pelo corpo dele.

Suas pupilas se dilataram, mas mesmo assim Colton não se mexeu.

– Só me deixa olhar para você por um minuto.

– Fico tímida quando me olham por muito tempo.

– Bem, é melhor se acostumar, porque eu poderia ficar aqui deitado admirando você para sempre. – Ele roçou os dedos na bochecha dela. – Nem acredito que você está aqui de verdade.

Ele seria sua perdição se continuasse tão carinhoso. Gretchen fechou os dedos em torno da ereção dele e começou a mover a mão em ritmo lento, circulando a cabeça com o polegar. Colton estremeceu e fechou os olhos, e seu autocontrole enfim cedeu. Ele a fez virar de costas para o colchão e cobriu a boca na sua. Os dois se beijaram em meio a um emaranhado de pernas e braços, até que a respiração dele ficou irregular e áspera, os movimentos, trêmulos e frenéticos. Colton se levantou depressa, colocou a camisinha e voltou para os braços de Gretchen.

Entrou nela devagar, depois rápido, ajustando e reajustando, relembrando e reconhecendo, até que começaram a se mover em sincronia, dando e recebendo, sussurrando incoerências, arquejando com furor. Gretchen ergueu as pernas para levá-lo mais fundo, e a tensão cresceu de novo. Pulsante e exploradora. Cada vez mais rápido. Colton encostou a testa na sua e implorou para que ela gozasse.

Mais uma vez, Gretchen obedeceu. Com um grito abafado, a represa se rompeu de novo. Ela se enrijeceu enquanto as ondas rebentavam uma após a outra. Quando Colton saiu dela de repente, ela o agarrou, em protesto.

Mas ele ainda não havia terminado.

– Vire de costas – sussurrou ele.

Gretchen poderia ter gozado de novo só com aquela voz. Obedeceu à ordem e virou de bunda para cima. Colton pressionou o corpo contra o seu, as mãos esfregando e apertando suas nádegas. Então deslizou a mão entre suas pernas e brincou com ela mais um pouco. Gretchen não conseguiu se segurar. Moveu os quadris em sincronia com aqueles dedos.

– Por favor – murmurou.

Colton se enterrou nela de novo com uma estocada dura e um palavrão gutural.

– Porra, Gretchen.

Ela não sabia se aquilo era uma exclamação ou uma ordem, mas ficou com a última opção. Moveu-se na direção dele, levando-o cada vez mais fundo, com mais força. Quando Colton agarrou seus quadris, os dedos afundando na pele para segurá-la firme contra suas estocadas, Gretchen se perdeu. Mergulhou numa súbita explosão de ondas escaldantes, e Colton praguejou de novo, saltando do penhasco junto com ela. O corpo dele convulsionou e enrijeceu atrás do seu antes de desabar sobre suas costas, arfando em seu pescoço. As pernas dela cederam, e os dois se estatelaram no colchão. Gretchen teve que virar o rosto de lado para não sufocar, mas sentir o corpo dele exausto, fraco e suado em cima do seu fazia o esforço valer a pena.

O tempo parou. Poderiam ter se passado trinta segundos ou cinco minutos. Gretchen tinha acabado de fechar os olhos quando sentiu a respiração dele quente em sua bochecha.

– Você é a realização de todos os meus sonhos.

Droga. Ele seria sua perdição.

Colton se levantou de cima dela e traçou uma linha de beijos em sua coluna, descendo e subindo. Por fim, roçou o nariz em seu pescoço.

– Eu já volto.

Gretchen ficou assistindo, as pálpebras pesadas, enquanto Colton ia ao banheiro. Um momento depois, ele voltou, ajoelhou-se ao lado da cama e afastou o cabelo dela da testa.

– Você ainda quer aquele sanduíche de presunto?

Gretchen se apoiou nos cotovelos.

– Preciso de comida.

– A propósito – começou Gretchen, dez minutos depois, enquanto olhava Colton besuntar de mostarda uma fatia de pão de fermentação natural. – Pode falar. Sei que você quer falar.

Ele a encarou e lambeu a faca.

– Não gostei muito da sua família.

– Agora você entende por que eu não moro lá.

Colton colocou fatias de presunto no pão.

– Eles sempre te tratam desse jeito?

– Minha vida inteira.

– Sinto muito. Você merece mais. – Colton colocou metade do sanduíche em um prato e o deslizou para ela, ficando com a outra metade. – Você pode me contar mais, se quiser. Não vou pressionar para que você fale, quero que esteja pronta.

Gretchen provavelmente nunca estaria pronta, mas ele merecia saber toda a verdade, se fossem continuar... o que quer que aquilo fosse.

– Eu dei um pouco de trabalho na adolescência.

Colton deu uma grande mordida no sanduíche e falou enquanto mastigava:

– Todo mundo dá trabalho na adolescência.

– Eu dava mais trabalho que a maioria. Sempre fugia de casa.

– Fugia literalmente ou, tipo, enchia uma mochila com barrinhas de cereal e um ursinho de pelúcia e saía andando pela estrada antes de voltar para casa?

– Uma vez, cheguei até Michigan.

Ele tossiu e largou o sanduíche.

– *O quê?!* Como? Quantos anos você tinha?

– Dezesseis. Tinha acabado de tirar a carteira de motorista. Blake foi passar o Natal em casa, e peguei o carro dele. Nossa, como ele ficou puto. Denunciaram o roubo na manhã seguinte, quando descobriram que o carro tinha sumido.

Colton cruzou os braços em frente ao peito nu.

– Peraí... Eles acordaram na manhã seguinte, descobriram que você e o carro tinham sumido e só fizeram um boletim de ocorrência do carro?

– Teria sido um escândalo enorme registrar a ocorrência do meu desaparecimento.

– Por Deus, Gretchen.

– Fazia sentido, na verdade. É mais provável que as pessoas se lembrem de ver um Corvette vermelho do que uma garota qualquer.

– É assim que eles justificam isso ou é assim que você justifica isso?

Ela brincou com o sanduíche.

– Seja como for... a questão é que eu costumava me comportar muito mal e fazer coisas que os deixavam ressentidos, e tudo só piorou quando tive a ousadia de me recusar a entrar para os negócios da família.

Colton largou o sanduíche e se postou na frente dela. Pousou uma mão de cada lado de seu corpo na bancada onde estava encostada, bloqueando-a com seu peito nu.

– Nada do que você acabou de me contar justifica, nem um pouquinho, o jeito como foi tratada.

– Eu sei. Anos de terapia me fizeram perceber que eu me comportava mal *porque* eles me tratavam desse jeito merda. Agora estou acostumada.

– Não deveria.

O olhar carinhoso dele a fez se contorcer. Gretchen encarou o chão.

– Acho que ninguém nunca jogou na cara da minha família as atitudes podres deles como você fez hoje à noite. Muito menos para me defender.

Colton colocou o dedo sob o queixo dela e levantou seu rosto.

– Estou disposto a fazer isso sempre que você precisar.

– Vai ter muitas oportunidades, se fechar o contrato.

– Você não acha que acabei com as minhas chances esta noite?

– Duvido. Eles olham para você e só veem cifrões. Vão aturar qualquer coisa se for para ficarem mais ricos.

– Ótimo. Porque agora oficialmente quero fechar esse acordo.

– Sério?

– Aham. – Colton deu um selinho nela e se afastou. – Só para infernizar a vida deles.

Gretchen conseguiu rir, sabe-se lá como, mas o riso se esvaiu rápido. Colton não era vingativo. Vivia para fazer as pessoas felizes. Mas bastara uns encontros com ela e já estava se intoxicando com o veneno da sua família. O melhor que poderia fazer por ele era cortar logo os tentáculos, antes que injetassem mais veneno.

Mas, quando Colton a olhava daquele jeito, como agora, com desejo e carinho, era difícil lembrar por que era má ideia ficarem juntos.

– Você está me matando nesta camiseta, sabia? – disse ele, olhando-a de cima a baixo.

Gretchen vestira a camiseta dele antes de descerem. Colton usava apenas um short de basquete.

– Talvez você devesse tirá-la de mim – sugeriu ela.

– E seu sanduíche? – perguntou Colton, já com as mãos nela.

– Eu como depois.

– Isso significa que posso comer você agora? – Colton deslizou a camisa pelos ombros dela, pegou seu corpo nu nos braços e a colocou em cima da bancada. – Sabe o que eu adoraria fazer com você neste fim de semana?

– Passar o dia na cama transando?

– Isso também. Mas eu estava pensando que poderíamos ir à festa de Vlad e Elena.

– Você… quer que eu vá à festa deles com você?

– Com certeza.

O coração de Gretchen deu uma pirueta tripla. Ir juntos à festa dos amigos era coisa de casal. Era confessar ao mundo que esse lance entre eles não tinha a ver com negócios, nem nunca tivera. Era confessar a si mesma que estava mentindo toda vez que mentalizava *Isso não é um encontro.*

Pior, seria abrir o jogo com Liv e dizer o que ela mais adorava ouvir: *Você estava certa. Nós somos um bom casal.*

Não que já não soubesse disso.

Sabia. E era disso que tinha medo.

Colton curvou o canto da boca em um sorrisinho sabichão.

– Você sabe que quer dizer sim. Então diga.

Ela disse sim.

Nunca terminou de comer o sanduíche.

Uma noite fria de inverno

A casa estava em silêncio quando Chelsea acordou.

Não era um silêncio normal, era do tipo que a fazia saber instintivamente que Simon não estava lá. Em algum momento nos últimos três dias, ela se habituara a tê-lo por perto: o som de seus passos nas escadas, o jeito como respirava quando estava perdido em um livro, os olhares quando achava que ela estava distraída.

As estradas deveriam ser reabertas ainda hoje. Não havia razão para ficar.

O pensamento a fez sentir um baque surdo no peito.

Encarou o teto e tentou se convencer de que seria melhor que tudo aquilo acabasse logo. Mas não conseguia pensar nas muitas razões que teriam lhe ocorrido de imediato dias atrás.

Por fim, levantou-se e foi tomar um banho. Graças a Deus ainda passava água pelo encanamento. Mas, pouco antes de tirar as roupas, ouviu um barulho nos fundos. Ficou na ponta dos pés para espiar pela janelinha alta do banheiro... e teve um sobressalto.

Simon estava nos limites da propriedade, pendurando um pisca-pisca em volta de um pequeno pinheiro. Estava decorando uma árvore de Natal.

Chelsea pegou o casaco e calçou as velhas botas de inverno que encontrara no armário do quarto da tia. Quando saiu da casa, ele já estava quase terminando. Ao ouvir o rangido da porta dos fundos, Simon parou e se virou para encará-la.

– O que está fazendo?

– É véspera de Natal. Achei que seria bom ter uma árvore.

– Você acordou bem cedo.

– Não consegui dormir.

– Por quê?

Simon cruzou o jardim na direção dela, afundando na neve até as canelas. Seus olhos nunca deixaram os dela e fizeram o coração de Chelsea disparar no peito. Simon parou ao pé da escada da varanda e a encarou com uma expressão que poderia ter derretido geleiras.

– Porque eu quero passar o Natal com você – respondeu.

– O caminhão de reboque vem hoje. – Essa foi oficialmente a frase mais triste que já dissera.

– Não significa que temos que ir embora já.

Seus pés se moveram na direção dele, atraídos por uma gravidade que ela não compreendia. Chelsea parou no primeiro degrau, cara a cara com Simon.

– Você não quer ir embora?

– Não quero que *você* vá embora.

Ela mal ouvia a própria voz por baixo das batidas do coração.

– Mas você nem gosta de mim.

As feições de Simon se contraíram em remorso.

– É isso o que você pensa?

– O que mais eu poderia pensar? – Sabe Deus como, se aproximaram um do outro. Chegaram tão perto que ela pôde distinguir a mistura de tons da barba crescida. Nuances de vermelho, cobre e castanho-claro.

– A verdade – começou Simon, pegando a mão dela – é que estou me apaixonando por você.

DEZESSEIS

– Ele está de joguinho só para convencê-la a não vender a casa?

Colton não fazia ideia do que Gretchen estava falando quando se sentou no banco do passageiro de seu carro, sábado à noite.

– Quem está de joguinho com quem? – perguntou, dando a partida.

– O livro. *Uma noite fria de inverno.*

– Então você ainda está lendo, hein?

– Estou ficando nervosa. Tem certeza de que essa história vai terminar bem?

Colton pegou a mão dela, que repousava sobre o console entre os dois, e beijou os dedos.

– Eu prometo. É um romance água com açúcar. O final feliz é pré-requisito.

– Mas isso é impossível. Ela mora na Califórnia. Ele mora em Michigan. Ela ainda quer vender. E ele ainda quer que ela fique com a casa.

– Tenha fé.

– Não sei. Ainda não entendo por que o cara se apaixonaria por ela. Ela está sempre tão mal-humorada.

– Estranho como essas coisas acontecem, né?

Com um resmungo, Gretchen tentou puxar a mão, mas ele segurou firme e a puxou de volta para os lábios.

– O bem-humorado sempre se apaixona pelo rabugento, querida. Isso é ciência.

Quando viraram na entrada para carros, avistaram a casa de Vlad toda iluminada com pisca-piscas.

– Será que vão fazer muito alarde por nossa causa?

Colton estava com a mão posicionada para bater à porta quando Gretchen fez a pergunta. Ela estava ao seu lado no alpendre, usando o casaco preto básico e o mesmo suéter de gola alta do primeiro encontro, mas foi o modo como mordeu o lábio inferior que chamou sua atenção.

– Alarde?

– Tipo dar gritinhos histéricos e soltar um "Ai, meu Deus, eles vieram", e dar tapinhas nas suas costas e dizer "Já estava na hora, porra", e todas essas coisas?

– Bem, já *estava* na hora, porra – disse Colton, inclinando-se para beijar a curva de seus lábios. – Mas, não, eles não vão fazer alarde por nossa causa.

– Tem certeza?

– Por quê? Ainda tem vergonha de ser vista comigo?

– Tenho uma reputação a zelar.

A porta se abriu, e um Noah exausto apareceu na soleira de olhos arregalados. O cabelo estava em pé, como se ele tivesse tentado arrancá-lo, e havia uma penugem vermelha grudada na frente do colete de lã azul-marinho. Ele usava uma camisa de flanela por baixo e era oficialmente o único homem vivo que podia usar uma combinação dessas sem ficar com cara de ursinho de pelúcia.

– Onde você estava? – resmungou Noah.

Colton abriu espaço para Gretchen entrar primeiro. Noah a recebeu com um sorriso e um abraço apertado.

– Oi, Gretchen, bom te ver.

– Digo o mesmo – respondeu ela, tirando o casaco. – Estamos atrasados?

Noah se dirigiu a Colton de novo.

– Era para você ter chegado faz meia hora.

– Nós nos atrasamos.

Dessa vez, *foi* um eufemismo. De um ato rápido e vigoroso que Colton adoraria ter continuado noite adentro.

– Bem, nós precisamos de você – disse Noah, fechando a porta.

– O que aconteceu? – Colton deixou a sacola de brinquedos embrulhados e o estojo de violão no chão para tirar o casaco.

– Vlad está nervoso.

– Fala para ele que eu já vou.

Noah subiu as escadas correndo, dois degraus por vez.

– Por que Vlad está nervoso? – perguntou Gretchen.

– É uma surpresa.

– Odeio surpresas.

– Eu sei, mas essa vai ser ótima. – Colton pressionou os lábios nos dela de novo e...

– Ai, meu Deus! – Um gritinho histérico os separou.

Gretchen se virou como se tivessem sido pegos no flagra por seus pais de novo. No fim do corredor estava Liv, as mãos ocupadas com uma taça e uma garrafa de vinho. No rosto, um sorriso tão largo que as bochechas pareciam tremelicar em protesto. Então, como uma cena em câmera lenta de um filme de terror, Liv se virou para trás e gritou:

– Eles vieram!

Uma explosão de alegria irrompeu da cozinha. Gretchen fuzilou Colton com um olhar que teria desanimado qualquer homem, mas ele só quis arrastá-la para um cômodo vazio e fazê-la implorar por misericórdia. Porém, não houve tempo sequer para um beijo rápido de desculpas, porque Liv já estava correndo na direção dos dois. A amiga passou a taça e a garrafa para a mesma mão, deixando a outra livre para agarrar o braço de Gretchen e puxá-la.

– Venha comigo – ordenou Liv. Em seguida, deu um sorriso meloso para Colton. – Vamos tomar conta dela, não se preocupe.

Gretchen olhou para ele por cima do ombro e esboçou um *socorro* com os lábios. Colton com certeza pagaria caro por isso mais tarde.

Ele mal podia esperar.

– Você vem ou não? – gritou Noah, do alto da escada.

Pegando a sacola de brinquedos, Colton subiu os degraus de dois em dois e virou à esquerda em direção ao quarto de Vlad. Encontrou os rapazes espalhados pelo cômodo em diferentes estágios de desespero. Mack estava estatelado na cama, braços estirados, olhar vazio. Malcolm estava largado na poltrona perto da janela, absorto, coçando a barba e resmungando baixinho. Gavin e Del brincavam de atirar uma bola de meias um para o outro. Yan, pelo visto, simplesmente desistira de tudo. Estava sentado no chão, encostado na cômoda de Vlad, vidrado na tela do celular.

Colton largou a sacola com um baque, assustando todos.

– Já estava na hora, porra – reclamou Mack, sentando-se.

– Desculpem. Cadê o Vlad?

Yan apontou com o polegar por cima do ombro.

– Ainda no closet. Ele não quer sair.

– Por quê?

– Disse que a roupa não serve.

– Claro que não serve. Ele tem...

– Bunda de jogador de hóquei.

Os rapazes terminaram em coro. Muitas vezes, jogadores de hóquei penavam para encontrar calças que se ajustassem bem às coxas e aos glúteos excepcionalmente musculosos *e ainda* à cintura fina. Colton e os caras tinham se tornado íntimos do traseiro de Vlad no ano anterior, quando o ajudaram a se recuperar de uma lesão.

Colton se aproximou da porta do closet e bateu.

– Ei, cara. Sou eu, Colton. Tudo bem aí?

Um som abafado foi a única resposta.

Colton chegou mais perto.

– Qual é, irmão? Abre a porta. Deixa eu dar uma olhada.

Um instante se passou até a maçaneta da porta girar. Vlad saiu com o traje de Papai Noel completo: calças vermelhas, casaco vermelho, gorro vermelho e barba branca grossa e felpuda. Mas o olhar cabisbaixo e a postura derrotada estavam longe de transmitir a alegria característica do bom velhinho.

Colton pôs a mão sob o queixo de Vlad e levantou seu rosto.

– Olha para mim, cara. Qual é o problema?

Vlad puxou o casaco.

– Não serve.

Colton deu um passo para trás, inclinou a cabeça e observou Vlad pelo tempo que esperava ser aceitável para parecer convincente. Em seguida assentiu.

– Entendi o problema. Você comprou uma fantasia extragrande para que a calça passasse pela sua...

– Bunda de hóquei – disseram os caras de novo.

– ... e por isso o casaco ficou muito largo. Foi isso?

Vlad fez que sim com a cabeça, arrasado.

– Já enfiei um travesseiro aqui embaixo. Se eu colocar outro, um vai acabar caindo, e as crianças vão ficar traumatizadas pelo resto da vida.

– Mas precisa mesmo de mais um travesseiro aí – disse Colton. – E se amarrarmos os dois no seu corpo com fita adesiva?

– Excelente ideia – disse Mack, dramático, levantando-se da cama. – Vou catar um rolo de fita.

Ele saiu correndo feito um adolescente que tinha acabado de se livrar de lavar a louça.

– Noah, me passa outro travesseiro – pediu Colton.

Noah pegou um de cima da cama e o jogou. O travesseiro acertou Colton na cara antes de cair no chão, e Vlad sorriu pela primeira vez sob a barba branca felpuda.

– Agora, vamos tirar esse seu casaco – disse Colton.

Vlad abriu os braços para que Colton soltasse os botões. O veludo vermelho caiu, revelando uma camiseta esgarçada com um travesseiro embaixo.

– Está vendo? Com mais um travesseiro nas costas, o casaco vai ficar perfeito – disse Colton, tranquilizando o amigo.

Vlad não parecia convencido.

– As crianças vão saber que eu não sou o Papai Noel.

– Não vão, não.

– E se reconhecerem minha voz?

Colton deu de ombros.

– Diga que todo mundo no Polo Norte fala assim.

Mack voltou com a fita adesiva e a jogou para Colton, que deixou o rolo acertá-lo no peito para fazer Vlad rir. Quando se curvou para pegá-lo, Colton olhou de relance para Mack.

– Viu a Gretchen lá embaixo?

– Aham. – Mack abriu um sorriso e ergueu as sobrancelhas.

– Ela está bem?

– Por que não estaria?

– Ela estava nervosa de vir aqui.

– Ela está bem. O Roman está dando queijo para ela.

– O *Homem do Queijo* está aqui?

Má notícia. Roman tocava um negócio clandestino de queijos. Colton nem sequer imaginava que existia mercado para isso até ele e Vlad descobrirem o lugar e ficarem viciados. E, embora todos os rapazes tivessem se tornado amigos de Roman no ano anterior, ainda não haviam feito o convite formal para que se juntasse ao clube do livro. Ninguém confiava muito nele, não só por conta do passado misterioso, mas também porque tinha um carisma inato que deixava suas esposas e namoradas babando no minuto em que chegava.

– Não se preocupe – disse Mack, ao perceber a reação de Colton.

– Se o cara der *gruyère* para ela, estou encrencado.

– "Encrencado" é eufemismo – disse Noah.

Colton rosnou.

– Cale a boca e venha ajudar.

Noah se arrastou com relutância: "*Por que eu?*" Colton o mandou segurar o travesseiro extra nas costas de Vlad enquanto passava a fita em volta.

– Então, as coisas estão dando certo, não? – perguntou Vlad, mantendo os braços para cima. – Entre você e Gretchen?

As bochechas de Colton ficaram vermelhas, e Vlad deu uma gargalhada gostosa, chacoalhando a barriga.

– Esse é o meu garoto. Estou muito feliz por você, irmão.

Noah espiou por trás do tronco de Vlad.

– Está sentindo o arrepio nos dentes?

– Estou sentindo arrepio em tudo – Colton descolou a ponta da fita adesiva e prendeu no centro da camiseta de Vlad. Depois esticou um longo pedaço e entregou o rolo a Noah. – Vamos passar a fita várias vezes em volta dele.

Colton percebeu que os caras o fitavam, cheios de expectativa, mas balançou a cabeça em negação.

– Já falei, rapazes. Não vou beijar e sair contando.

– Então *tem* um beijo para contar? – perguntou Yan, as mãos sobre o coração.

– Não vou responder a essa pergunta.

O grupo soltou um *aaah* e a foi dada a largada para a encheção de saco. Yan foi até ele e bagunçou seu cabelo. Gavin o abraçou por trás, e Del deu um soco em seu ombro.

– Olha só você, está até vermelho – comentou Mack, de longe, de braços cruzados.

– Então quer dizer que vocês se acertaram? – perguntou Gavin, soltando o abraço.

– Fizemos algum progresso – continuou Colton, enrolando a fita adesiva ao redor de Vlad.

– Isso não é resposta – disse Malcolm. – Você ainda não perguntou para ela, né?

Colton fingiu não entender.

– Não perguntei o quê?

– Se ela quer ser sua namorada, imbecil. – Essa veio de Del.

– Como se pede alguém em namoro na minha idade?

– Você já namorou, né? – Del riu com desdém.

– Já, mas as coisas aconteceram naturalmente. Nunca precisei ter uma conversa para definir se erámos um casal de verdade ou se só estávamos curtindo por um tempo.

– Bem, desta vez é diferente. – Gavin deu de ombros.

Ah, não brinca. Sim, tiveram uma noite de paixão inesquecível, mas Colton também entendera algumas coisas que o fizeram ter mais – não menos – certeza do que ela queria.

– Conversa com a gente, cara – disse Mack.

– Conheci os pais dela ontem à noite.

Outra exclamação em coro tomou conta do quarto, mas Colton parou o que estava fazendo com a fita e ergueu as mãos.

– Não é o que estão pensando. – Ele resumiu a história depressa, omitindo a parte em que os pais dela quase pegaram os dois seminus no quarto. Guardaria essa lembrança para si mesmo.

Colton olhou direto para Mack.

– Você sabia que a família a trata feito lixo?

– Não. – Mack piscou, confuso. – Como assim?

– Pensei que eles eram só uns babacas superficiais com todo aquele lance de Natal, mas é muito pior. Eles a tratam como uma pária. Como se ela fosse uma espécie de traidora por não ter entrado para os negócios da família. Até chamam sua carreira de "pequena causa". Dá pra acreditar? Eles não veem o quanto o que ela faz é incrível. O quanto *ela* é incrível.

Enquanto ele falava, as sobrancelhas dos rapazes se arqueavam cada vez mais.

– O irmão dela não via a hora de enumerar todos os erros que ela parece ter cometido quando era mais nova. O pai é um babaca controlador. Eu juro, eu queria dar um soco no meio da cara dele. Nunca me senti tão, tão... – Ele não encontrava a palavra certa, e Noah o ajudou.

– Protetor.

Colton soltou a respiração contida.

– Isso. Eu queria literalmente pegar a Gretchen no colo e tirá-la dali. Nunca me senti assim.

– Como se pudesse destruir o mundo por ela? – perguntou Gavin.

Ele assentiu.

– Como se pudesse incendiar qualquer coisa por ela – disse Del.

– Sim.

Mack estremeceu e deu um tapinha em seu ombro.

– Sinto muito, cara.

– Pelo quê?

– Você está perdidamente apaixonado. E só fica mais intenso daqui para a frente.

Colton parou, sem saber se deveria contar a próxima parte da história. Por outro lado, queria a opinião dos rapazes.

– Ela, hã… ela sempre fugia de casa.

As sobrancelhas de Malcolm se franziram.

– Fugia?

– Uma vez ela roubou o carro do irmão e foi até Michigan.

– Porra – sussurrou Mack, sentando-se na cama.

– Eu não a culpo – disse Colton, cortando a fita adesiva. – Eu também iria querer fugir para o mais longe possível.

– Mesmo assim, ela ainda está em Nashville – observou Malcolm. – Poderia ter se mudado para qualquer lugar que quisesse, mas ficou aqui.

Uma das mulheres gritou da base da escada.

– Vocês vão descer ou não?

Vlad arregalou os olhos.

– Precisamos agilizar. Elena gosta de manter tudo dentro do cronograma.

Colton assentiu.

– Vamos terminar de arrumar essa fantasia.

Vlad abaixou os braços e ficou parado enquanto Colton abotoava a fileira de botões pretos do casaco e reajustava o cinto. Em seguida, Colton deu um passo para trás e meneou a cabeça.

– Perfeito. Vá dar uma olhada.

Vlad deu umas batidinhas no próprio tronco e foi até um espelho de corpo inteiro.

– Ah, muito melhor!

– Ótimo. Agora, vamos ouvir – disse Colton. – Sabemos que você vem ensaiando.

Vlad se virou, botou as mãos na barriga e soltou um perfeito "ho, ho, ho".

Os caras vibraram e aplaudiram, então Vlad fez de novo.

– Você tirou de letra, cara – disse Noah. – Vai se sair muito bem.

– Ok, então vamos rever o plano – disse Colton. – Yan vai ficar aqui em cima e ajudar a botar todos os presentes no saco do Vlad…

– Saco do Vlad. – Mack deu uma risadinha.

Del deu um tabefe na nuca dele.

– E o resto de nós vai descer e reunir as crianças – concluiu Colton.

– Como vou saber quando é para eu descer? – perguntou Vlad.

– Quando me ouvir cantar "Santa Claus Is Coming to Town".

Colton fez menção de ir em direção à porta, mas Mack agarrou seu braço.

– Pera aí.

Colton deu meia-volta.

– O que foi?

– Você não pode descer assim. – Mack estendeu a mão e começou a mexer em seu cabelo.

Colton empurrou a mão dele.

– O que você está fazendo?

– Arrumando você.

– Você bagunçou mais – disse Noah. Em seguida, aproximou-se e passou a mão pelo cabelo de Colton. Ele se contraiu. – Ok, *eu* baguncei mais ainda.

Colton se inclinou para ver seu reflexo no vidro de uma moldura na parede. O topete estava espetado como se ele tivesse enfiado a ponta de um garfo na tomada.

– Mas que porra é essa?!

– Não esquenta – disse Noah. – Ela não vai te trocar pelo Homem do Queijo só por causa do cabelo.

– Vai saber? – Malcolm se contraiu. – Alguém arranje um pente para este homem.

Yan tirou um do bolso de trás da calça. Todos o encararam em silêncio. Ele deu de ombros.

– Nunca se sabe quando vai aparecer uma emergência capilar.

– Eu não tinha uma emergência capilar até que vocês, imbecis, começaram a bagunçar meu cabelo. – Colton pegou o pente, inclinou-se de novo e começou a assentar as mechas, deixando o topete um pouco menos parecido com o de alguém que havia acabado de saltar de paraquedas.

– Já está bom – disse Mack, arrancando o pente de suas mãos.

Noah fez um joinha.

– Tá bonito.

– Você está de arrasar, irmão – elogiou Gavin, dando um tapinha em seu ombro.

– Vai lá impressionar sua garota – incentivou Del.

– Olha, vocês não podem fazer alarde por estarmos juntos, tá bem? Se comportem.

– Quando é que a gente não se comporta? – perguntou Mack.

– Todo santo dia desde que nos conhecemos. – Colton se virou de novo para sair, mas, outra vez, foi impedido. Era Malcolm.

– Ela está aqui por uma razão, Colton.

– Na festa?

– Em Nashville.

A frustração alterou sua voz com uma dose de impaciência.

– O que você quer dizer com isso?

– Que talvez ela não queira fugir. Talvez só queira que alguém peça para ela ficar.

DEZESSETE

– É hipnótico, né?

Gretchen mal conseguia ouvir a voz de Liv. Estava em transe. Em um coma induzido por queijo. Tudo graças ao homem em pé do outro lado da ilha da cozinha de Vlad. Disseram que seu nome era Roman, o misterioso Homem do Queijo de quem tanto ouvira falar. Mas o apelido era totalmente inadequado para o sedutor em roupas de couro diante dela. Ele era o Rei do Roquerfort, o Príncipe do Provolone, o Marquês do Mascarpone.

E, naquele momento, segurava uma fatia de *Havarti* perto dos lábios dela. Uma força invisível a fez se inclinar para a frente na cadeira, os lábios entreabertos.

– Eu juro – murmurou Roman, e o tom a deixou mole como fondue – que você jamais sentirá prazer igual a este.

– Vai com calma, rapaz – disse Liv, sarcástica. – Não ficou sabendo que ela está oficialmente fora do mercado?

O *Havarti* arranhou um ponto seco na garganta de Gretchen, que quase engasgou. Desde que Liv a arrastara para a cozinha com gritos ultrassônicos que poderiam afetar o controle de tráfego aéreo, Gretchen vinha fazendo de tudo para evitar as perguntas sobre ela e Colton. Fazer segredo de sua vida privada já era um hábito. Era difícil se abrir para alguém depois de passar a vida toda se esforçando para garantir que ninguém conhecesse seu verdadeiro eu.

Engasgou de novo, dessa vez por conta de um estalo de consciência.

Comida. O que ela precisava era de mais comida.

Roman piscou lenta e deliberadamente para ela antes de focar sua atenção na única outra mulher solteira ali – Michelle, uma das vizinhas de Vlad. E, a julgar pelos olhares que os dois trocaram, quentes o bastante para derreter um pedaço de muçarela, ela já tinha mergulhado o pão na raclette dele.

De repente, duas meninas gêmeas de marias-chiquinhas balançando e com o rosto lambuzado de chocolate entraram correndo na cozinha, dando voltas em torno da ilha com gritinhos agudos. A esposa de Gavin, Thea, pressionou as têmporas com a ponta dos dedos.

– Onde estão os rapazes? Pedi para o Gavin ficar de olho nelas.

– Não sei – respondeu Nessa, casada com Del, mudando o filho de 2 anos de lado no colo. – Afinal, o que é que eles estão fazendo lá em cima?

– Espera aí – disse Gretchen, olhando em volta. – Eu não sou a única que não sabe qual é a surpresa?

– Que surpresa? – perguntou Tracy, a esposa de Malcolm. Ela aninhava a barriga grávida entre as mãos sob o suéter vermelho.

– Eu sei o que é – cantarolou Elena.

Liv se inclinou e segurou as sobrinhas, uma com cada braço.

– Voltem para a sala – disse às duas. – Depois eu roubo mais alguns docinhos para vocês.

Quando as meninas saíram correndo, Thea lançou um olhar fulminante para a irmã.

– Valeu.

Liv a ignorou, sentou-se na cadeira vazia ao lado de Gretchen e apoiou os cotovelos na bancada. Seu olhar penetrante dizia que o passe livre para não responder às perguntas delas estava prestes a acabar.

Gretchen suspirou e fechou os dedos em torno da taça de vinho.

– Ok – disse ela. – Podem mandar ver.

As perguntas vieram todas ao mesmo tempo. Quantas vezes já tinham saído? O namoro era oficial ou ainda estavam fingindo que era algum tipo de transação comercial? De quem foi a ideia de virem juntos à festa? Iam passar o Natal juntos?

– Nossa, deixem a coitada respirar – disse Alexis. Em seguida, apertou de leve o ombro de Gretchen. – Desculpe. Só estamos muito felizes por você. Por vocês dois.

– Obrigada. – A sinceridade de Alexis provocou uma onda de culpa, e Gretchen se sentiu obrigada a dar uma explicação. – É que tudo isso é tão novo.

– Para ele não é, não – disse Liv. – Colton está sofrendo de amores por você há mais de um ano.

Gretchen teria contestado se as palavras de Colton não estivessem frescas em sua memória. *Você foi a última mulher com quem dormi... Nem acredito que você está aqui de verdade.* Gretchen ainda não conseguia acreditar. Ou talvez não quisesse.

Talvez tivesse medo de acreditar.

Nossa, uau, mais uma epifania indesejada.

Ela deve ter estremecido, ou coisa do tipo, porque Alexis colocou a mão em seu braço para reconfortá-la mais uma vez, então mudou de assunto.

– Então, Thea. O que vai dar para as gêmeas de Natal?

Gretchen abriu um sorriso agradecido a Alexis quando Thea começou a lamentação a respeito de alguma boneca difícil de encontrar que as meninas queriam.

– Não conseguimos achar em lugar nenhum – explicou a amiga, bebericando o vinho. – Já esgotou on-line. Já esgotou nas lojas. Odeio decepcionar as duas, mas estou ficando sem tempo.

Nessa soltou um grunhido solidário.

– Del pediu um PlayStation novo. Não consigo achar em lugar nenhum.

– Consegui comprar o último antes de esgotar na internet – disse Liv. – Mack vai gritar que nem uma garotinha quando abrir o presente.

Nessa riu.

– Você percebe que isso significa que os meninos vão para a sua casa todas as noites, né?

Liv grunhiu.

– Deixa quieto, vou devolver para a loja.

As mulheres se calaram de repente.

– Por que eu sinto que estão falando de nós, rapazes?

Gretchen olhou para trás e viu Mack, Malcolm, Del, Gavin e Noah entrando na cozinha. Colton veio na retaguarda. Ao vê-lo, um formigamento estranho a agitou por dentro, do estômago ao peito. Mas foi Mack quem se aproximou.

Um calor subiu pelo pescoço de Gretchen. O namorico com Mack tinha sido breve, um alarme falso no radar dos relacionamentos. Mas tinha dado um fora nele na calçada de um restaurante na mesma noite em que ele conhecera Liv, e, se soubesse que acabaria se tornando amiga dela e das demais mulheres, Gretchen teria maneirado um pouco mais nas palavras. Mesmo com Mack e Liv casados, ainda ficava sem graça perto dele.

Mack se curvou e deu um beijo em sua bochecha.

– Bom te ver, Gretchen – disse. Então se empertigou e virou para Colton com um sorrisinho que prenunciava problema. – Avise se ele precisar de um puxão de orelha.

– Ei – disse Colton, se fingindo de ofendido. – De que lado você está?

Todos os rapazes responderam em uníssono:

– Do dela.

Colton se posicionou ao lado da cadeira de Gretchen, e todos deram seu melhor para fingir *não* estarem observando a interação dos dois. Ele baixou a voz para que só ela ouvisse.

– Preparada para a surpresa?

– Achei que o Roman fosse minha surpresa.

Os olhos dele ganharam um brilho delicioso.

– Se está tentando me deixar com ciúmes, está funcionando.

– O Grande Colton Wheeler com ciúmes?

Ele baixou a boca perto da dela, e, por um momento, Gretchen esqueceu que deveria se sentir incomodada com esse tipo de demonstração pública de afeto.

– Tenho ciúmes de todo homem que já olhou para você – disse ele. Então selou as palavras com um beijo rápido, antes de se aprumar.

Em seguida, olhou para os amigos.

– Prontos, rapazes?

– Prontos para quê? – perguntou Thea.

Gavin a beijou.

– Você já vai ver.

Confusas, todas assistiram aos homens voltarem em fila para a sala de estar.

Um momento depois, o som do violão interrompeu qualquer conversa. E logo se ouviu a inconfundível voz de Colton cantando o primeiro verso de "Santa Claus Is Coming to Town".

As crianças começaram a rir, aplaudir e cantar junto dele, e Colton respondeu como um verdadeiro artista: cantando ainda mais alto e com um entusiasmo cômico.

– Será que isso é a tal surpresa? – perguntou Thea, pegando sua taça de vinho.

Rindo, as mulheres se afastaram uma a uma da bancada e foram até a sala de estar para ver o que estava acontecendo, mas uma estranha sensação de pânico deixou Gretchen paralisada na cadeira. Poderia convencer a si mesma a se manter fria diante do Colton charmoso, do Colton meigo, do Colton sedutor... Mas não sabia se poderia lidar com *aquele* Colton. O músico. O artista. Aquele que sentia tanta paixão por compor que chegou a mandá-la para casa dirigindo o carro dele.

– Você vem?

Gretchen piscou para afastar esses pensamentos e viu Alexis com a cabeça inclinada e um olhar de preocupação. Alexis era muito perspicaz.

– Sim – respondeu Gretchen, mais que depressa. Pegou a taça de vinho e se levantou.

A sala ficava a poucos passos da cozinha. Ela caminhou devagar atrás de Alexis e permaneceu afastada quando cada mulher encontrou seu par, formando casaizinhos adoráveis para ver as crianças rodearem Colton, rindo, gritando e se balançando junto com a música engraçada. Ele dava tudo de si. Poderia muito bem estar fazendo um show no palco do Grand Ole Opry, em vez de se apresentando para uma plateia de pestinhas.

Gretchen não conseguia tirar os olhos dos dedos dele. Tocavam cada corda com uma destreza sensual, com a mesma familiaridade das mãos de um amante num corpo que acariciara mil vezes. A melodia alçava altos voos com seu toque habilidoso, seduzia e vibrava com experiência e ternura. Toda matéria que já lera sobre ele dizia que Colton era um músico autodidata, mas como era possível alguém atingir aquele nível de maestria sem instrução formal? E ele era um verdadeiro mestre. A música se tornava algo novo sob sua tutela. Algo melhor. Algo único, dele.

E, apesar de todo o seu esforço para se esconder nos fundos da sala, para permanecer invisível, Colton encontrou seus olhos, e Gretchen se tornou plateia. Uma plateia de uma só pessoa. Sem perder o compasso ou uma única batida, Colton deu uma piscadinha para ela.

– Cadê o Vlad? – perguntou Alexis, de repente, olhando em volta da sala.

Um alto "ho, ho, ho" vindo do corredor foi a resposta.

As crianças saíram correndo, e todos os adultos na sala tentaram esconder o sorriso atrás do copo enquanto Vlad chegava, vestido de Papai Noel. Seu rosto estava encoberto por uma barba falsa fofa, e nos ombros ele trazia um enorme saco vermelho, as quinas de várias caixas de presentes despontando pela abertura.

Vlad parou no meio da sala com as mãos na barriga molenga de travesseiros e soltou outro "ho, ho, ho" animado.

Colton terminou a música com um acorde dramático. Vlad se sentou ao lado da árvore de Natal e abriu o saco de presentes. Enquanto as crianças se acomodavam na frente dele, algumas sentadas, outras ajoelhadas, outras mal conseguindo parar quietas, mais uma epifania fez a sala girar na visão de Gretchen. A razão de se sentir desconfortável, a razão de sempre se manter agarrada às margens desse círculo de amigos apesar de terem-na acolhido de muitas maneiras, a razão de ter saído correndo do quarto de hotel de Colton na noite após o casamento, era porque esse não era apenas um grupo de amigos.

Era uma família.

Não importava que não fossem parentes. Eram uma família em todos os outros aspectos. O tipo de família que se provocava, se abraçava, trocava presentes e apertava as crianças uns dos outros. O tipo de família que comemorava o Natal junta.

O tipo de família à qual ela nunca pertencera. E não tinha ideia de como fazer isso agora.

Mas Colton... Ele não era apenas parte do grupo. Ele *era* o grupo. Um matiz harmonioso na paleta vibrante do todo. Gretchen era, e sempre tinha sido, um verde-limão intocado, que ninguém queria usar e ficava esquecida na caixa. Talvez um dia, mas era uma cor que estragaria qualquer pintura.

Uma sensação asfixiante fechou sua garganta, e o calor na sala se tornou opressivo. O vinho não iria ajudar, precisava de água. Com todo o silêncio possível, Gretchen saiu de fininho e voltou para a cozinha. Jogou fora o vinho, encheu a taça com água da torneira e bebeu vários goles longos.

– Minha apresentação foi tão ruim assim?

Gretchen se virou. Colton estava atrás dela.

– Horrível – respondeu, mais que depressa. E, já que sua tentativa de alcançar um tom de brincadeira saiu uma oitava abaixo do que seria convincente, forçou um sorriso. – Queria tirar o gosto ruim da boca – concluiu, erguendo a taça como se ele precisasse de prova.

Colton atravessou a cozinha e não parou até que o bico de seus sapatos tocasse os dela. Gretchen mordeu o lábio e encarou o peito dele.

– Foi muito legal – elogiou. – Você é muito bom com as crianças.

– Gretchen.

Ela ergueu os olhos.

Colton passou os braços por sua cintura e a puxou para junto de si. As mãos dele eram quentes e reconfortantes nas costas dela.

– Eu conheço essa cara.

– Que cara?

– A cara que indica que você está prestes a pegar seus sapatos e fugir de mim outra vez.

As bochechas dela arderam.

– Você nunca vai me deixar esquecer isso, né?

– Só me diga por que está fazendo essa cara de novo.

– Não sou boa nessas coisas, Colton – explicou, olhando para o chão. Ele baixou a cabeça para olhar em seus olhos.

– Em quê?

– Naquilo. – Ela apontou para a sala, onde as crianças ainda gritavam de alegria ganhando presentes do Vlad Noel.

– Natal? – Ele sorriu de novo. – Eu sei. Mas estamos trabalhando nisso.

– Não, quero dizer que não sou boa nisso aqui. – Gretchen pôs a mão no centro do peito dele.

Colton cobriu as mãos dela com as suas no mesmo instante.

– Você é boa para *mim*.

Nossa, uau. Tudo bem. Ele estava reescrevendo toda a sua história. Gretchen limpou a garganta para acalmar o coração acelerado antes de balançar a cabeça.

– Mas eu não sou. Sou uma Winthrop. Você conheceu minha família. Viu como eles são.

– Você não é como eles.

– Sou, sim. Só concordei em falar com você porque meu irmão me ofereceu uma cadeira no conselho da fundação da família. – A vergonha a fez sentir um gosto amargo na boca, e Gretchen se preparou para enfrentar o desprezo dele.

Em vez disso, Colton simplesmente apertou suas mãos.

– E daí?

– E daí que isso deveria deixar claro que não sou melhor do que eles!

– Bem, se esse é o seu critério, então eu também não sou melhor do que eles, porque só aceitei ouvir a proposta para que você saísse comigo.

– Eu sei. E este é o nosso terceiro encontro.

Ele ergueu as sobrancelhas de modo sugestivo.

– Quarto, se contar com o de ontem à noite. E eu conto.

Gretchen puxou as mãos para se soltar.

– Você vai assinar o contrato de publicidade ou não?

– Não sei. Acho que preciso de mais tempo para sondar a situação. De muitos, muitos outros encontros como o de ontem à noite, eu acho. – O tom leve e provocativo dele estava começando a irritá-la.

– Estou falando sério, Colton.

– Eu também.

– Não podemos continuar com *isso* – Gretchen gesticulou para o espaço entre eles – se você for trabalhar para a empresa. Ainda mais quando eu entrar para o conselho da fundação. Seria antiético. Existem regras contra esse tipo de coisa.

– E entrar para o conselho da fundação é importante para você?

– Sim, mas...

– E isso já é uma certeza?

– Basicamente, sim, mas...

Colton deu de ombros.

– Então, não, eu não vou assinar o contrato.

– Colton, você não pode simplesmente...

– Posso, sim.

– É uma grande oportunidade. Você tem que levar isso em conta.

– Você é mais importante.

Os pensamentos dela pararam de repente, junto com o coração. Como ele podia fazer uma coisa dessas? Como podia dizer todas as coisas certas, mas tão erradas?

– Você não pode tomar grandes decisões de vida ou carreira por minha causa.

– Por que não?

– Porque estamos saindo há pouco tempo!

– Estamos saindo há tempo suficiente para eu saber que, se eu tiver que escolher entre você e um contrato de publicidade, a decisão é óbvia.

– Não vale a pena desistir de trinta milhões de dólares por mim.

Ele trincou a mandíbula com força o bastante para se ouvir um estalo. Tirou as mãos dela e se afastou, deixando um espaço frio e vazio entre os dois. Gretchen nunca o vira tão bravo, o que significava muito, porque Colton tinha ficado bem furioso naquela noite em que ela o encurralara no Old Joe's.

– Vou fingir que você não disse isso.

– Colton…

– Porque *isso*? – Ele a interrompeu com o dedo em riste. – Isso é exatamente algo que sua família diria.

– Só acho que você precisa ser realista.

– Realista. – Colton cuspiu a palavra como se tivesse um gosto ruim. Em seguida virou os lábios para dentro e para fora, narinas dilatadas, antes de chegar a uma conclusão.

Gretchen segurou firme na beira da bancada em busca de apoio, preparando-se para o que estava por vir. Chegou o momento. O momento em que ele finalmente cairia em si e perceberia que deveria tê-la deixado pegar os sapatos e fugir de novo.

Mas, quando Colton enfim falou, não havia raiva em sua voz. Nem julgamento. Só resignação.

– Estou perdendo meu tempo com você?

– O q-quê?

– Me diga agora, Gretchen. Porque doeu quando você fugiu de mim antes, mas dessa vez pode doer por muito, muito mais tempo. Então me diga antes que eu fique ainda mais apaixonado do que já estou.

Os joelhos dela bambearam. Gretchen tentou falar, mas não conseguiu. O nó em sua garganta tornava até respirar impossível.

Colton se aproximou de novo.

– Me diga se eu sou o único aqui que acha que nós temos algo bom e verdadeiro.

– Não é – sussurrou ela. – Mas…

Ele pressionou o dedo em seus lábios.

– Nada de "mas". Sei que é isso que você faz. Tem medo de se envolver demais porque não confia fácil, então procura um motivo para fugir ou tenta induzir a pessoa a se afastar.

Isso… isso não era verdade.

Era?

– Mas eu não sou como eles, Gretchen. Não sou como a sua família. Você não tem que provar nada para mim. Estou nessa. Até o fim. Então o que eu preciso fazer? Deixar um bilhetinho na sua carteira da sala de aula pedindo você em namoro?

Contrariando expectativas, uma risada conseguiu atravessar o caos de emoções e o nó na garganta de Gretchen.

Ele inclinou a cabeça, a expressão em seus olhos uma mistura de inocência e malícia.

– Posso entender isso como um sim?

– Eu... sim? – Não era sua intenção responder com uma pergunta, mas sua voz teve que se espremer através da garganta obstruída pelas emoções confusas.

– É o bastante para mim. – Colton assentiu. Então a beijou. Não foi um daqueles beijos doces e carinhosos como o de quando chegaram. Foi um beijo do tipo *vamos para um quarto*. Um beijo do tipo *eu te quero aqui, neste balcão*. Um beijo do tipo *tomara que ninguém entre aqui agora*.

Não tiveram tal sorte.

A voz de Mack os interrompeu:

– Meu Deus, já estava na hora, porra.

– Deus do céu. – Gretchen se afastou de Colton e se virou de costas. – Você pode, por gentileza, me jogar no triturador de lixo?

Colton a abraçou por trás e soltou uma risadinha abafada no topo de sua cabeça.

– Bem-vinda à família.

Uma onda de passos e gargalhadas seguiu Mack até a cozinha. Ninguém prestou atenção neles. Exceto Mack, que deu uma piscadinha furtiva para os dois antes de dar um beijo estalado na boca da esposa. Ao redor deles, crianças corriam, taças tilintavam, Vlad exclamava outro "ho, ho, ho", e o Homem do Queijo alimentava Michelle. E os dois simplesmente estavam ali. Encostados na bancada. Sendo parte daquilo.

Parte de uma família.

– Ei. – Colton a cutucou com o cotovelo.

Gretchen o encarou, um calor se espalhando por seu ventre com o olhar que viu nos olhos dele.

– Eu só tenho mais uma pergunta – anunciou Colton.

– Qual?

– Na sua casa ou na minha?

DEZOITO

Era *assim* que Colton Wheeler gostava de acordar.

Nu, quente e colado ao corpo de uma mulher que o fizera perder a cabeça, mas que dormia toda torta.

Nos romances dos livros, as personagens sempre acordavam trocando olhares apaixonados, os primeiros raios de sol lançando um brilho quente sobre os traços do rosto e refletindo as cores de um arco-íris nos cabelos sedosos.

Gretchen, não.

Sua cara estava amassada no travesseiro em um ângulo esquisito, fazendo com que a bochecha parecesse um pompom distorcido acima dos lábios entreabertos. O cabelo não chegava nem aos pés de um ninho de rato. Era um emaranhado pavoroso, um tufo retorcido acima da cabeça no travesseiro, o resto desgrenhado sobre a testa. Um borrão escuro de rímel dava ao rosto um ar gótico. Colton não tinha certeza, mas talvez houvesse uma mancha de baba na fronha perto da boca.

E ele ainda queria virá-la, cobrir aquela boca sensual com a sua, enfiar os dedos naquele cabelo emaranhado enquanto a acordava e delicadamente abria suas pernas. Mas era segunda-feira, e isso significava que não poderiam passar o dia inteiro na cama, como no dia anterior.

Escolheram a casa dele depois da festa no sábado, e Gretchen ainda estava lá.

Com todo o silêncio possível, Colton saiu da cama de fininho e foi ao banheiro responder ao chamado da natureza. Estremeceu ao dar descarga e abrir a torneira da pia para lavar as mãos, com medo de que o barulho a acordasse. Mas, quando voltou ao quarto, ela ainda estava apagada. Ainda toda torta.

Quando Gretchen dormia, dormia feito pedra.

Colton vestiu uma calça de moletom, escovou os dentes depressa e desceu a escada na ponta dos pés para passar um café. Enquanto coava, encheu de ração a tigela da Picles e verificou as mensagens não lidas no telefone. Não pegara o celular uma única vez desde que tinham entrado no quarto, sábado à noite.

Duas mensagens da mãe, para lembrá-lo de que seu voo chegaria às sete da noite seguinte e para que ele garantisse – enfatizado com vários emojis – que Gretchen estivesse lá para que a família pudesse conhecê-la.

Havia um monte de mensagens bem-humoradas dos rapazes lhe dando parabéns por finalmente ter tido colhões de oficializar o namoro com Gretchen.

Por fim, havia uma de seu empresário, enviada poucos minutos antes.

Ouvi as músicas novas. Me ligue.

A ansiedade fez suas axilas pinicarem de tensão.

Melhor acabar logo com isso.

Buck atendeu de imediato com um tom ofegante que dizia que estava na esteira. O cara passava vinte e quatro horas do dia cuidando dos negócios e era conhecido por atender ligações até no banheiro.

– Eu não sei se fico com raiva de você ou se te dou um beijo.

O estômago de Colton revirou.

– Que tal se você só me disser o que achou?

O chiado da esteira subiu um tom.

– Acho que são as melhores músicas que você compôs em anos.

– Não minta para mim, Buck.

– Não estou mentindo. Eu até chorei, cara.

Agora era Colton que queria chorar. O alívio fez seus joelhos bambearem.

– Você conseguiu algo grandioso, Colton. Não sei como fez isso, mas não pare. Avise quando estiver pronto para enviar o material para o Archie.

– Me dê mais alguns dias – pediu, tendo uma ideia. – Quero refinar umas coisas.

– Está bem. – O chiado da esteira acelerou. – Mas sério, cara. O que aconteceu?

Colton olhou para cima.

– Encontrei minha musa.

Que estava acordada quando voltou para o quarto. A cama estava vazia, e a porta do banheiro, fechada. Colton pôs duas canecas de café na mesinha de cabeceira e voltou para a cama. Um instante depois, a porta se abriu. Gretchen saiu usando a camisa dele – aquela que ele tirara sábado à noite. O tecido descia até as coxas e pairava solto sobre a onda dos seios.

Gretchen literalmente dava água na boca.

– Bom dia, flor do dia – brincou ele. – Café?

Ela fez um ruído ininteligível que poderia ter sido um "obrigada", mas ele duvidaria que fosse um "que besteira". Porém, mesmo rabugenta e desgrenhada, Gretchen fazia seu coração disparar.

– Que horas são?

– Hora de você voltar para a cama por mais uns minutos.

Gretchen pôs o café de lado e deixou que ele a puxasse para seu colo. Aninhou-se no mesmo instante, se aconchegando no peito dele, a cabeça apoiada em seu ombro. Um suspiro quente emergiu dela enquanto Colton afagava suas costas.

– Hummm. Você vai me fazer dormir de novo – murmurou ela.

– Ligue dizendo que está doente.

– Meus clientes não podem ligar dizendo que estão doentes.

Colton beijou sua têmpora.

– A devoção ao trabalho é um dos seus traços mais sensuais, então acho que sou obrigado a te deixar ir.

Gretchen se sentou e olhou para ele.

– E preciso falar com Evan.

Certo. Para contar que Colton iria recusar o contrato.

– Deixe que eu faço isso.

– Não, tem que ser eu.

Colton afastou os cabelos dela dos ombros.

– Quer que eu pelo menos vá com você?

– Acho melhor eu fazer isso sozinha.

Ele discordou, mas não disse nada.

– Como acha que ele vai reagir?

– Ah, com certeza ele vai dar de ombros, dizer que isso não é grande coisa e me agradecer excessivamente pela ajuda.

Gretchen estendeu a mão para o café. Colton pegou a caneca para ela e a observou, encantado, segurá-la com as duas mãos, inalando o aroma como o vapor de um nebulizador. Depois do primeiro gole, um tênue lampejo de alerta iluminou seus olhos.

O telefone de Colton vibrou na mesa de cabeceira. Gretchen olhou para o aparelho e sorriu.

– É uma mensagem da sua mãe.

Ele soltou um grunhido dramático e pegou o celular. Enviou uma resposta rápida.

Desculpa. Ando ocupado. Amanhã às sete. Pode deixar.

A mãe respondeu no mesmo segundo.

Gretchen vai estar aí?

Colton virou a tela para Gretchen ler.

O rosto dela perdeu toda a expressão.

– Você contou de mim para a sua mãe?

– Claro. Até mandei um link sobre você e sua firma de advocacia. – Ele deixou o celular de lado e se sentou mais ereto para envolvê-la nos braços. – Então, o que me diz? Quer vir para cá amanhã à noite e conhecer minha família?

Gretchen tirou uma das mãos da caneca e acariciou sua bochecha com barba por fazer.

– Sim.

– Esta palavra está se tornando a que mais gosto de ouvir de você.

Colton baixou a cabeça e prendeu o lábio inferior dela entre os seus.

Puxando de leve, convidou-a a se abrir para um beijo. Quando ela respondeu com um suspiro suave, Colton percebeu que poderia fazer isso para sempre. Trocar beijos e abraços preguiçosos com ela na cama.

Gretchen aninhou a cabeça no ombro dele e soltou um suspiro contente.

– O que você vai fazer hoje?

– Tentar salvar minha carreira. – Ah, merda. Não queria dizer isso, mas simplesmente escapou em meio à atmosfera inebriante do beijo dela.

Gretchen se sentou, as sobrancelhas franzidas.

– Como assim?

– Nada. – Ele se inclinou em direção à sua boca, na esperança de distraí-la de novo, mas Gretchen se esquivou e arqueou as sobrancelhas.

Colton se largou contra a cabeceira da cama.

– Acho que cedo ou tarde vou ter que contar, já que você é oficialmente minha namorada.

As bochechas de Gretchen ganharam um lindo tom rosado. Deus, ela era de matar. Como podia olhar para ele daquele jeito e não esperar que pulasse em cima dela no mesmo segundo?

Colton coçou a barba de dois dias.

– As coisas, hã… não estão indo muito bem para mim em termos de carreira.

– Do que você está falando?

– Meu último álbum não foi muito bem recebido, e minha gravadora não gostou das músicas novas que compus ano passado. Eles me deram até o começo do ano para começar a trabalhar com um compositor, ou vou perder meu contrato.

– *O quê?!* – Ela ficou rígida, e faíscas fizeram um foco a laser acender em seus olhos. – Que canalhas. Eles podem fazer isso?

A indignação de Gretchen era tão excitante quanto aquele rubor encabulado.

– Podem, sim.

– Palhaçada – cuspiu Gretchen. – Você tem que pagar para ver o blefe.

– E se não estiverem blefando? – Dar voz à pergunta que o atormentava havia semanas suavizou a gravidade da questão, mas não muito.

– Outra gravadora vai querer contratar você, simples assim.

– E se ninguém mais me contratar? O que você pensaria de mim?

Gretchen ficou rígida em cima dele. Cerrou os dentes e agarrou a caneca de café como se estivesse com medo de jogá-la nele. Porra, como era gostosa.

E brava. Muito, muito brava.

– Você está me perguntando o que eu acho que está me perguntando? Ele deu de ombros.

– É *sério*?

– Todo mundo tem inseguranças, Gretchen – disse ele, repetindo o que lhe falara no primeiro encontro.

– Pois é, bem, lembra na outra noite, quando você ficou bravo porque eu falei que não valia a pena perder trinta milhões de dólares por minha causa? Agora é minha vez. Se você disser isso de novo, vou começar a arrancar seus pelos pubianos.

– Essa sua tendência de recorrer à violência como primeira resposta é interessante. Talvez fosse bom conversar com alguém sobre isso.

– A primeira vez que fui à terapia, quis socar a cara do terapeuta.

– Essa é a minha garota. – Colton subiu a mão pelas coxas nuas dela. – Mas qual é a resposta?

– Acha mesmo que eu não iria mais querer ficar com você se não fosse o Grande Colton Wheeler?

– Você nunca me conheceu de outro jeito.

– Isso não é verdade. O homem que canta para as crianças, que adora pisca-pisca de Natal, que assa pernil e que compra uma casa para a família toda aproveitar não é o Grande Colton Wheeler. É só você. É dele que eu gosto.

Só quando o alívio irrompeu por seu corpo que Colton percebeu o quanto precisava ouvir isso dela. O alívio virou desejo na hora, quente, intenso, urgente. Gretchen provavelmente sentiu a mudança em seu comportamento – não que fosse fácil ignorar, considerando a pressão insistente contra a parte interna das coxas dela – porque plantou a mão no meio de seu peito para mantê-lo afastado.

– O que você quis dizer com "tentar salvar sua carreira *hoje*"?

– Vou tentar conversar com um compositor que tenho em mente. Alguém que acho que vai entender minha visão.

Isso se conseguisse rastrear o garoto. Duff devia ter o telefone de J. T. Tucker. E, se não tivesse, Colton daria um jeito de entrar em contato.

– Não deixe a gravadora intimidar você – lembrou ela. – A música é *sua*.

Ok, já chega. Não aguentava mais nem um minuto. Colton tirou a caneca das mãos dela e a colocou na mesa de cabeceira.

– Tire essa camisa – ordenou, rouco.

– Não. Ainda estou com raiva de você.

– Eu gosto de sexo com raiva. – Suas mãos deslizaram sob a barra da camisa. – E gosto de *você* com raiva.

A respiração dela travou quando Colton segurou seus seios.

– Bem, eu… eu estou com muita raiva.

– Ótimo. Acabamos de ter nossa primeira briga oficial, agora podemos partir para o primeiro sexo de reconciliação oficial. – Colton puxou os mamilos dela. – A camisa. Agora.

Gretchen tirou a camisa.

Ele a rolou na cama.

E começou a reconciliação oficial.

DEZENOVE

– Você tem hora marcada? Não me lembro de ter você no cronograma de hoje.

Gretchen forçou um sorriso, parada do lado oposto da mesa de Sarah naquele fim de segunda-feira.

– Sou irmã dele e um membro da família Winthrop. Isso deveria ser suficiente.

– Você sabe como ele fica ocupado nesta época do ano.

Como Gretchen não respondeu, Sarah se levantou, dando um suspiro deliberado diante daquela impertinência.

– Vou avisar que você está aqui.

Enquanto esperava Sarah voltar, uma imagem na mesa dela chamou a atenção de Gretchen. Era o design conceitual do que parecia ser um novo uísque chamado Rock. Ao pegar a arte para ver mais de perto, percebeu que era sidra, não uísque.

– O que você está fazendo? – Sarah chegou com tudo por trás dela e arrancou a arte das mãos de Gretchen. – Isso é patenteado e confidencial.

– Estava em cima da mesa – disse Gretchen.

– Isso não lhe dá o direito de…

– Já chega, Sarah – disse uma voz calma, porém severa, vinda de trás dela. Tio Jack saiu de sua sala, raramente usada.

O rosto da secretária ficou vermelho, e Gretchen lamentou a situação. Não queria causar problema para ninguém. Não era culpa de Sarah se tinham enchido sua cabeça de caraminholas sobre ela.

– A culpa é minha – explicou Gretchen, olhando para Jack. – Eu peguei uma coisa da mesa dela para ler. Não foi certo.

– Você tem o direito de ler o que quiser neste prédio – retrucou Jack, ainda encarando Sarah para que não restasse dúvida.

Gretchen deu um abraço rápido no tio.

– O que você está fazendo aqui em cima?

Ele a apertou em um abraço, depois a soltou.

– Às vezes tenho que assinar umas merdas.

– Então, desde quando estamos no ramo da sidra? – perguntou Gretchen.

Um músculo saltou no maxilar de Jack.

– Não estamos.

– Então o que é aquilo? – Gretchen apontou para trás, em direção à mesa de Sarah.

– É só o Evan se recusando a aceitar um *não* como resposta.

A porta da sala de Evan se abriu, e ele despontou a cabeça no vão.

– Não tenho muito tempo, Gretchen.

O desejo de retrucar com algo igualmente grosseiro se inflamou, mas logo apagou. Brigar com Evan era um despropósito tão grande quanto discutir com Sarah. Os dois iriam pensar o que quisessem dela, não importava o que dissesse ou fizesse, e, naquele dia, Gretchen não estava muito preocupada. Ela olhou para Jack.

– Quer se juntar a nós?

O tio deu de ombros, animado, porque nada o divertia mais do que atazanar Evan.

– Por que não?

Jack entrou na sala de Evan atrás dela e foi direto para as bebidas. O irmão observava, apertando os lábios enquanto Jack pegava uma água com gás. Os cubos de gelo trincaram no copo conforme ele se servia.

– Do que se trata? – perguntou Evan, bruscamente. Pegou seu sempre presente copo de uísque e o levou à boca enquanto se recostava à mesa.

– Meio cedo para isso, não acha? – questionou Jack, as sobrancelhas arqueadas ao se sentar ao lado de Gretchen, em frente à mesa.

Gretchen pôs a mão no braço do tio para silenciá-lo. Não adiantava cutucar a onça.

– Preciso falar com você sobre Colton – explicou.

O semblante de Evan se animou.

– E?

– Sinto muito. Ele não está interessado.

Os olhos dele relampejaram.

– Talvez você não tenha insistido o suficiente.

– Eu fiz o que pude.

Evan se levantou, a mandíbula cerrada.

– Eu jamais deveria ter confiado algo tão importante a você. Foi pura perda de tempo. Eu mesmo vou falar com ele.

Uma parte do cérebro de Gretchen dizia para não morder a isca, para ir embora, pois já tinha feito o que precisava. Mas era uma voz muito fraquinha contra a parte que se recusava a recuar de uma briga com os irmãos.

– Era uma causa perdida desde o início, Evan. Ele não iria aceitar, viesse a proposta de você ou de mim.

Evan soltou um grunhido.

– Ou talvez seja algo muito mais pessoal.

Vá embora. Vá embora. Vá embora. O rufar dos tambores em seu cérebro era quase alto o bastante para convencê-la, mas decidiu dar ouvidos ao sussurro nos bastidores que a encorajava a bater o pé, a se defender. Desta vez, não era um equívoco. Era uma escolha.

– Isso deveria significar alguma coisa?

– Estava bem óbvio na outra noite, mas eu me recusei a acreditar que até você pudesse ser tão estúpida. – Ele ergueu as mãos num gesto sarcástico de surpresa. – Mas, como sempre, Gretchen, você faz jus à ocasião.

– Se você está perguntando se Colton e eu estamos namorando, a resposta é sim.

– É isso que você está fazendo com ele? Namorando? Porque fiquei com a impressão de que era algo muito menos decente.

O semblante de Jack fechou.

– Alto lá, Evan. É com a sua irmã que você está falando, e você vai mostrar um mínimo de respeito por ela.

Evan inclinou a cabeça, desafiando o tio de um jeito que ela nunca tinha visto.

– Ou o quê? O que exatamente você vai fazer? Em breve serei seu superior.

– Meu *superior*?

– Eu sou o próximo CEO. Se eu quiser, a segurança vem aqui em cinco segundos para botar você para fora do meu escritório.

Jack cerrou os punhos na lateral do corpo.

– E, se eu quiser, posso mudar sua herança no testamento do seu avô.

O rosto do seu irmão ficou pálido. Jack jogara a única cartada que tinha, mas, para Evan, era a única que importava. A futura herança. Ele virou o uísque e contornou a mesa.

– Tenho outra reunião em trinta segundos. Vocês sabem onde é a saída.

Gretchen se ergueu e esperou que o tio fizesse o mesmo. Jack lançou um olhar gélido para Evan antes de se levantar.

Do lado de fora, Gretchen fechou a porta e olhou para o tio.

– Foi quase tão bem quanto eu esperava.

– Eu devia ter dado um soco na cara dele, pelo que falou para você.

– Eu mesma teria feito isso, mas ele provavelmente revidaria embargando todos os meus projetos depois que eu entrar para o conselho.

– Preciso dar um jeito de impedir que ele vire CEO. Assim que assumir o cargo, ele vai lançar aquela sidra e afundar a empresa.

Gretchen percebeu que Sarah os observava da mesa, desconfiada.

– É melhor a gente ir.

Jack a acompanhou até o elevador e apertou o botão para descer.

– Eu sinto muito – disse, depois de um momento.

– Pelo quê?

Jack inclinou a cabeça em direção ao escritório.

– Por ele. Pela maneira como ele sempre tratou você.

– Não é culpa sua. Evan é assim mesmo.

O elevador chegou, e Jack entrou atrás dela com um olhar astuto. Gretchen apertou o botão para o térreo.

– Por que está me encarando desse jeito? – perguntou, olhando de relance para ele.

Jack deu de ombros, um leve sorriso nos lábios.

– Por nada. É que é bom ver você assim.

– Assim como?

– Relaxada. – O sorriso se abriu. – Imagino que seja sério o que há entre você e o Colton.

Gretchen baixou a cabeça para esconder a expressão em seu rosto.

Jack riu.

– Vai com ele ao baile de gala?

– Não sei se é uma boa ideia, depois do que acabou de acontecer lá em cima.

Jack a cutucou com o cotovelo.

– Qual é. Pense no quanto isso vai deixar Evan irritado.

Um burburinho os saudou quando a porta do elevador se abriu no térreo. O saguão era um zumbido constante de gente indo e vindo. Havia um grupo de turistas amontoado junto à porta principal, contemplando de olhos arregalados a combinação inteligente de peças de antiquário e demonstrações de opulência. Outros visitantes perambulavam entre os expositores.

– E o trabalho em Washington? – perguntou Jack, de repente.

Gretchen piscou, hesitante. Fazia dias que nem sequer pensava nisso.

– Não é a escolha certa.

– Tem uma escolha melhor aqui, hein?

As bochechas de Gretchen esquentaram. Jack riu e passou o braço pelos ombros dela, puxando-a para um meio abraço caloroso.

– Eu gosto do rapaz, querida. Para você. E isso quer dizer alguma coisa.

– É estranho. Não fazemos muito sentido juntos.

– O amor raramente faz sentido.

A palavra foi um choque tão grande quanto a rajada de vento gelado ao saírem.

– Ninguém falou em *amor*.

Jack ergueu as sobrancelhas.

– Eu sei de mais coisas do que você imagina.

– Como? Você não sai com ninguém há mais de vinte anos. – Ela deu um soquinho de brincadeira no braço do tio.

– *Dez* anos. E não importa, porque eu conheço *você*. Já estava mais do que na hora de encontrar alguém digno de você.

A pontada de insegurança invadiu sua consciência de fininho e fez um escarcéu para chamar a atenção.

– E se eu não for digna dele?

Jack a contornou, parando à sua frente na calçada.

– Olhe para mim.

Estava com a boca apertada em uma linha firme e um olhar penetrante e paternal.

– É a voz do Evan que você está ouvindo. E dos seus pais. E de Blake. Você passou a vida inteira buscando a aprovação deles. Já está mais do que na hora de aceitar que não vai acontecer.

– Ai! – Ela riu e cruzou os braços em frente ao peito para cobrir a ferroada daquelas palavras.

– O problema é com *eles*, Gretchen. Não com você. Sabe-se lá como, você emergiu dos privilégios mundanos de merda deles com mais motivação, mais propósito, mais generosidade do que Evan ou Blake ou seus pais conseguiriam reunir em centenas de vidas. E, lá no fundo, eles sabem disso. Souberam que você era diferente, que era melhor, no dia em que nasceu. Olham para você e veem o quanto se afastaram do legado de Cornelius Donley. Sua recusa em entrar para os negócios da família ou agir como eles é como segurar um espelho gigante na cara de todos. Eles odeiam o que veem no próprio reflexo e odeiam que você os faça ver isso.

Jack cutucou de leve o ombro da sobrinha.

– Você. Você é a verdadeira porta-bandeira do legado de Cornelius. E, por isso, eu nunca, *nunca* mais quero ouvir você questionar seu mérito. Não tem ninguém neste mundo mais digna de amor do que você. E qualquer pessoa que um dia lançou alguma dúvida a respeito disso não merece nem um segundo da sua atenção.

Jack encerrou o monólogo com os braços abertos. Gretchen entrou no abraço e enlaçou sua cintura.

– Obrigada, Jack.

Ele a apertou forte.

– Você não precisa ir para a capital, nem para Michigan, nem mesmo para a maldita casa da árvore para fugir dessa família, Gretchen. Você só precisa parar de desejar que pessoas que nunca vão te dar valor um dia acordem e implorem para você ficar. E, se Colton é a pessoa que penso que é, então o único lugar para onde você precisa correr é para os braços dele.

O sal das lágrimas ardeu em seus olhos, e ela piscou várias vezes.

– Ele é – disse Gretchen, a voz embargada ao se afastar do abraço do tio. – A pessoa que você pensa.

Jack esboçou um sorriso.

– Então o que você está esperando? Comece a correr, querida. E não se atreva a olhar para trás.

J. T. Tucker estava quase vomitando em seu All Star surrado.

Colton quase sentiu pena quando o garoto entrou no Old Joe's naquela tarde, parando logo na entrada para seus olhos se acostumarem à penumbra. Trazia o violão numa capa pendurada no ombro e mordia a boca para conter o nervosismo.

Colton se compadeceu. Se aos dezoito anos tivesse recebido um convite para se encontrar com Brad Paisley, teria ficado nervoso demais para dizer uma palavra sequer, que dirá cantar.

Duff abriu uma garrafa de Bud e colocou na frente de Colton.

– Pega leve com o garoto. Ele ainda acha que você é especial.

– Pega leve *comigo*. Cadê a bebida da boa?

– Já disse que é só para pessoas de quem gosto – respondeu ele, mas com um sorriso.

Colton deslizou da banqueta e acenou com a mão. Quando J. T. se aproximou, seus olhos estavam do tamanho de vinis, como se ele estivesse prestes a realizar seu maior sonho. Às vezes, Colton mal conseguia lembrar como era isso – estar ainda na largada, sem ter nada além de talento, um violão e uma vontade imensa.

Só faltou o menino engolir em seco ao estender a mão.

– Sr. Wheeler?

– Colton – corrigiu ele, apertando a mão de J. T. Muitas pessoas o chamavam de "Sr. Wheeler", mas ouvir isso da boca de alguém que ainda cutucava a espinha no queixo fez com que ele se perguntasse se não já estava na faixa etária do Silver Sneakers. – Obrigado por vir.

J. T. mostrou os primeiros sinais de vida. Riu, nervoso.

– Tá me zoando? Obrigado por saber que eu existo.

– Ouvi você tocando aqui mesmo umas semanas atrás.

– Eu sei. Eu vi você. Quase me borrei. – Ele piscou. – Ai, desculpa, eu quis dizer…

Colton deu uma risadinha.

– Relaxa. É preciso muito mais do que uma expressão chula para me tirar do sério.

– Tá bem. Desculpa.

Colton apontou com a cerveja para as mesas desocupadas.

– Vamos nos sentar.

J. T. equilibrou a bolsa do violão no chão antes de deslizar no banco acolchoado. Quando o violão tombou para o lado e se estatelou no chão, o coitado quase pulou do assento. Estava prestes a ter um derrame. Colton decidiu demonstrar compaixão.

– Não precisa ficar nervoso. Fui eu que chamei você aqui, lembra?

– Tá bem. Desculpa. – Suas unhas cutucaram a casca de uma espinha.

– Você tem um talento incrível, J. T.

Os olhos do rapaz quase caíram das órbitas.

– Você… você acha?

– Acho, sim. Você não concorda?

Ele deu de ombros, claramente sem saber como responder.

– Primeiro conselho – disse Colton, apoiando os braços na mesa. – Tenha orgulho do seu talento. Acredite em si mesmo. Esta cidade está cheia de gente que não vai medir esforços para fazer você duvidar de si mesmo, para dizer que você não é bom o bastante. Destruir o sonho dos outros é praticamente uma indústria aqui em Nashville. Não facilite para eles concordando com o que dizem.

J. T. balançou a cabeça para cima e para baixo em espasmos nervosos.

– Tá bem.

Colton tamborilou na mesa.

– Ótimo. Então, quer saber por que chamei você aqui?

– Quero. – A palavra saiu esganiçada.

– Quero trabalhar com você.

J. T. ficou branco. Depois verde.

Colton riu com gosto.

– Tudo bem aí?

– Você... você quer trabalhar comigo?

– Quero. Gostaria que trabalhássemos juntos. Tenho umas músicas novas para apresentar a minha gravadora, e eles me pediram para trabalhar com um compositor em algumas outras que enviei antes. Quero que seja você.

J. T. quase desmaiou. Colton tentou não rir.

– Abaixe um pouco a cabeça, respire...

– E-eu estou bem.

Não parecia. Colton chamou a atenção do olhar curioso de Duff e fez sinal para que trouxesse uma água. O homem revirou os olhos, mas serviu um copo. Estava sorrindo quando se afastou.

– Beba isso – disse Colton, deslizando o copo sobre a mesa.

As mãos de J. T. tremeram ao virar toda a água de um gole só.

– Só que tem uma coisa – continuou Colton, quando o garoto se recuperou. – Preciso que você pense bem antes de aceitar.

– O que tem para pensar?

– Muita coisa, na verdade. Você terá muitas oportunidades. Não agarre simplesmente a primeira delas, a menos que esteja alinhada com o que você quer para sua carreira.

J. T. assentiu, mas seu olhar incerto deixou claro que não entendera muito bem.

– Está tudo bem se você ainda não tiver certeza do que quer.

– Você já sabia o que queria?

Colton relaxou a postura.

– Aos dezoito? Claro. Eu queria tudo. Fama. Adoração dos fãs. Garotas gritando meu nome. Uma mansão em Nashville. Dinheiro suficiente para acender a churrasqueira com notas e nem dar falta.

– E você conseguiu?

– Consegui. Mas tudo tem um preço. Não deixe ninguém forçar você a fazer coisas para as quais não se sente preparado.

J. T. mordeu o lábio.

– Meu pai disse que é melhor arranjar um empresário logo, ou vou desperdiçar a chance.

– Um bom empresário que saiba reconhecer um talento não vai se cansar de esperar.

– Mas meu pai disse...

– Quem quer isso, J. T.? Você ou seu pai?

– Eu. Mas... assim, ele também quer isso para mim.

– Mas ele não vai ter que trabalhar duro para isso acontecer. Não vai ter que despejar a alma em uma música para depois ouvir as pessoas meterem o pau nela. Não vai ter que passar meses na estrada em turnê. Não vai ter que carregar o fardo de saber que a vida de outras pessoas depende do seu sucesso. A vida é sua, a música é sua. Não deixe ninguém criar uma imagem para você só porque acham que é mais comercial. Cedo ou tarde, essa imagem vai começar a pesar como uma máscara que você simplesmente não quer mais usar. Você precisa fazer o que faz *você* feliz.

Um *pft* sarcástico vindo do bar dizia que Duff estava ouvindo cada palavra.

Colton se recostou no banco.

– Então, depois de ter dito tudo isso... gostaria de trabalhar comigo?

A boca de J. T. se abriu em um sorriso tão pateta e sincero que Colton teve que esconder o próprio riso na cerveja ruim.

– Isso é um sim?

– Sim! – O garoto soltou um gritinho empolgado. – Não consigo acreditar! Puta que pariu!

Colton se sentiu o Papai Noel, sentiu como se tivesse acabado de dar

242

de presente o brinquedo mais procurado daquele Natal, que já estava esgotado havia um mês. Uma leveza que havia muito não sentia em relação à própria carreira se espalhou por seu peito.

– Então vai lá se preparar para tocar – disse, esfregando a mão no ponto do peito que de repente se aqueceu. – Estou no clima para fazer um showzinho improvisado.

– Você... você quer tocar comigo agora?

– Por que não? Vamos ver o que a gente consegue fazer juntos.

J. T. tropeçou no próprio violão enquanto escorregava para fora do banco, todo desajeitado. Mal saiu e Duff já ocupou o lugar vago. O velho botou uma garrafa de CAW 1869 e um copo mais ou menos limpo na frente de Colton.

Colton serviu uma dose pequena e inclinou o copo na direção de Duff.

– Eu sabia que você gostava de mim.

No palco atrás deles, J. T. dedilhava alguns acordes para se aquecer e afinar as cordas.

– Foi um belo discurso. – Duff abriu um sorriso debochado. – Você acredita em uma palavra do que disse?

– Você ainda não cansou de me analisar?

– Você ainda não cansou de desviar das minhas perguntas?

– Qual é, cara. Estou no topo do mundo. As coisas finalmente estão dando certo para mim.

– Então imagino que encontrou o que estava procurando.

– Encontrei. – Colton abriu os braços e imitou bem mal aquele sotaque britânico de novo, dessa vez para citar o Fantasma do Natal Passado. – "Você quer mesmo apagar a minha luz?"

Duff se serviu de uma dose.

– Essa citação não significa o que você acha que significa.

Deus do céu, de novo isso. Por que todos achavam que conheciam melhor do que ele o significado de *Um conto de Natal*? Mas Colton mordeu a isca.

– Está bem. O que significa, então?

– Que sua jornada não termina até você ser capaz de encarar o próprio passado.

VINTE

Gretchen não conseguia lembrar a última vez que se sentira tão nervosa.

Na noite seguinte, Colton foi até a varanda para recebê-la quando ela estacionou em frente à casa. Usava aquela calça jeans sexy de novo e uma camiseta, e dois pensamentos cruzaram sua cabeça. Primeiro: ele era bonito demais. Segundo: voltar para a casa dele, para ele, era muito tentador.

Colton se afastou da porta e a encontrou no meio da escada da varanda.

– Ok, preciso avisar uma coisa.

– Ô-ôu. Lá vem encrenca.

Ele deu um beijo em seu rosto.

– Minha família está muito, muito ansiosa para conhecer você.

– Eles vão gritar "Ah, meu Deus, ela veio!" e todo esse tipo de coisa?

– Garanto que sim.

Colton pegou sua mão, e Gretchen entrelaçou os dedos nos dele e o deixou guiá-la para dentro da casa. Ele fechou a porta, beijou-a mais uma vez, e...

– Ah, meu Deus! Ela veio!

Colton riu contra os lábios dela. Gritos estridentes se misturaram ao som de risadinhas infantis e uma cacofonia de passos.

– Cadê ela? – A pergunta irradiava *Mãe*.

– Mãe, não assuste a menina. – Era a voz de uma mulher mais jovem.

Gretchen retorceu as mãos. *Respire. Você consegue.* Colton colocou a mão em suas costas e a conduziu à sala de estar enquanto sua família vinha da cozinha.

Sorriu para ela como se não houvesse nada de errado.

– Esta é a Gretchen – anunciou, o sorriso radiante de quem tinha muito orgulho de apresentá-la.

Gretchen acenou. Então, em pensamento, usou a mesma mão para dar um tapa na própria testa. Quem cumprimenta as pessoas assim?

Sem aviso, a mãe de Colton a envolveu nos braços.

– Ah, meu Deus, estou tão animada por conhecer você.

– Deixe a moça respirar, Mary – brincou o pai de Colton.

A mãe a soltou, rindo, dando um passo para trás.

– Perdão. É que estou tão feliz por você ter conseguido vir hoje!

– Kyle Wheeler – disse o pai de Colton, estendendo a mão.

O aperto era forte, a mão, enorme. Se Gretchen ainda não soubesse que o homem tinha sido técnico de futebol americano, agora teria adivinhado.

– Esta é minha irmã, Jordan – apresentou Colton, apontando para uma mulher delicada, com cabelo escuro e as mesmas covinhas do irmão. Ao seu lado, um rapaz de óculos e touca de lã frouxa parecia um hipster da zona leste. – Este é meu cunhado, Danny. E estas são as crianças: Daphne, Phoebe e Gabe.

Gretchen memorizou os nomes conforme todos a cumprimentavam.

– Meu irmão, Cooper, só vem amanhã – acrescentou Colton, enquanto Gretchen tentava acompanhar.

– Terminem de levar as malas lá para cima – disse Mary, para ninguém em particular. – Gretchen, venha me fazer companhia na cozinha enquanto os rapazes fazem o trabalho pesado.

Colton deu aquela piscadinha especial para ela ao pegar a alça de uma mala em cada mão e puxá-las em direção à escada. O pai e o cunhado foram junto, e logo os três estavam se arrastando escada acima e tirando sarro do tamanho das malas das mulheres.

– Crianças, terminem de pendurar as bengalinhas doces na árvore – orientou Jordan. A criançada saiu correndo com mais gritinhos agudos.

Jordan pendeu a cabeça para trás e soltou um longo suspiro. – Aposto que não vão dormir hoje. – Em seguida, olhou para Gretchen. – Bem-vinda ao circo.

– Como foi o voo? – perguntou Gretchen, acompanhando Jordan e Mary até a cozinha.

– Longo. Viajar com as crianças é como abrir um saco de esquilos dentro do avião.

Mary fez um ruído, discordando.

– Que nada, elas foram ótimas. Já é de se esperar que crianças fiquem agitadas na época de Natal.

Mary indicou que Gretchen se sentasse no mesmo lugar onde, dias antes, Colton tinha feito o que quisera com ela. Gretchen engoliu em seco.

Mary retornou à tábua onde já deixara cenoura, batata e aipo cortados em cubinhos.

– Estou fazendo ensopado de carne. É o prato favorito de Colton. Sempre faço na noite em que chegamos.

– Posso... A senhora quer alguma ajuda? – perguntou Gretchen.

– Não, só fique aí sentada. – Então, fale mais da sua firma de advocacia. Colton contou um pouco, mas quero saber mais. Ele disse que você está no meio de casos bem importantes.

– Sim. Bem, importantes para mim. Acho que a maioria das pessoas nem prestaria muita atenção. – Gretchen esperava que seu cinismo passasse despercebido.

– É uma barbaridade o que estão fazendo – disse Mary, a voz transmitindo pela primeira vez algo além de simpatia. – Tirar as crianças dos pais. Deportar as pessoas que passaram a vida toda aqui. Isso é certo?

– Mas às vezes sinto que é uma batalha perdida. A cada caso resolvido, mais dois caem no meu colo.

Mary ergueu o olhar da tábua de corte. Seus olhos refletiam um brilho tão parecido com os de Colton que Gretchen chegou até a respirar fundo.

– Colton tem uma queda por garotas inteligentes. Já entendi por que está tão encantado por você.

As bochechas de Gretchen arderam em chamas, e Mary riu.

– Perdão. Estou deixando você sem graça.

Colton entrou na cozinha.

– Você está deixando minha namorada sem graça?

– Eu estava prestes a contar para a Gretchen que ela é a única mulher sobre quem você nos falou em anos.

– Ah, cara! Não faz isso. Ela vai ficar toda nervosa, entrar no modo advogada e fingir que não liga.

Mary riu de novo. Colton parou ao lado da cadeira de Gretchen e fez o inimaginável. Inclinou a cabeça em direção à dela e deu um beijo intenso e decidido em sua boca.

Deus do céu.

No entanto, a mãe e a irmã nem sequer piscaram.

– Colton contou que sua família é dona da fábrica da CAW – disse Mary, colocando punhados de legumes em uma panela.

– Ela logo vai fazer parte do conselho da fundação de caridade – comentou Colton, jogando um cubo de cenoura na boca. A mãe deu um tapinha de brincadeira em sua mão.

– CAW é o uísque preferido de Kyle. Ele quase teve um treco quando Colton nos contou que você era da família.

– Sério? Eu posso… digo, se vocês tiverem interesse, eu posso levar vocês para fazer um tour pela sala de degustação e pela destilaria. Isto é, se vocês quiserem.

– Kyle *adoraria*.

O pai de Colton entrou na cozinha, a mão na lombar.

– O que diabos você colocou nas malas, Mary?

– Você sabe muito bem o quê. Aliás, pode começar a arrumar tudo embaixo da árvore.

– Boa, meu velho, e aproveite para acender o fogo.

Colton deu um soquinho no braço do pai.

– Acender o fogo… – resmungou Kyle. – Você está falando daquela sua lareira chique a gás com controle remoto?

Jordan deu uma risada debochada.

– Melhor que deixar o Colton sozinho com uma caixa de fósforos nesta casa enorme.

Mary olhou para Gretchen com uma expressão marota.

– Uma vez, no ensino médio, Colton deixou o laboratório de química da escola reduzido a cinzas.

Colton ergueu as mãos em defesa.

– Ok, em primeiro lugar, *reduzido a cinzas* é um exagero.

– O professor de biologia teve que dar uma de Rambo e entrar correndo com um extintor antes de se jogar pela janela – lembrou Jordan.

– Em segundo lugar, eu não comecei o incêndio. Só não consegui apagar o bico de Bunsen direito.

Jordan deu outra risada debochada.

– Isso incendiou sua bancada e queimou um canto inteiro do laboratório antes que os bombeiros chegassem.

Colton olhou para Gretchen.

– Se prepare para ouvir muito disso. Eles vivem só para me atazanar.

– Que conveniente, eu também. – Gretchen sorriu.

Jordan caiu na gargalhada.

– Nós vamos nos dar bem.

Colton fez uma careta para Jordan, que devolveu outra.

– Kyle, as crianças estão brigando aqui! – gritou Mary, e voltou a cortar legumes.

– Diga que estão de castigo! – gritou Kyle, da sala. A ideia de ver a mãe e o tio de castigo deixou as crianças histéricas.

– Quem está a fim de umas músicas de Natal? – perguntou Colton, de repente, a voz alta o bastante para a criançada ouvir.

Mais gritinhos entusiasmados.

Colton pegou a mão de Gretchen para levá-la junto, mas ela lançou um olhar incerto para Mary.

– Eu deveria ajudar sua mãe com o jantar.

– De jeito nenhum – disse Mary. – Vá se divertir um pouco.

Colton segurou a mão dela até entrarem na sala, então se jogou no chão fazendo uma cena dramática e deixou as crianças subirem em cima dele. Depois de um tempo brincando de lutinha e arriscando ser nocauteado pela quina da mesa, ele por fim ficou de quatro e deixou o mais novo montar em suas costas para brincar de cavalinho.

Jordan riu e fez piada pedindo para que pegassem leve, porque Colton já era um velhote, e, debaixo da montanha de crianças, ele levantou a mão e discretamente lhe mostrou o dedo do meio.

Era assim. Era assim que uma família deveria ser. Feliz e afetuosa e brincalhona e... um nó se formou na garganta de Gretchen.

– Tio Colton, estou ensaiando para tocar meu ukulele – contou Daphne, a mais velha. – Posso mostrar?

– Eu estava contando com isso. – Ele colocou a menina sentada e ajeitou o ukulele no colo dela. – Me mostre o que sabe.

Os dedinhos de Daphne tocavam com habilidade nas cordas enquanto ela dedilhava uma melodia fora de compasso. Levou um instante para Gretchen perceber que ela estava tocando "Jingle Bells". Colton estendeu os braços em volta da sobrinha e encaixou os dedos ao lado dos dela. Tocou outro acorde que harmonizou perfeitamente. Então, com uma voz que parecia vir direto do céu, começou a cantar com ela.

Ele não estava tentando impressionar. Nem dar um show. Só estava cantando uma música de Natal com a sobrinha, mas o efeito foi completo e imediato. Quando a menina se atrapalhava, Colton parava para ajudá-la e recomeçavam exatamente de onde tinham parado.

Gretchen estava tão hipnotizada com aquilo, com ele, que mal percebeu quando a sogra chegou a seu lado.

– Ela ensaiou muito só para mostrar para o tio – murmurou Mary.

– Colton se dá muito bem com ela.

– Com todos eles. As crianças o adoram.

– Elas devem achar muito legal o tio ser um astro da música.

– Acho que ainda não têm idade para entender que ele é famoso. Para elas, é só o tio Colton.

Só o tio Colton.

O nó na garganta de Gretchen apertou mais. Ele era só um homem. Um homem bom e decente que, sabe Deus por quê, queria ficar com ela. Mesmo com todos os seus defeitos. Todas as suas inseguranças.

– Ele anda muito sozinho – comentou Mary, baixinho. Gretchen olhou de repente para a sogra e se deparou com olhos sábios a encarando. – Acho que talvez você também.

– O q-quê?

– Ser famoso não é como as pessoas pensam. Quanto mais famoso, mais solitário. Todo mundo diz que o adora, mas só quer exibi-lo para os outros. Acho que você talvez saiba um pouco como é isso.

Gretchen não precisava de explicação para saber que Colton obviamente tinha contado toda a história dela à família.

Os olhos de Mary marejaram.

– Faz muito tempo que não o vejo tão feliz assim.

Três horas mais tarde, depois do jantar e de mais canções de Natal, Jordan mandou as crianças darem seus abraços de boa-noite antes de irem para a cama. Quando abriram os braços para Gretchen, ela automaticamente se curvou e deixou que a abraçassem.

O maldito nó na garganta voltou. Gretchen pigarreou.

– Eu preciso ir. Tenho uma audiência de apelação em Memphis amanhã, então...

Kyle sorriu.

– Acho que já a mantivemos como refém por bastante tempo.

– Foi maravilhoso conhecer todos vocês. Obrigada pelo jantar e... por tudo.

– Você vai estar aqui no Natal, não vai? – indagou Mary.

A pergunta deixou Gretchen em uma saia incrivelmente justa.

– Hã, eu...

– Não falei com ela ainda – explicou Colton, com toda a calma, chegando a seu lado. A mão dele encontrou um lugar em suas costas. – Eu vou com você até o carro.

– Não precisa.

– Mas eu vou.

Assim que saíram, Gretchen riu.

– Eles vão falar de mim assim que eu sair, não vão?

– Aposto que já estão falando.

Ao lado da porta do motorista de seu carro, ela cruzou os braços e o encarou.

– Eles são ótimos, Colton. De verdade. Você tem muita sorte.

– Eu sei. – E se inclinou, apoiando uma das mãos no capô do carro para aproximar seu rosto do dela. – Mas não só por eles. – A outra mão aninhou sua nuca. Antes que Gretchen tivesse tempo de reagir, assim como na cozinha, ele a beijou.

Quando Colton se afastou, estava zonza.

– Acha que eles se importariam se eu pegasse você emprestado amanhã à noite?

– Você não tem que me pegar emprestado, eu já sou seu.

Céus, o homem tinha um dom com as palavras.

– Amanhã é o baile de gala da fundação. Quero que você vá comigo.

– Isso envolve você usar um vestido chique e eu fazer cara feia para os babacas dos seus irmãos?

– Sim e sim.

– Não vejo a hora. – Ele a beijou de leve. Depois não tão de leve. Os dois estavam ofegantes quando ele se afastou. – Durma aqui na noite de Natal – pediu, a voz rouca.

– Com sua família aqui?

Colton deu uma piscadela ao entender o que ela quis dizer.

– Vou tentar me comportar.

– Mas vocês têm tradições e...

– E eu quero que você faça parte disso. – Colton se empertigou e tirou o cabelo dela do ombro. – Já está na hora de alguém te mostrar como deve ser uma manhã de Natal.

Diante do silêncio de Gretchen, ele sorriu.

– Diga que sim. Você sabe que quer.

Era incrível como ele a entendia bem.

– Sim.

– Me mande uma mensagem quando chegar em casa – pediu ele, dando um passo para trás.

– Preocupado com a escuridão?

– Preocupado com você.

Naquele momento, a última peça do quebra-cabeça se encaixou. Para Gretchen, ele também não era *Colton Wheeler*. Era só Colton. O homem que a fazia perder os sentidos e derreter. O homem que a fazia querer saber como era uma manhã de Natal.

O homem que agora mantinha cada parte de seu coração no lugar.

VINTE E UM

– Mudei de ideia. Vamos ficar aqui hoje.

Colton perdeu toda a noção da realidade quando Gretchen saiu do banheiro na noite seguinte. Ela decidira usar um vestido preto de veludo justo ao corpo, com um decote profundo na frente revelando dois montes macios que exigiam uma inspeção mais detalhada.

– Tarde demais – disse ela, cobrindo os ombros com um xale preto que o impedia de ver seus seios. Colton ficou ao mesmo tempo bravo e aliviado. Bateria o carro se tivesse um vislumbre deles enquanto dirigia.

Gretchen permitiu que ele abrisse a porta do carro para ela.

– Tem certeza de que sua família não está brava por eu ter tirado você de casa hoje?

Colton se inclinou para dar um beijo rápido nela.

– Tenho certeza. Na opinião deles, você não faz nada de errado.

– É que eles ainda não me conhecem.

– Bem, eu conheço. E eu te quero mais a cada minuto, então…

Gretchen estreitou os olhos para ele no escuro.

– Você está querendo alguma coisa. O que é?

– Só que a gente volte cedo o suficiente para eu ter tempo de aproveitar esse vestido.

– Confie em mim – disse ela, entrando no carro. – Ficaremos apenas o tempo necessário para que anunciem minha posição no conselho.

Ao chegarem à casa de seus pais, ela o orientou a estacionar nos fundos para que pudessem usar a entrada privativa da família, o que além de garantir um pouco de privacidade também poupava tempo. A fila de espera por um manobrista na entrada principal era de meia hora. Ainda não entrava na cabeça de Colton que alguém pudesse enfiar aquele tanto de gente na própria casa.

– Faça-me um favor – pediu, enlaçando o braço dela ao seu enquanto entravam no corredor em direção ao Grande Salão.

– O quê?

– Me mostre todos os cantinhos discretos para onde eu posso te arrastar.

– Sempre tem a opção do meu quarto cor-de-rosa de novo.

Colton grunhiu.

– Não me provoque.

A festa estava a pleno vapor quando chegaram. O salão, praticamente vazio uma semana antes, estava lotado de mesas estilo bistrô, garçons com bandejas de comida e bebidas e pessoas. Muitas pessoas. A última vez que Colton vira tantas mulheres em vestidos de gala havia sido quando ganhara seu terceiro prêmio consecutivo de Artista do Ano. Um quarteto de cordas tocava em uma das varandas com vista para o salão, mas mal dava para ouvir a música por conta dos altos e baixos das conversas.

– Quer beber alguma coisa? – perguntou ele, inclinando-se para ser ouvido.

– Ainda não – respondeu Gretchen, a mão apertando o estômago. – Não comi muito hoje.

A princípio, a presença dos dois quase passou despercebida, mas os cochichos acabaram se espalhando, junto com os olhares curiosos. Os dedos dela apertaram seu cotovelo.

– Eu costumo passar despercebida nesse tipo de evento – comentou. – Não sei como você conseguiu se acostumar com todo mundo olhando o tempo todo.

– A gente aprende a ignorar. – Ele cobriu seus dedos com a mão. –

Mas me avise se você se sentir sobrecarregada. Ficarei mais do que feliz em procurar por um daqueles cantinhos discretos.

– Vamos só nos misturar e acabar logo com isso.

Colton pousou a mão na lombar dela e ficou bem próximo enquanto Gretchen o conduzia pelo salão. Alternava entre seu sorriso normal e sua cara de *não vem não*, dependendo de como ela reagia a cada pessoa. Gretchen ficou tensa quando o clique-claque de saltos altos anunciaram que as cunhadas se aproximavam, duas outras mulheres vindo logo atrás.

– Ah, Deus – resmungou ela baixinho. – Lá vamos nós.

– Alguma coisa que eu deva saber?

– Aquelas são amigas de Anna da faculdade. Elas me odeiam.

Disse tudo. Colton passou o braço pelas costas dela, os dedos se fechando possessivamente na curva de sua cintura.

– Gretchen – murmurou Anna. – Estávamos esperando você.

Gretchen soltou uma risada debochada.

Anna piscou, surpresa, e se dirigiu a Colton.

– Estou muito feliz por ter conseguido vir.

– Eu não perderia por nada – respondeu ele.

– Posso apresentá-lo a duas amigas? – Anna deu um passo para o lado antes que ele pudesse responder. – Estas são minhas melhores amigas, Shanna e Renee. São grandes fãs suas.

As duas o bajularam com *oohs* e *aahs* e contaram que tinham ido a três shows dele. Nem sequer olharam para Gretchen.

– Podemos tirar uma foto com você? – perguntou uma delas. Colton nem se lembrava qual era qual. A mulher já estava com o telefone na mão e se aproximando para posar a seu lado, bloqueando toda a visão de Gretchen.

A pressão de Colton disparou.

– Desculpem, moças. Esta noite, não.

O rosto das duas ficou vazio, como se fosse a primeira vez que tivessem ouvido um *não*.

Colton olhou para Gretchen.

– Esta noite, estou aqui só para acompanhar minha namorada.

– Ah – murmurou uma delas, enfim percebendo que Gretchen estava ali. – Eu… vocês dois estão mesmo *namorando?*

– Estamos, sim.

Gretchen respondeu com um sorriso. Colton não fazia ideia de como a mulher tinha conseguido. O que ele queria era quebrar alguma coisa. Mas, em vez disso, adotou seu sotaque arrastado, fazendo questão de manter o olhar fixo no dela enquanto dizia:

– Até que enfim. Tive que perseguir essa mulher por mais de um ano para convencê-la a me dar uma chance.

As expressões vazias retornaram.

Como foi que Gretchen aturara esse tipo de rejeição a vida inteira? Colton inclinou a cabeça.

– Moças, se nos dão licença, preciso exibir minha namorada um pouco mais.

Ele apertou a cintura de Gretchen e a tirou dali.

– Acho que quero um daqueles cantinhos discretos agora – comentou ela, a voz ofegante.

Colton conhecia a sensação. Ele mesmo estava oficialmente em chamas.

– Seu quarto – disse ele. – Dessa vez, vamos trancar a porta.

– Gretchen, aí está você – A voz da mãe dela arruinou os planos.

Os dois se viraram ao mesmo tempo e a viram se aproximar em passos curtos e tensos, o semblante rígido. Usava um longo vestido vermelho, tão majestosa quanto uma rainha.

Diane forçou um sorriso agradável ao ver Colton, mas isso claramente exigiu certo esforço.

– Colton, se incomoda se eu roubar minha filha por um instante?

– Na verdade, mamãe, estávamos prestes a…

– Eu preciso falar com você.

A expressão de Diane mudou de novo ao avistar alguma coisa, ou alguém, por cima do ombro de Gretchen. Colton olhou de relance e viu uma rodinha formada por Jack, Frasier e Blake. Mesmo que as posturas tensas não tivessem denunciado que algo estava errado, as expressões faciais teriam cumprido esse papel. Os três cuspiam tanto fogo pelos olhos que poderiam contribuir com o aquecimento global.

Diane agarrou o braço de Gretchen.

– Isso só vai levar um segundo, querida. Por favor.

– Vai lá – disse ele. – Eu arranjo um jeito de me distrair.

Colton apertou a mão de Gretchen, e, enquanto ela seguia a trilha da mãe pela multidão, pegou uma taça de champanhe da bandeja de um garçom que estava passando.

– Colton. Você veio.

Era a voz de Evan dessa vez. Colton se virou a tempo de vê-lo caminhando em sua direção com um arrastar de pés que sugeria ter consumido um pouco demais do próprio produto. Talvez fosse por isso que a família estava tão aborrecida, mas, quando Colton procurou por reforços, viu que estava por conta própria.

Evan chegou com a mão estendida.

– Que bom que você veio!

O aperto de mãos foi mais forte que o necessário, como se ele estivesse se esforçando demais. Se era para intimidar ou para disfarçar a fala enrolada, não dava para saber.

– Vim pela Gretchen – disse Colton, cauteloso.

– Bem, estou contente por ter encontrado você sozinho.

– Ah, é? E por quê?

Colton bebeu um gole de champanhe só para ganhar tempo para medir as intenções de Evan. Não confiava nem na sombra daquele babaca.

– Bem, sabe, pensei que seria bom um papinho de homem para homem.

– É a respeito do contrato de publicidade?

Evan apontou o dedo para ele. Cambaleante.

– Viu? É disso que gosto em você. Você vai direto ao ponto.

– Então vamos manter a objetividade, pode ser?

– É justo. Fiquei surpreso quando Gretchen disse que você recusou nossa proposta.

– Não era a escolha certa.

Evan deu uma risada debochada, com más intenções.

– E Gretchen é?

Colton quase trincou um dente.

– Como é?

Evan ergueu as mãos, as palmas voltadas para a frente.

– Só estou dizendo que não faz o menor sentido para mim. Você e ela.

– Sério? Faz todo o sentido para mim.

– Quer dizer, você abriu mão de quanto dinheiro mesmo? No mínimo trinta milhões, por ela?

A expressão no rosto de Colton deve ter desencorajado Evan a continuar. Ele riu de novo e deu de ombros.

– Opostos se atraem, eu acho, não é mesmo?

Colton procurou pela namorada na multidão e a encontrou do outro lado do salão, de costas para ele. A mãe gesticulava para atrair o olhar de Jack e Frasier, mas foi a postura de Gretchen que chamou sua atenção. Estava rígida, os músculos das costas nuas contraídos como se só assim fosse possível ela se manter de pé. As mãos estavam cerradas junto às coxas.

– O que está acontecendo? – perguntou, encarando Evan de novo.

– Acho que só estão contando as novidades.

– Que novidades?

– Gretchen estava esperando ocupar uma cadeira no conselho da fundação, mas, hã… votamos para seguir por outro caminho. – O sangue foi drenado da cabeça de Colton, deixando-o atordoado enquanto Evan continuava: – Vamos anunciar o novo membro do conselho esta noite, e meus pais acharam melhor avisá-la.

– Seu filho da puta miserável – murmurou Colton.

Colton empurrou a taça de champanhe para Evan e contornou a multidão para chegar até Gretchen. Quando se aproximou do grupo, ouviu a voz dela ressoar vazia e metálica.

– Vocês não podem estar falando sério.

– Querida, eu juro – dizia Diane em tom de súplica. – Nós tentamos intervir. Sabemos o quanto isso significa para você.

– Mentira! – vociferou Jack. – Evan orquestrou a coisa toda. Aquele canalha é um merdinha vingativo.

Frasier se empertigou.

– Aquele canalha é meu filho.

– Pois é, que belo pai você se saiu. Deixando o filho maltratar a filha a vida inteira.

Colton entrou no grupo e se postou entre Gretchen e os outros. O rosto dela perdera totalmente a cor. Tentou aconchegá-la a seu lado, mas ela permaneceu rígida.

Colton encarou Frasier.

– O que há de errado com vocês? Chamam isso de família?

Nervosa, Diane correu os olhos ao redor, encontrando os olhares curiosos voltados para eles.

– Precisamos discutir este assunto em um lugar reservado.

– Sim, porque Deus nos livre se alguém descobrir a verdade sobre nós – retrucou Gretchen, ríspida.

Jack apontou o dedo para Frasier.

– Cinco minutos. No escritório dos fundos. E traga Evan. Isso ainda não acabou.

A família se dispersou, mas Colton segurou Gretchen e procurou seu olhar.

– Você quer ir embora?

Os olhos dela faiscaram.

– Não. Não até eu ouvir isso do próprio Evan.

– Ele está bêbado.

– Grande novidade!

Gretchen segurou a saia do vestido para não tropeçar enquanto atravessava a multidão atrás dois pais, furiosa. Colton não teve escolha senão acompanhar. Em toda a sua vida, nunca socara outro ser humano, exceto em um ou outro arranca-rabo com o irmão quando crianças, mas seria necessário um esforço sobre-humano para manter o autocontrole aquela noite. Jamais conhecera um homem que precisasse tanto levar um gancho no queixo quanto o maldito Evan Winthrop.

O "escritório dos fundos" a que Jack se referira era mais outro despropósito palaciano. Tipo uma das bibliotecas de *Downton Abbey*. A qualquer minuto, um mordomo entraria e faria uma reverência com um recatado "Vossa Senhoria".

Jack e Diane tinham parado junto à porta, mas Gretchen entrou marchando. O tio parou à sua frente com o que provavelmente pensara ser um olhar de incentivo.

– Vamos revogar essa decisão. Eu tenho influência no conselho da fundação.

– Você não tem mais influência do que eu – disse Diane, ríspida. – Está tão perto de ser chutado para escanteio quanto eu.

Jack cerrou a mandíbula.

– Tenho mais poder aqui do que você pensa.

– Então por que é que nunca o usou? – questionou Diane, num impulso, com uma raiva que sugeria que ela vinha guardando essa pergunta havia muito tempo.

Antes que Jack pudesse responder, Frasier e Evan fizeram o favor de se juntar à festa.

– Seu filho da puta. – Jack fervilhava. – Como você pôde fazer isso com ela?

Evan atravessou toda a sala até o bar, que ficava atrás de uma mesa enorme. Pegou um decantador de cristal e começou a se servir.

– Fizemos o que era melhor para a fundação.

Jack apontou para ele.

– Esta não é uma decisão que você pode tomar sozinho.

– Olha, nós sabemos que não dá pra depender dela – disse Evan, tampando o decantador. – Gretchen achou que poderia entrar para o conselho mesmo sabendo muito bem que está planejando se mudar.

A mãe se virou para encarar Gretchen de novo.

– Do que ele está falando? Para onde você vai?

– Ela aceitou um novo trabalho na capital. – Evan bebeu mais um gole longo.

Colton ficou de frente para Gretchen.

– Do que ele está falando?

– Ah! – Evan soltou uma risada debochada. – Ela nem contou para o namorado. Eu avisei que ela não valia a pena, cara.

– Um amigo da faculdade me convidou para trabalhar na ONG dele, mas eu *não* aceitei. – Em seguida, dirigiu-se a Evan. – Mas nós dois sabemos muito bem que isso não tem nada a ver com essa proposta.

– Gretchen tinha uma única tarefa. Eu pedi *uma única coisa*. E o que foi que ela fez? Provou que podíamos contar com ela? Não. Em vez disso, resolveu transar com ele.

Colton rosnou.

– Insulte sua irmã mais uma vez, Evan, e vou fazer você engolir a porra desse copo inteiro.

Evan revirou os olhos de novo.

– Vocês esperam mesmo que qualquer um de nós acredite que essa relaçãozinha de vocês é real?

A mãe encarou Evan com desgosto, como se visse pela primeira vez quem era o filho de verdade.

– Evan, o que há de *errado* com você?

– Por um lado, acho que não posso criticar – continuou Evan. – Você conseguiu acesso ao nome e ao dinheiro dos Winthrops sem precisar fazer absolutamente nada. – Ele deu de ombros. – Se bem que, pensando melhor, poderia ter ficado com o dinheiro sem precisar ter o trabalho de lidar com a Gretchen. Não há bunda gostosa que compense esse esforço.

O que aconteceu em seguida estava além do controle de Colton, além de sua consciência. Ele observou, absorto, como se outra pessoa controlasse seu corpo enquanto cruzava a sala, agarrava Evan pelo colarinho e enfiava o punho na cara dele.

Evan cambaleou para trás e caiu, o sangue jorrando do nariz. O copo quebrou. O uísque entornou. O caos se instaurou.

Jack segurou Colton pelo peito e o afastou enquanto Diane corria para acudir o filho. Frasier se agachou do outro lado para ajudá-lo a se sentar. Evan levou a mão ao nariz e gritou que o processaria.

A mão de Colton começou a latejar quando a adrenalina baixou.

Ele se virou.

E foi então que percebeu.

Gretchen não estava mais lá.

VINTE E DOIS

Gretchen roubara o carro de Blake.

Tinha sido totalmente por acaso, o que tornava isso tão perfeito. Gretchen pegou o primeiro molho de chaves que encontrou na entrada privativa, acionou o controle remoto até descobrir de qual carro era e se acomodou no banco do motorista. Só depois de meia hora dirigindo sem rumo percebeu a qual membro da família o carro pertencia.

Mesmo assim, continuou dirigindo. Passou por ruas escuras e desertas e caiu na rodovia. Pegou saídas que nem reconhecia. Parou no estacionamento de um McDonald's. Comprou uma raspadinha em um posto de combustível. Encarou o reflexo das luzes no rio.

No banco do passageiro, seu telefone vibrava sem parar com mensagens de texto, ligações e recados de voz. Colton. A mãe. Jack. Colton. A esposa de Blake. Estranho. Ela provavelmente queria o carro de volta. Colton de novo. Jack de novo. A mãe de novo.

Gretchen ignorou todos.

Uma hora se passou.

Depois outra.

A estrada a atraía. O anseio de correr até a dor passar era o sistema de navegação em sua mente. Mas, quando voltou a dirigir, o carro pareceu se conduzir de volta ao lugar onde havia começado. Pelas mesmas estradas escuras e desertas.

Inconscientemente, sabia que acabaria aqui.

De algum modo, sabia que ele também.

A luz do luar foi apenas o suficiente para guiá-la pela trilha até a casa da árvore, mas ela saberia o caminho mesmo na escuridão. Chegou a uma clareira e parou ao ver Jack sentado sozinho no balanço, as mãos agarradas às cordas e os olhos fixos no chão. As pontas da gravata-borboleta pendiam soltas em cada lado do pescoço, o botão de cima da camisa aberto ao frio.

O estalar dos gravetos sob os saltos o fez se levantar com um suspiro de surpresa, e então, de alívio. O hálito se condensou como névoa em frente a seu rosto.

– Meu Deus, Gretchen. Onde você se meteu? Eu estou surtando. Todo mundo está. Colton está dirigindo por aí atrás de você.

– Eu precisava pensar. – Ela envolveu o próprio corpo num abraço e estremeceu. – Como você me encontrou?

Ele franziu o cenho.

Claro.

– Blake denunciou o roubo do carro?

– Ele ligou para o serviço de assistência e pediu para localizarem o veículo.

– Que inteligente.

– Ele não está bravo, Gretchen. Está tão preocupado quanto todo mundo.

Ela tentou revirar os olhos, mas outro tremor percorreu seu corpo.

Jack fez cara feia.

– Onde está seu casaco?

– No carro.

– Pegue o meu... – Jack tirou o paletó do smoking e cobriu os ombros dela. Isso espantou um pouco o frio da noite, mas em nada contribuiu para derreter o bloco de gelo em seu peito. O tio analisou seu rosto por um instante, abriu a boca para dizer algo, então, pelo visto, pensou melhor. Jack se afastou. – Preciso avisar todo mundo que você está bem.

Quando ele se virou com o celular, Gretchen foi se equilibrando nos saltos até a árvore. Com a unha, cutucou a borda lascada de uma das velhas tábuas que o tio pregara no tronco para que ela pudesse subir quando criança.

Atrás, a voz de Jack soava abafada ao telefone.

– Eu a encontrei... Blake pode ensinar o caminho... Não sei... Ok, eu falo para ela.

Os passos se aproximaram de novo.

– Colton está vindo para buscar você. Ele é um bom homem. Nunca pensei que alguém pudesse ser bom o bastante para você, mas ele é.

Um estalo. Gretchen arrancou outra lasca de madeira.

– Isso é bem o que um *pai* diria.

– Tenho certeza de que seu pai sente o mesmo.

– Nós dois sabemos que isso não é verdade. – Um estalo. Outra lasca se foi.

– Está muito frio aqui fora – disse Jack. – Melhor esperarmos por Colton no carro.

– Todas as vezes em que vinha me esconder aqui, você sabe o que eu sonhava? – Outro estalo. Uma lasca teimosa não se soltava da tábua. – Eu tinha uma fantasia maluca de que talvez um dia acabaria descobrindo que você era meu verdadeiro pai.

Ele soltou um suspiro.

– Gretchen...

– Eu quase me convenci disso. Eu e meus irmãos temos essa diferença de idade, sabe? Então inventei toda uma história na minha cabeça de que minha mãe era uma mulher desconhecida ou que tinha morrido ou algo assim e que você achou que talvez fosse melhor para mim ser criada por *eles*. Idiotice minha, né? Mas era melhor do que acreditar que meus pais simplesmente não davam a mínima para o fato de que o filho abusava constantemente da caçula.

– Do que você está falando?

– Lembra de quando quebrei o braço?

A respiração dele se tornou um tremor.

– Você está dizendo que...

– Foi o Evan. Eu tinha muito medo dele, por isso não contei para ninguém.

– Merda, Gretchen… – A voz de Jack parecia uma corda bamba, trêmula sob o peso do remorso.

– Ele me trancava para fora de casa à noite.

– O quê?!

– Eu era tão ingênua… Toda vez, acreditava que a gente ia mesmo jogar um jogo. Uma vez, quando eu tinha nove anos, passei a noite inteira do lado de fora.

– Por que não contou a ninguém?

– Eu tentei. Ninguém acreditou. – Ela estalou a unha na lasca teimosa e, dessa vez, a farpa se soltou e espetou a pele. Praguejando baixinho, Gretchen apelou para violência e começou a bater na tábua com a palma da mão. – Ninguém nunca acreditou em mim!

– Eu sinto muito – disse Jack, a voz falhando. – Sinto muito mesmo.

Ela fungou e virou de costas.

– Mas você tinha razão no que disse naquele dia. Todas aquelas vezes que fugi, eu não queria fugir de verdade. Toda vez, eu só estava desesperada para que alguém percebesse que eu tinha ido embora e se importasse o bastante para implorar que eu voltasse para casa.

– *Eu* me importava. Sempre fui ao seu socorro.

– Eu sei. E, me desculpe, mas eu ficava tão decepcionada toda vez que via você chegando. Então, naquela última vez, pensei que talvez eu só precisasse fazer uma loucura de verdade, sabe? Talvez se eu fosse para bem longe, se eu chutasse o pau da barraca de verdade, se eu pegasse o carro de Blake e fosse embora para Michigan, talvez eles enfim se importassem o bastante para vir me buscar pessoalmente. Meus *pais*. Mas eles nunca vieram. Mandavam você.

O ruído de pneus anunciou a chegada de Colton. A porta do carro se abriu e se fechou. O som de passos apressados e urgentes ficou cada vez mais alto.

– Gretchen?

Colton saiu da trilha com tudo, quase escorregando na grama úmida e gelada. Quando a viu, correu em sua direção, abriu os braços e soltou um suspiro aliviado ao abraçá-la. O peito dele estava quente, a voz, reconfortante.

– Fiquei preocupado.

– Me desculpe.

Ele aninhou seu rosto entre as mãos e o inclinou para trás para poder vê-la.

– Você está bem?

– Estou.

Colton deu um passo para trás e passou as mãos na cabeça.

– Você não pode fazer uma coisa dessas, Gretchen. Não pode simplesmente fugir.

– É o que eu faço. Você mesmo disse isso, lembra?

Ele dirigiu um único olhar para Jack.

– Eu vou levá-la para casa.

Gretchen tirou o paletó de Jack dos ombros.

– É dele.

Colton pegou o paletó e o entregou a Jack sem a menor cerimônia. Então pôs a mão nas costas dela e começou a conduzi-la pela trilha.

O tio tentou ir atrás.

– Gretchen...

Colton parou e se virou. Com um único gesto e olhar, interrompeu Jack:

– Jack, acho que você é uma pessoa boa, a única pessoa boa em toda essa merda de família além da Gretchen. Mas, neste momento, não quero ouvir uma única palavra de nenhum de vocês.

E o deixaram ali, de pé sob o halo do luar, o paletó frouxo nos dedos e um pedido de desculpas inútil nos lábios.

Colton a guiou pela trilha de raízes nodosas e galhos pontiagudos, agora iluminada pelos faróis de seu carro. O motor ainda estava funcionando. Ela o deixou abrir a porta e ajudá-la a entrar. Até o deixou ajudá-la com o cinto de segurança. Assim que fez isso, Colton segurou seu rosto entre as mãos de novo antes de dar um beijo doce em seus lábios.

– Vamos para casa – disse.

Nenhum dos dois falou durante o percurso, mas Colton manteve a mão dela aninhada na sua, entre os assentos, até quando parou diante do portão para digitar a senha de acesso. Não a soltou até estacionarem.

Pelas janelas da frente, a árvore de Natal reluzia boas-vindas, mas não parecia haver nenhuma outra lâmpada acesa no resto da casa.

– Não quero acordar as crianças – disse Gretchen, quando Colton abriu a porta dela.

– Não vamos. – Ele estendeu a mão para ajudá-la a sair do carro. – E, mesmo que acordem, vão só pegar no sono de novo.

A porta da frente se abriu assim que subiram os degraus da varanda. A mãe de Colton saiu, um roupão enrolado no corpo e um olhar preocupado no rosto.

– Estou cozinhando para aliviar a tensão – explicou, uma tentativa de humor que caiu por terra com sua voz embargada.

– Desculpa – pediu Gretchen. – Eu não queria preocupar ninguém.

– Que bobagem. – A mãe de Colton a puxou para um abraço. Ela cheirava a chocolate e baunilha.

Colton entrou logo depois e fechou a porta bem devagar. Gretchen olhou para trás, e ele apenas sorriu enquanto a mãe a arrastava para a cozinha.

– Eu já vou.

O braço de Mary segurava firme os ombros de Gretchen.

– Tenho uma fornada quentinha de cookies. Sei que não resolve nenhum problema, mas com certeza mal não faz.

Gretchen conseguiu dar uma leve risada para agradá-la.

– Está com vontade de comer alguma outra coisa? Eu posso esquentar um pouco do ensopado ou…

– Eu estou bem. Mas obrigada. Me desculpe por manter a senhora acordada. Eu não queria deixar ninguém preocupado.

A expressão em seu rosto era uma mistura de ofensa e solidariedade.

– Como eu poderia dormir? – Mary encheu um prato de cookies com gotas de chocolate, ainda tão quentes que exalavam uma fumacinha em espiral. – Sente-se – orientou, indicando uma das banquetas da ilha com a cabeça. – Vou pegar um copo de leite para você.

Gretchen não tinha apetite para nada, mas se sentou mesmo assim. Sorriu para agradecer Mary quando um copo de leite surgiu à sua frente. Colton chegou por trás e pôs as mãos em seus ombros.

– Você ainda está gelada – comentou, deslizando as mãos pelos braços nus dela.

– Está com fome, querido? – perguntou Mary. – Posso preparar alguma coisa para você também.

– Não, obrigado. Só quero levar Gretchen para a cama.

– Boa ideia. Vocês dois devem estar exaustos.

Colton deu um beijo no topo da cabeça da namorada e apertou seus braços de leve.

– Pronta?

A vergonha percorreu seu corpo por Colton ter mencionado tão abertamente para a mãe seus planos de irem para a cama. O que era besteira, os dois eram adultos. Mas essa aceitação incondicional como parte da família ainda lhe causava estranhamento.

Gretchen se levantou. A mãe dele a abraçou de novo.

– Vou preparar um supercafé da manhã. Tudo vai parecer melhor depois de uma noite de sono.

Colton pôs a mão nas costas dela e a conduziu. O andar de cima estava escuro e quieto, mas Gretchen ficou se perguntando se a irmã, o pai e o irmão dele não estariam acordados escutando.

Ele acendeu a luz do teto do quarto antes de fechar a porta sem fazer barulho.

– Por acaso você não teria uma escova de dentes sobrando?

Colton desabotoou a camisa.

– Vou pegar para você. Quer uma camiseta para dormir?

– Quero, sim.

Ele beijou seus lábios.

– Primeira gaveta da cômoda. Pode pegar qualquer uma. Eu já volto.

Colton entrou no banheiro. Ao clique silencioso da porta, Gretchen foi até a cômoda e pegou a primeira coisa que viu – uma camiseta cinza dos Legends. Tirou os sapatos dos pés doloridos e abriu o zíper na lateral do vestido. Nunca mais queria usar aquilo. Se não odiasse a ideia de desperdiçar algo que poderia ser doado, cogitaria até jogá-lo no fogo e vê-lo queimar.

O vestido caiu a seus pés enquanto ela abria o sutiã. Estava apenas de calcinha quando ele saiu do banheiro.

Colton deixou escapar um suspiro reverente atrás dela.

– Talvez não seja uma boa hora para dizer isso, mas você poderia me fazer cair de joelhos agora mesmo.

Gretchen se virou e o viu olhando para ela com um desejo descarado. Colton tinha tirado a camisa no banheiro, e tudo o que ela conseguia pensar era: *Idem*.

– Acho que nunca é uma hora ruim para dizer isso.

– É, sim. Você precisa dormir esta noite. – Colton encurtou a distância entre os dois. A camiseta que ela escolhera estava em cima da cômoda. Ele a pegou. – Erga os braços.

Gretchen obedeceu, e ele enfiou a camiseta por sua cabeça. Ela remexeu o corpo até o tecido se assentar, e Colton lhe deu outro beijo rápido.

– Deixei tudo pronto para você lá no banheiro.

Não apenas uma escova de dentes, mas tudo o que ela pudesse precisar. Uma toalha de rosto limpa. Uma toalha de banho. Sabonete facial e hidratante, o que precisava com urgência. Fez careta para seu reflexo no espelho. O rímel borrado escorrera abaixo dos olhos. O batom de longa duração desbotara até virar um cor-de-rosa ressecado. O penteado preso no alto da cabeça se tornara um coque frouxo e arrepiado.

E, sabe-se lá como, Colton ainda a achava sexy.

Ele merecia mais do que aquela desgraça. E Gretchen não estava pensando na própria aparência. Ele merecia mais do que o ciclone devastador que ela e a família criavam toda vez que abriam a boca.

Gretchen escovou os dentes, lavou o rosto, então respondeu ao chamado da natureza. Quando enfim saiu do banheiro, Colton já estava deitado, um braço sob a cabeça e as cobertas até a cintura.

Ele a olhou e sorriu.

– Pronta para vir para a cama?

– Você devia ter me avisado que eu estava parecendo a Medusa.

– Você está linda. – Colton a acompanhou com os olhos enquanto ela dava a volta na cama. – Está fazendo meu coração palpitar com essa camiseta.

O flerte era uma tentativa de melhorar o clima, mas o efeito foi o inverso. Quando Gretchen entrou debaixo das cobertas, seu coração estava quase saindo pela boca. Colton se virou em sua direção e acariciou sua bochecha, mas, ao sentir as lágrimas nos dedos, apoiou-se no cotovelo.

– Diga a seus pais que sinto muito por tudo o que aconteceu esta noite. Tudo isso é tão constrangedor e humilhante e...

– E nada disso é culpa sua.

– Mas seus pais são pessoas tão boas. Eles merecem mais do que... Você também.

As mãos dele pararam em seu rosto.

– Merecem mais do que o quê?

– Do que isso. – Ela fez um gesto amplo com as mãos. – Eu e minha família sórdida e tóxica.

– Você está exausta, Gretchen. Precisa dormir.

Colton ergueu a mão para afastar o cabelo do rosto dela, mas Gretchen a segurou. Os nós de seus dedos estavam roxos, vermelhos e inchados.

– Está doendo?

– Não mais.

– Como Evan estava quando você saiu?

– Eu seria má pessoa se dissesse que realmente não dou a mínima?

Se isso o tornava má pessoa? Não. Mas o tornava *outra pessoa*.

– Você bateu no meu irmão hoje, Colton. Logo você. Que nunca tinha se metido em uma briga na vida.

– E eu faria de novo.

– É o que me assusta. Não era *você* lá esta noite. Mas é isso que acontece quando alguém se envolve comigo. Minha família contamina tudo.

A mandíbula dele enrijeceu.

– Se você está prestes a dizer o que acho que está, pode parar.

– Eu preciso dizer. – Ela se apoiou no cotovelo. – *Eu sou ruim para você.*

Colton de repente se virou para o outro lado e se levantou da cama. Agigantou-se diante dela, as mãos na cintura.

– Vou deixar uma coisa bem clara, porque é óbvio que você ainda não entendeu.

Gretchen engoliu em seco com a seriedade do tom de voz e do olhar dele.

– Eu te amo.

O queixo dela caiu. Gretchen fechou a boca com medo de que o coração saísse pela garganta.

– Eu te amo – repetiu ele –, e abriria mão de qualquer fortuna por você. Protegeria você um milhão de vezes, se necessário. Todas aquelas coisas horríveis que seu irmão disse, nenhuma era verdade. Nenhuma. Tudo o que eu quero é provar isso a você. Provar que você merece ser amada.

Colton voltou para a cama e cobriu o corpo dela com o seu.

– Só me deixa entrar, Gretchen. Me deixa mostrar como eu me sinto.

E ela deixou.

Deixou que ele lhe mostrasse o que era o amor. Deixou suas mãos e sua boca e seu corpo lhe ensinarem o que significava ser valorizada.

Não fizeram barulho, gemiam na boca um do outro, abafavam a paixão com o rosto colado no pescoço do outro.

Adormeceram em um emaranhado de pernas, braços e corações exaustos.

E acordaram com o telefone tocando.

VINTE E TRÊS

Pouquíssimos motivos levariam seu empresário a ligar de madrugada, e nenhum deles era bom.

Colton esfregou os olhos, achou o telefone e atendeu, sonolento.

– Meu Deus, Buck, o que é...

– Você se meteu em uma briga com Evan Winthrop ontem à noite?

Merda. Colton olhou para Gretchen, que por um milagre ainda dormia.

– Como você ficou sabendo?

– Tem um vídeo.

Colton saiu de fininho da cama e foi na ponta dos pés até o banheiro para falar em particular.

– É uma longa história – explicou, fechando a porta e acendendo a luz.

– Bem, comece a praticar seu direito de permanecer calado.

A adrenalina fez seus músculos parecerem gelatina.

– O que está acontecendo?

– A polícia está indo para a sua casa. Winthrop prestou queixa.

– Aquele filho da puta.

Colton apertou o telefone com tanta força que foi um mistério não ter quebrado.

– Eu liguei para a Desiree, que também está indo para sua casa.

Desiree Childs era a advogada que Buck mantinha na folha de pagamentos. Colton jamais imaginou que um dia precisaria de seus serviços. Ela era especializada em direito penal.

– Com um pouco de sorte, chegaremos aí antes da polícia – continuou Buck. – Não diga *nada* até chegarmos. Daremos um jeito nisso, eu prometo.

O sangue rugindo em seus ouvidos quase abafou a última tentativa de Buck de acalmá-lo. Colton desligou e abriu a torneira de qualquer jeito. Com mãos trêmulas, jogou água no rosto, e o frio foi como um tapa de realidade. Nunca sequer levara uma suspensão na escola, e agora seria preso por agressão. Na manhã seguinte, a notícia estaria em todos os sites de fofoca, a foto de sua ficha criminal circulando mais rápido do que um baseado num show de Jimmy Buffett.

Colton respirou fundo várias vezes. Precisava estar calmo para contar a Gretchen. Mas, quando saiu do banheiro, ela já estava sentada na cama, encarando o próprio celular, angustiada. Os olhos dela encontraram os seus, e a dor que viu naquele olhar o fez esquecer que era ele que estava encrencado.

– Colton, eu sinto muito. Sinto muito mesmo.

– A culpa não é sua. – Ele foi até a cômoda. – Temos que nos vestir. A polícia está vindo.

Gretchen se arrastou para fora da cama. Colton lhe deu uma calça de moletom e meias, e vestiu calça jeans e camiseta.

– Eu já volto. Preciso acordar meus pais.

– Colton… – A voz dela falhou.

Ele segurou seu rosto e a beijou. Forte.

– Vai dar tudo certo.

Mas nem ele sabia se acreditava nas próprias palavras. Saiu do quarto e, antes que pudesse bater à porta do quarto de hóspedes onde os pais dormiam, a porta se abriu. O pai apareceu, uma ruga de preocupação na testa.

– Tem um vídeo da briga.

– Eu sei. A polícia está vindo.

– Você vai ser *preso?*

– Parece que sim. – Sua voz transmitiu mais calma do que sentia. A mãe apareceu na porta em seguida. – Preciso que cuidem da Gretchen. Ela está surtando dizendo que é tudo culpa dela.

– Vou me trocar – falou o pai, entrando no quarto. – Se levarem você, eu vou atrás.

Outra porta se abriu, e o irmão apareceu.

– O que está acontecendo?

Logo uma terceira porta se abriu, e dessa vez a irmã apareceu, sonolenta, os braços cruzados em frente ao peito.

– O que aconteceu?

– Não deixe as crianças acordarem – pediu Colton, baixinho. – Não quero que vejam isso.

– Vejam o quê? – O tom de voz da irmã subiu, então Colton a pegou pelo cotovelo e a afastou do quarto.

Quando ele explicou aos dois o que estava acontecendo, os olhos dela se arregalaram e se encheram de lágrimas enquanto os do irmão se encheram de fúria.

– Vai ficar tudo bem – afirmou Colton. – Mas não quero que as crianças me vejam algemado em uma viatura.

A irmã concordou com a cabeça e o abraçou. Colton a abraçou com força, rápido, e desceu as escadas correndo. Tinha acabado de chegar à porta da frente quando recebeu um alerta do portão.

Digitou a senha de segurança, saiu na varanda e esperou pela cavalaria. Gretchen de repente apareceu a seu lado.

– Volte lá para dentro – mandou, baixinho, sem ousar olhar para ela.

– Não vou deixar você sozinho. Eles precisam ouvir o que aconteceu.

– Olhe para mim. – Colton por fim ousou olhar nos olhos de Gretchen, que cintilavam com lágrimas de raiva e culpa. – Não é sua culpa. Fiz minhas escolhas, e faria a mesma coisa um milhão de vezes para proteger você.

Duas viaturas com o emblema POLÍCIA DO CONDADO DE WILLIAMSON estampado nas laterais se aproximaram pela entrada de carros. O coração de Colton parou, então disparou quando as portas se abriram e os oficiais uniformizados desceram.

Um deles assumiu o comando.

– Colton Wheeler?

– Sim.

– Temos um mandado de prisão contra o senhor sob a acusação de lesão corporal.

– Meu Deus – sussurrou o pai.

Colton nem sequer ouvira seu velho saindo da casa. Sem olhar para ele, disse:

– Pai, leve a Gretchen para dentro.

– Não – contestou ela.

– Por favor, Gretchen. Já é humilhante demais. Eu não suportaria se você visse isso.

– Eu levo – interveio Mary. Mais uma vez, ele nem tinha se dado conta da presença da mãe. – Venha, querida.

– Não saia de novo – ordenou ele. – Prometa.

– Colton...

Ele a encarou e tentou sorrir.

– Vai ficar tudo bem. Sou o grande Colton Wheeler, lembra?

A expressão de Gretchen não mudou, mas ela enfim concordou e, com a respiração trêmula, deixou que Mary a levasse para dentro. O clique da porta foi a última coisa que Colton ouviu antes de outros dois carros aparecerem. Os policiais reagiram com posturas tensas e as mãos nas armas.

– São meu empresário e minha advogada – explicou Colton, a voz trêmula.

Buck e Desiree deixaram o motor dos carros ligado quando saíram.

– Quero ver o mandado – exigiu Desiree.

Buck correu até Colton.

– Vou me encontrar com Archie para começarmos a preparar uma declaração.

– E o que vão declarar?

– Que esperamos o arquivamento dessa acusação ridícula.

– Tem um vídeo, Buck.

– Que nem de longe conta a história toda.

A advogada terminou de analisar o mandado e o devolveu ao policial, que deu um passo à frente, um olhar de desculpas no rosto.

– Senhor, pode se virar e colocar as mãos na porta, por favor?

– Meu Deus do céu – sussurrou o pai, entrelaçando os dedos no topo da cabeça.

– Está tudo bem, pai. – Colton obedeceu ao policial, estendendo as palmas contra a porta. A única coisa positiva naquele momento era que a mãe, a irmã e Gretchen não estavam ali para ver.

O policial se aproximou por trás dele.

– Vou revistá-lo agora, senhor. Está portando alguma arma?

– Não.

– Tem algum objeto perfurante nos bolsos de que eu precise saber?

– Não.

O policial o revistou rápido. Aparentemente satisfeito, afastou-se e disse:

– Agora vou ler seus direitos, senhor.

Isso fez outra imprecação escapar da boca de seu pai.

– Por favor, coloque as mãos para trás, senhor – disse o policial, depois de avisá-lo de seu direito de permanecer em silêncio.

Colton não conseguiu mais fingir ser corajoso depois disso, não quando ouviu o frio clique das algemas e sentiu o metal apertado nos pulsos. Seus joelhos bambearam, e o ar travou em sua garganta.

– Sinto muito por ter que ver isso, pai – disse, a voz embargada.

– Para onde vão levá-lo? – perguntou Desiree.

– Ele será fichado na Delegacia do Condado de Williamson.

– Podemos pagar fiança? – perguntou o pai.

– Isso vai depender do juiz.

– Estaremos logo atrás de vocês – avisou Desiree.

– Eu também – acrescentou o pai.

O policial pôs uma das mãos no ombro dele e a outra nos pulsos algemados. Empurrando de leve, conduziu Colton pelos degraus da varanda em direção à viatura.

– Vou colocar a mão na sua cabeça, senhor, e guiá-lo para o banco de trás.

Tinha visto essa cena um milhão de vezes em programas de TV e filmes. Ainda assim, nada poderia tê-lo preparado para a sensação de ser colocado no banco traseiro duro de uma viatura, as mãos dolorosamente presas às costas. O policial afivelou o cinto de segurança nele e perguntou, com educação mas de forma contraditória, se ele estava confortável.

– Estou bem – respondeu Colton.

O policial assentiu, afastou-se e fechou a porta.

A última coisa que Colton viu antes que as viaturas se afastassem foi Gretchen na janela, a silhueta em contraste com a árvore de Natal, observando tudo.

Gretchen ficou na janela até que a última lanterna traseira desaparecesse. Em algum lugar atrás dela, o caos havia se instaurado. O irmão de Colton, que ela nem tinha conhecido ainda, estava furioso na cozinha. Mary tentava acalmá-lo, em vão.

Uma mão tocou seu braço.

– Querida.

Gretchen tomou um susto. Mary tinha vindo até ela na janela.

– Venha para a cozinha – disse Mary. – Vou passar um café para a gente. Duvido que qualquer um de nós consiga voltar a dormir depois disso.

Gretchen é quem deveria estar fazendo café. Ela é que deveria estar tranquilizando e reconfortando os outros. Ela era a razão pela qual todos estavam acordados. Era a razão pela qual Colton tinha sido algemado e preso.

– Ele não vai ficar detido – disse Mary, talvez mais para si mesma do que para Gretchen. – Vamos pagar a fiança assim que possível, e ele vai voltar em algumas horas.

Gretchen finalmente a encarou.

– Me desculpe.

– Não se desculpe. Nada disso é culpa sua.

Gretchen se desviou dela e se afastou da janela.

– E-eu preciso ir.

– Não precisa, não.

– Preciso fazer alguma coisa.

– Não há nada que qualquer um de nós possa fazer.

A tela de um celular acendeu. Uma fração de segundo depois, Gretchen percebeu que era o dela, enfiado no bolso da calça de moletom que Colton lhe emprestara. Pegou com as mãos trêmulas. Era Elena.

Mary deu um tapinha no braço dela.

– Eu vou passar o café.

Gretchen atendeu quando se sentou no sofá, rígida.

– Oi – disse, em cumprimento.

– O que está acontecendo? – perguntou Elena com urgência. – O *Nashville Scene* está noticiando que Colton foi preso.

– Como eles souberam? Acabou de acontecer.

– É *verdade*? – A voz de Elena falhou, como se ela e Vlad achassem que a notícia era falsa. Ela disse alguma coisa a Vlad ao fundo.

Mesmo sem entender uma palavra, já que Elena e Vlad sempre conversavam em russo entre si, Gretchen percebeu o quanto ele estava preocupado pelo tom de urgência em sua voz.

– O que aconteceu? – perguntou Elena, voltando ao telefone.

– Imagino que tenham visto o vídeo.

– Nem parece o Colton. Eu nunca o vi daquele jeito.

– Ele estava... – A voz de Gretchen falhou. – Ele estava me defendendo. A culpa é minha.

– Não é, não. Onde você está?

– Na casa dele.

– Não saia daí – disse Elena. – Estamos a caminho.

– Não. A família inteira dele está aqui. Não quero que fiquem mais alarmados do que já estão.

– Nós também somos a família dele.

O telefone de Gretchen vibrou contra sua bochecha quando uma mensagem de texto chegou.

– Preciso desligar. Vou tentar ligar mais tarde, ok?

Ela desligou, ignorando os protestos de Elena, e verificou as notificações. A mensagem era de Liv.

O que está acontecendo? Mack e eu estamos surtando. Está precisando da gente?

Outra mensagem chegou. Dessa vez, de Alexis.

Você está bem? Noah e eu podemos ir aí se quiser.

Nós também somos a família dele.

Eram mesmo. Eram a família de Colton tanto quanto os pais, a irmã e os sobrinhos dele. Uma família grande, feliz, presente e solidária.

E não importava o que Colton dissesse, ela estava estragando tudo.

Poderiam lhe dizer um milhão de vezes que não era sua culpa, mas nada disso teria acontecido se ela não tivesse procurado Colton naquele boteco e o convidado para o inferno que era sua família. Se não tivesse cedido à tentação um ano antes, no casamento de Mack e Liv.

Sua reputação. Sua carreira. Esta prisão seria para sempre um asterisco ao lado do nome dele. Logo, sem dúvida, a foto da ficha criminal se tornaria pública. Seria divulgada por toda a mídia e retuitada um milhão de vezes. Gretchen já podia até ver as manchetes.

Passos leves no carpete a arrancaram de seus pensamentos. Jordan entrou carregando Phoebe, sonolenta, as mãozinhas esfregando os olhos.

– Tentei fazê-la pegar no sono de novo, mas... – A voz de Jordan soou tão fragilizada quanto seu sorriso.

– Eu sinto muito.

– Onde está minha mãe?

– Na cozinha, fazendo café.

Jordan foi até a cozinha, e Gretchen ouviu sua voz suave e a de Mary delicadamente convencendo Phoebe a voltar a dormir. Em toda a sua vida, nunca ouvira esse tipo de ternura na própria família. Sua mãe sempre estava preocupada demais em sujar as roupas para ninar os netos. Nem uma vez vira a mãe de roupão, se ocupando com uma bandeja de biscoitos recém-saídos do forno.

Gretchen avistou a bolsa na mesa próxima à porta. Estava descalça, mas não precisaria de sapatos. Não aonde iria.

Pegou a bolsa e as chaves de Colton de onde ele as deixara.

E saiu pela porta da frente.

VINTE E QUATRO

Dessa vez, sabia exatamente para onde estava indo.

De volta à estrada escura e deserta.

No horizonte, o sol despontava rosado acima do horizonte de árvores, conferindo um tom de lavanda aos campos dourados. A névoa pairava sobre o solo, fantasmagórica e assombrosa.

Passou pela sala de degustação escura e pelo estacionamento vazio. Seguiu pela estrada da casa da árvore, pela entrada da casa de Evan. Quando enfim chegou à casa principal, ainda iluminada, Gretchen não ficou surpresa ao descobrir que, mais uma vez, era a única que não estava ali. O carro de Evan estava lá. O carro de Jack estava lá. O carro de Blake estava lá. Outra reunião de família sem ela.

O som das vozes exaltadas a saudou quando ela entrou na residência, mas logo se fez silêncio diante do som de seus passos se aproximando. O pai saiu furioso do escritório, pronto para ralhar com qualquer empregado humilde que os tivesse interrompido tão rudemente. Como sempre, ainda estava impecável, o smoking sem manchas ou marcas. Até o nó da gravata-borboleta estava firme no pescoço. Como se nada tivesse acontecido.

Ele parou de repente ao vê-la, os olhos arregalados antes de conseguir conter a reação.

– Gretchen – disse, alto o bastante para garantir que todos ouvissem. Então olhou para ela de cima a baixo. – Meu Deus, o que é isso que você está vestindo? Onde estão seus sapatos?

– Onde está Evan?

Jack apareceu no vestíbulo. Ainda de smoking, mas parecia que acabara de percorrer uma trilha longa e difícil a pé. As calças estavam sujas, a camisa, amarrotada e para fora das calças. Os olhos estavam contornados por olheiras escuras, como se não dormisse havia dias, apesar de tê-lo visto umas cinco horas antes. O tio correu em sua direção.

– Como está Colton?

– Ótimo. Devem estar colhendo as impressões digitais dele enquanto conversamos. Aposto que é uma experiência muito agradável.

– Nós vamos resolver isso – disse Jack. – Eu prometo.

– Sinto muito, mas não boto muita fé nas promessas desta família.

Ela passou pelos dois pisando duro, puxando o braço quando Jack tentou segurá-la. Encontrou Evan relaxado no vasto sofá de couro do escritório privativo, os pés descansando no pufe. Ele também ainda usava as mesmas roupas da noite anterior. A camisa salpicada de sangue, a gravata se fora havia muito tempo. Acima do olho, um curativo borboleta mantinha a pele unida, fechando o corte que o punho de Colton abrira. Um hematoma roxo contornava a órbita ocular, e, na mão, um copo de uísque vazio se inclinava precariamente na direção do colo da esposa. Calada, Anna segurava uma bolsa de gelo, o vestido de gala molhado onde a água havia escorrido.

Blake e a esposa estavam de pé, nervosos, atrás do sofá.

Evan encarou Gretchen com frieza.

– Roupa legal. Você foi assaltada ou algo assim?

– Onde está nossa mãe?

– Ela tomou um calmante e apagou faz uma hora.

Claro. Por que é que a mãe lidaria com isso? Por que é que sentiria alguma coisa?

– Preciso falar a sós com você – disse Gretchen, enfim.

Jack e Frasier tinham ido atrás dela.

– Acho que não é uma boa ideia – interveio Frasier, no mesmo instante.

– É incrível quão pouco me importa o que você acha neste momento.

– Pelo amor de Deus, Gretchen, cresça – retrucou ele, ríspido. – Não é hora para drama.

Drama.

Histeria.

Radicalismo.

Os insultos que antes a feriam de forma tão brutal agora nem sequer a atingiam. Era difícil magoar alguém entorpecido. Impossível perfurar a pele calejada por tantas cicatrizes.

– Preciso falar a sós com Evan – repetiu.

O irmão soltou um suspiro melodramático e indicou a porta com a cabeça.

– Tudo bem. Duvido que vá levar muito tempo.

– Gretchen, você tem certeza? – perguntou Jack, baixinho.

– Saiam. Todos vocês.

Relutante, Anna se levantou do sofá, ainda segurando a bolsa de gelo. Seus olhos cruzaram com os de Gretchen ao passar por ela, um estranho e inesperado pedido de desculpas no olhar. Quando todos enfim saíram, a partida confirmada pelo clique da porta, Evan se levantou.

– Seja lá o que você tenha a dizer, não dou a mínima. Seu namorado provocou isso.

– Preciso que você retire a acusação.

Evan levou o copo vazio até o bar e começou a se servir.

– Sinto muito. Ele quase quebrou meu nariz.

– Preciso que você retire a acusação – repetiu Gretchen.

– Você pode repetir isso um milhão de vezes que não vai fazer diferença. E, mesmo se eu quisesse deixar pra lá, o que não quero… está fora do meu alcance. Tem um vídeo que mostra claramente seu namorado me atacando sem motivo. – Ele tomou um longo gole.

– Retire. A. Acusação.

Evan balançou a cabeça, enojado.

– Acho que já terminamos.

– Sabe o que eu não consigo entender sobre esse vídeo? Como ele foi postado na internet antes de ser entregue à polícia?

Evan deu de ombros.

– Você teria que perguntar para a pessoa que vazou.

– Mas aí está outra coisa curiosa sobre esse vídeo. Ele veio das nossas câmeras de segurança.

Outro dar de ombros.

– E daí?

– Dá para contar nos dedos quantas pessoas no mundo inteiro teriam acesso ao sistema de segurança naquela hora, e nenhuma teria tempo de fazer isso.

– É óbvio que alguém teve.

– Alguém que não estava aqui – disse ela. – Alguém como Sarah.

Ele ficou imóvel, o copo a meio caminho da boca.

– Sarah… que é estranhamente tão devota a você, e tão hostil comigo.

– Aonde é que você quer chegar com isso, Gretchen?

– Retire a acusação.

Ele apontou com o copo para a porta.

– Cai fora daqui.

– Vou renunciar a toda e qualquer herança do testamento do papai. É tudo seu. Só retire a acusação. Por favor.

Isso chamou a atenção dele.

– Estamos negociando? É isso?

– Não. Estou desistindo. Você venceu, Evan. Até que enfim, você venceu. Com você, tudo sempre girou em torno do dinheiro, então que seja. Pode ficar. Só diga o que tenho que fazer, que eu faço. Pode ficar com o que quiser ou achar que tem direito. Mas deixe Colton fora disso.

Evan não hesitou.

– Renuncie à sua herança e transfira todas as suas ações da empresa para mim.

Gretchen sabia que acabaria nisso. A única coisa que o fazia ceder era dinheiro, mas a decepção ainda conseguiu penetrar na pedra fria que um dia fora seu coração.

– Assim que você ligar para o promotor, é tudo seu. Vou assinar qualquer documento que quiser.

Evan terminou a bebida e logo em seguida se serviu de novo. Deixou-a esperando enquanto tampava o uísque antes de se virar para ela de volta. Estava enrolando para fazer drama, como sempre. Depois de um longo gole, Evan se recostou no balcão do bar.

– Quero mais uma coisa.

– O quê?

– O emprego na capital – Ele bebeu mais um gole. – Quero que você aceite. E nunca mais volte para cá.

– Não se preocupe – disse ela, a frieza se infiltrando em seu tom. – Essa você leva de graça. Porque nunca mais quero ver nenhum de vocês.

Seu sorriso estava triunfante quando inclinou o copo na direção dela.

– Bom fazer negócios com você.

Passos robóticos a levaram até a porta. Seus dedos se fecharam em torno da maçaneta, mas ela deu uma última olhada para ele.

– Anna sabe?

– Sobre o quê?

– Sarah.

Ele cerrou a mandíbula.

Gretchen balançou a cabeça, com pena da mulher que sempre manifestara por ela apenas seu desprezo civilizado.

– Ela merece alguém melhor do que você.

Cinco minutos depois, Gretchen foi para casa e chorou até dormir.

VINTE E CINCO

Colton foi indiciado às dez da manhã.

A essa altura, a notícia de sua prisão tinha se espalhado por todo o país. Repórteres de todos os canais de notícias estatais e locais, assim como um punhado de sites de fofocas de Nashville, abarrotaram a salinha de audiência. Câmeras em time-lapse lotaram a bancada do júri, as lentes apontadas para o banco do réu querendo documentar cada momento humilhante da queda do garoto de ouro de Nashville.

E, quando Colton foi levado para lá vestido em um macacão de presidiário, os cliques das câmeras pareciam fogos de artifício distantes.

A advogada esperava por ele na mesa da defesa. O meirinho anunciou o número do caso, seu nome e as acusações constantes nos autos, então o juiz perguntou diretamente a Colton se ele compreendia as acusações.

Colton repetiu as palavras que a advogada lhe instruiu a dizer.

– Sim, meritíssimo.

Houve mais alguns trâmites processuais. O juiz marcou uma data para a audiência preliminar em que ele poderia apresentar oficialmente sua contestação. Em seguida, anunciou a fiança em trinta mil dólares. Então, acabou. Os oficiais de justiça o levaram da sala de audiência para a cela, onde cinco outros acusados esperavam sua vez. Do início ao fim, não levou nem dez minutos, mas uma vida inteira parecia ter passado. Dali em diante, sua carreira seria manchada pelas imagens daquela breve audiência. A barba por fazer. Os hematomas nos dedos. O macacão laranja de presidiário.

Uma hora depois, a fiança foi paga, ele vestiu suas roupas e saiu pela porta da frente do tribunal em meio a uma multidão de repórteres. A advogada e um brutamontes que Colton nunca tinha visto abriram caminho, ignoraram todas as perguntas gritadas e o enfiaram no banco traseiro de um SUV preto.

O cara musculoso assumiu o volante, e a advogada entrou no banco do passageiro.

– Cadê o meu pai?

– Eu o mandei para casa assim que a audiência acabou – respondeu Desiree. – Buck quer que você vá descansar um pouco, nos encontraremos de novo à noite.

– Preciso do meu telefone.

Desiree lhe entregou um saco plástico, onde também estava sua carteira. A bateria do telefone estava no fim, a tela repleta de notificações não lidas, a maioria de mensagens dos amigos. Só uma era de Gretchen. Uma mensagem de duas palavras.

Me desculpe.

Colton ligou para ela. Como Gretchen não atendeu, escreveu uma mensagem.

Pare de se desculpar. Estou indo para casa.

Nada de resposta.

Colton ligou para a mãe. Ela atendeu, esbaforida.

– Você está bem? Acabou? Onde está?

– Indo para casa.

– Graças a Deus.

– Pode passar o telefone para a Gretchen? Ela não está atendendo.

A mãe ficou em silêncio.

– Mãe.

– Ela não está aqui.

O mundo parou de repente.

– Aonde ela foi?

– Não sei. Estou tentando ligar, mas ela também não me atende. Eu nem percebi que Gretchen tinha saído. Estava na cozinha e, quando voltei, ela tinha sumido.

O telefone deu um aviso de bateria fraca.

– Mãe, eu ligo depois.

– Querido, eu sinto muito.

– Tudo bem. – Ele encerrou a ligação e se inclinou para a frente entre os dois assentos. – Precisamos voltar.

Desiree olhou para trás.

– Por quê?

– Preciso buscar a Gretchen.

– Colton, eu recomendo veementemente que você não saia em público agora. O melhor a fazer é ir para casa, esperar alguns dias até a poeira baixar e deixar a equipe lidar com isso.

– Volte agora, ou vou pular do carro no próximo semáforo.

O motorista musculoso lançou um olhar de dúvida para a advogada, que no fim suspirou e disse:

– Está bem.

Colton informou o endereço de Gretchen, que sabia de cor. Se ela não estivesse lá, iria até seu escritório. Se também não estivesse lá, voltaria ao lugar onde todo esse pesadelo começara e terminaria o que havia iniciado na noite do baile, até que a porra da família Winthrop dissesse onde ela estava.

O motorista fez uma conversão no semáforo seguinte, ignorou a buzina do motorista irritadiço que queria virar à direita e acelerou no cruzamento. Com o último pontinho de bateria no telefone, Colton tentou ligar para ela de novo.

Sem resposta.

Colton mal esperou o SUV parar e saltou do banco traseiro, correndo até o interfone. Apertou o botão e grudou a boca no microfone.

– Me deixe subir, Gretchen.

Nada de resposta.

– Meu carro está aqui, Gretchen. Significa que você está aqui também.

Silêncio.

– Merda, Gretchen. Eu sei o que você está fazendo, e não vou deixar que fuja de novo.

O interfone finalmente chiou com a voz dela.

– Quer fazer o favor de parar de gritar?

– Me deixe subir, que vou pensar no assunto.

Ele ouviu a porta destravar e se abrir para a escada que levava ao apartamento. Entrou com tudo e subiu dois degraus por vez. Quando chegou ao topo, estava suado e sem fôlego. Seus passos longos e apressados o levaram ao fim do corredor, à porta ainda fechada.

Bateu com a palma aberta, derrubando a guirlanda que fora presente seu. A porta se abriu, e Gretchen apareceu, ainda com a calça de moletom e a camiseta dele. As meias, grandes demais, sobravam na frente dos dedos feito dois pés de pato. O cabelo estava amontoado no topo da cabeça em um coque bagunçado, o rosto, marcado de lágrimas.

– Você não deveria ter vindo.

– Me deixe entrar.

– Não.

Colton a envolveu nos braços e a ergueu do chão. Gretchen protestou batendo com o punho em seu ombro. Ao entrar, ele fechou a porta com um pontapé e a colocou no chão. Gretchen bateu nele de novo, bem no meio do peito.

– Que tipo de selvageria de brutamontes foi essa?

– Foi do tipo *eu acabei de sair da cadeia*. – Colton invadiu a minúscula cozinha.

Gretchen foi atrás com passos rápidos e abafados.

– O que você está fazendo?

– Estou com fome.

Colton abriu a geladeira, deu uma olhada no interior vazio e lamentável e se deparou com um único palito de queijo embrulhado. Rasgou o plástico e o comeu como se fosse uma banana. Três dentadas furiosas e tinha devorado tudo.

Gretchen cruzou os braços.

– Pronto. Você comeu. Agora vai embora.

– Não sem você.

Colton tentou puxá-la para mais perto, mas ela se afastou cobrindo o rosto.

– Pare, Colton, *por favor*.

– Pelo amor de Deus. – Ele passou as mãos no cabelo e entrelaçou os dedos atrás da cabeça. – Eu sei o que você está fazendo, é o que você sempre faz. Mas, droga, *eu* não consigo lidar com isso agora. Estou exausto. Ainda estou com fome. Preciso desesperadamente de um banho porque fui obrigado a ficar sentado com um hippie suado chamado Jacob, que se escreve Jacob, mas que se pronuncia "Jah-cobe", o que ele fez questão de me contar pelo menos quatro vezes, tem uns mil repórteres espumando pela boca atrás de mim... Tudo o que eu quero é ir para casa, cair na cama *com você* e dormir umas dez horas. Então, por favor, pegue o que você for precisar, porque tem um carro nos esperando lá fora.

– Não. Estou terminando com você.

Ele soltou uma risada debochada.

– Não está, não.

– Vou embora de Nashville.

– Não vai, não.

– Vou aceitar o trabalho na capital.

– Não vai, não. – Colton foi com pressa até onde ela estava de braços cruzados e trilhou seus lábios contraídos com o polegar. – Eu não vou deixar você terminar comigo.

– Não é assim que as coisas funcionam. Se eu quiser terminar com você, então nós terminamos.

Ele arqueou a sobrancelha de repente e encarou o rosto carrancudo dela.

– Uau. Vai chutar cachorro morto, é? Acabei de ser acusado de agressão por sua causa, e agora você me dá um pé na bunda?

Era uma piada. Gretchen não interpretou assim. Descruzou os braços, só para jogar as mãos para o alto.

– Estou te dando um pé na bunda *porque* você acabou de ser acusado de agressão por minha causa!

– Fui eu que bati nele, Gretchen. Você não me pediu para fazer isso. Foi escolha minha.

– Por *minha* causa.

Quando Colton soltou um grunhido de indignação, Gretchen foi batendo o pé até a mesinha da cozinha e virou o notebook para ele.

–Veja isso aqui. – Ela apontou para uma matéria na tela que detalhava sua prisão, com fotos de frente e de perfil da ficha criminal. – Isso vai perseguir você para sempre.

– Você é muito boa em confortar os outros, sabia? – Ele deu uma piscadela para deixar claro que também era uma piada.

Porém, mais uma vez, ela não interpretou assim.

– Eu sou tóxica para você, Colton.

Ele inclinou a cabeça para trás e esfregou os olhos cansados com a base das mãos.

– Vamos mesmo fazer isso agora?

– O bem-humorado não se apaixona pelo rabugento. O rabugento estraga a vida do bem-humorado. Foi isso que fiz com você.

As palavras e o tremor na voz de Gretchen o fizeram olhar para ela de novo. Colton não gostou do que viu: resignação triste e determinação obstinada.

– Você me perguntou por que fugi de você depois do casamento. Não foi porque eu não te queria. Foi justamente porque eu te queria. Eu também me apaixonei por você naquela noite. Mas eu sabia que alguém como você merece alguém melhor do que eu e o caos em que eu vivo.

– O caos em que você vive me deixou mais feliz do que há muito, muito tempo eu não me sentia, então talvez seja interessante você me deixar decidir o que é melhor para mim.

– Você vai superar. Pense nas músicas que vai escrever. Os melhores discos são sobre corações partidos.

A primeira pontada real de medo se assentou no estômago dele.

– Vai… vai mesmo fazer isso? Não é só mais uma das suas palhaçadas?

Ela foi batendo o pé até a porta da frente e a abriu.

– Só vá embora, Colton. Por favor.

– Merda. Eu te amo!

Gretchen respirou fundo e, por um segundo, Colton pensou que ela talvez fosse parar com aquele teatrinho. Então ela baixou o rosto para o chão.

– Tem um milhão de mulheres que morreriam para ajudar você a superar seu coração partido.

– Porra, Gretchen, eu não acredito.

– Quanto mais você demorar para ir embora, mais difícil a situação vai ficar. *Por favor.*

– Ah, sinto muito. Não estou facilitando as coisas para você me dar um chute no saco?

– Não. Você está tornando tudo ainda pior.

Colton absorveu a cena, detalhe a detalhe. Os nós dos dedos brancos da mão agarrada à maçaneta da porta. O lábio inferior trêmulo. O olhar inquieto tentando evitar encará-lo.

Já devia ter percebido. A confissão sufocada em meio às lágrimas de madrugada. O desespero com que o agarrara quando fizeram amor. O olhar desolado e distante em seu rosto na janela enquanto ele era levado pela polícia.

Já devia ter percebido. Um coelho acuado sempre foge.

– Você é covarde, sabia?

– O quê? – perguntou ela, a voz trêmula, em choque.

– Você está fazendo isso por você. Não por mim. – As palavras saíram estilhaçadas, mas Colton não conseguia impedir que jorrassem de sua boca. – Está usando isso como desculpa para fazer o que acabaria fazendo de um jeito ou de outro... fugir quando começasse a sentir algo pelo qual valeria a pena lutar. Porque, apesar dessa sua cara de durona, você não passa de uma garotinha assustada que se esconde na droga de uma casa da árvore na esperança de que alguém vá te buscar e levar para casa. Mas eu não vou ser essa pessoa desta vez, Gretchen. Estou farto de tentar te convencer a ficar.

Quando acabou de falar, ele estava ofegante. Ofegante e trêmulo, prestes a vomitar o mísero conteúdo de seu estômago bem ali no chão.

– Viu só? – disse Gretchen, por fim, fungando. – Eu estava certa. O velho Colton jamais ergueria a voz desse jeito.

– Pois é, enfim, o velho Colton nunca teve o coração arrancado da porra do peito.

As lágrimas cintilaram nos cílios dela, represas transbordando de tristeza prestes a se romperem; apesar de tudo, ele ainda queria puxá-la para seus braços. Por que ela estava fazendo isso com eles? Com ele? Colton fez uma última tentativa patética.

– Eu te amo.

– Sinto muito. Eu nunca deveria ter deixado as coisas chegarem a este ponto.

E foi então que ele sentiu o baque. Gretchen não disse que também o amava. Nem agora, nem nas primeiras horas da manhã. Isso não doeu porque Colton temia que ela não sentisse o mesmo, e sim porque sabia que ela sentia. Gretchen simplesmente não queria admitir. Preferia destruí-lo a se deixar numa posição de vulnerabilidade.

A adrenalina de ser preso e indiciado e exposto à imprensa se transformou em uma dormência oca. Os pés estavam pesados quando se forçou a caminhar em direção à porta e parar ao lado dela.

– Eu me enganei antes – disse. – Você não é covarde. É egoísta. Então quer saber? Eu também sinto muito. Por ter perdido o meu tempo.

Os dedos de Gretchen se fecharam com força em volta do batente da porta.

– Feliz Natal, Colton – disse com uma voz robótica, distante.

Ele saiu andando e não olhou para trás.

VINTE E SEIS

Por volta das cinco da tarde, estava tudo acabado.

Gretchen obrigara Evan a colocar a ligação no viva-voz e ouvira enquanto ele explicava ao promotor público que queria retirar a acusação. Evan disse que estava bêbado. Que houve um desentendimento. Que ele era tão culpado quanto Colton. Que o vídeo não mostrava todo o ocorrido, e que, infelizmente, o sistema de segurança da empresa já havia apagado a gravação original, então qualquer evidência já não existia mais.

O promotor contestou. Disse que pegaria mal se deixasse uma estrela da música country se safar sem nem uma audiência. Que seria acusado de dar tratamento preferencial a celebridades. Ao que Evan respondeu, à sua maneira casualmente sinistra, relembrando o homem de como a família Winthrop ficara feliz com o apoio generoso à sua campanha anterior.

E foi isso.

Acabou.

Agora, só restava a Gretchen assinar o documento de duas páginas que Evan deslizara sobre a mesa.

– Precisa de uma caneta?

– Não.

Ela se inclinou para a frente na cadeira, colocou o documento no colo e leu por alto os pontos-chave. Assim como havia prometido, o documento afirmava que ela abdicava de toda a herança de Frasier James Winthrop e que transferia suas cotas da empresa para Evan William Winthrop.

Gretchen pegou uma caneta da bolsa a seus pés. Então, em uma caligrafia cursiva gigantesca, abriu mão de mais de setenta milhões de dólares.

Um pequeno preço a pagar pelo homem que amava.

Deslizou o documento de volta sobre a mesa, pegou a bolsa e se levantou.

– Vou mandar alguém enviar uma cópia para o seu escritório – disse Evan, como se fosse só mais um negócio para ele.

E, francamente, era mesmo. Não fosse pelo olho roxo e inchado e pelo curativo na sobrancelha, não haveria razão para suspeitar que não passava de um dia normal. Tudo o que lhe interessava era ganhar. Ganhar a qualquer custo. Derrotar a pessoa que ficava entre ele e o que pensava ter direito.

– Posso fazer mais um pedido? – perguntou Gretchen, pendurando a bolsa no ombro. Os dentes quase trincaram com a tensão de ter que mendigar favores ao irmão, feito o maldito Bob Cratchit implorando a Scrooge por mais um punhado de carvão para a lareira.

– Claro.

Na verdade, Evan até abriu a porra de um sorriso ao responder. Gretchen tentou igualar seu tom ao dele, embora estivesse fervilhando de raiva.

– Eu gostaria que minha firma de advocacia continuasse funcionando aqui em Nashville. Vou oferecer essa oportunidade a minha assistente. Ela vai precisar contratar mais um advogado, talvez mais dois ou três. Vou incentivá-la a apresentar um pedido de subsídio à fundação para ajudar a tornar isso possível. Por favor, não embargue a análise da solicitação.

– Você sabe que só enviar uma solicitação não garante que ela seja aprovada.

Ah, Evan estava se deleitando com esse momento. Tratando-a como se ela não fizesse ideia de como a fundação funcionava. Como a intrusa indigna que era.

– Eu entendo.

O irmão se levantou e deu a volta na mesa. Estendeu a mão para apertar a dela, e o despropósito daquela atitude a fez cair no riso. Gretchen balançou a cabeça.

– Vá se foder, Evan.

A porta se abriu com tudo. Gretchen olhou para trás. Evan se assustou e soltou uma blasfêmia quando tio Jack invadiu sua sala.

– Que porra está acontecendo aqui?

– Nada que seja da sua conta, Jack – disse Evan.

– Tudo neste prédio é da minha conta, Evan. – Jack olhou direto para Gretchen. Os olhos dele estavam vermelhos, as olheiras profundas. – Vi seu carro. O que está acontecendo?

– Estamos só fechando um negócio – respondeu o irmão, antes que Gretchen pudesse responder.

– Que tipo de negócio?

Evan já voltara para trás da mesa para pegar o contrato, possivelmente desejando escondê-lo de Jack.

– O que é isso? – intimou o tio, avançando como uma águia em voo rasante sobre a presa.

Com toda a frieza, Evan deu de ombros e entregou o documento a Jack.

– Suponho que vá descobrir muito em breve.

Gretchen foi devagar em direção à porta enquanto o tio ainda estava de costas. Mas ele era um leitor rápido e não precisou se aprofundar muito nas palavras para entender o que ela fizera. Gretchen mal tinha saído do escritório antes de Jack dar meia-volta e correr atrás dela.

Ele segurava o contrato com o punho cerrado.

– O que porra é essa, Gretchen? Você assinou mesmo este documento?

Sarah estava em seu lugar de sempre, observando-os por cima do aro dos óculos, os lábios contraídos, o semblante azedo. Gretchen procurou em seu coração a inimizade que Sarah havia fomentado, mas tudo o que conseguiu sentir foi compaixão. Aquela mulher vendera a alma para um homem que nunca retribuiria sua lealdade. Quando seu caso com Evan inevitavelmente viesse à tona, ele não a protegeria. Sarah se veria na mesma situação em que Gretchen estava: desamparada, isolada, derrotada.

– Fizemos um acordo – respondeu Gretchen ao tio. Então arrancou o contrato de sua mão, caminhou com uma calma que não sentia até a mesa de Sarah e lhe entregou as folhas amassadas. – Por favor, devolva isso a Evan, e garanta que uma cópia seja enviada para mim.

Jack foi atrás dela, bradando perguntas.

– Você fez um acordo abrindo mão de sua herança? De suas futuras cotas da empresa? Por que diabos você concordaria com uma coisa dessas?

Ela ignorou o tio, assim como os olhares assustados dos outros que espiavam das salas para ver o motivo de todo aquele alvoroço. Gretchen alcançou o elevador e apertou o botão para o térreo.

– Gretchen, o que você está fazendo? – questionou Jack.

– Estou indo embora.

A porta do elevador se abriu com um tilintar baixinho.

O tio entrou junto com ela.

– Para onde você vai? Por que assinou o documento?

A porta deslizou, fechando-os em uma privacidade temporária.

– Porque tive que assinar – respondeu Gretchen, encarando o tio pela primeira vez. – Ele só retirou a acusação contra Colton porque eu fiz isso.

Jack deu um passo para trás.

– Você não pode estar falando sério.

– Não vou deixar Colton sofrer por minha causa nem por causa de nossa família.

– Isso é chantagem, Gretchen. Por que você...

O elevador parou. O tio colou o dedo no botão para manter a porta fechada.

– Me deixe sair, Jack. Tenho que pegar um voo.

– Um voo para onde?

– Washington.

Não que tivesse avisado Jorge que iria. Mas ele a convidara para ajudar, então...

Jack fez um ruído indecifrável. Gretchen agarrou o pulso dele e afastou a mão do botão. Quando a porta se abriu, ela saiu de cabeça erguida, mas de coração partido.

– Colton sabe disso?

Jack saiu atrás dela, ainda em seu encalço no saguão gigantesco. Sem resposta, praguejou baixinho, agarrou-a pelo cotovelo e a fez parar.

À volta dos dois, os funcionários da empresa corriam animados para encerrar o último dia de trabalho antes das férias coletivas do setor administrativo. Alguns traziam bandejas e vasilhas de quitutes caseiros para a confraternização do departamento, em que fariam o amigo-secreto e o concurso do suéter mais feio do ano. Hoje era o dia em que desejariam Feliz Natal um ao outro e fariam piada sobre se verem só no ano que vem.

E hoje era o dia em que Gretchen deixaria tudo para trás, de uma vez por todas.

Jack procurou o olhar dela. Parecia abatido.

– Você deveria ter contado a ele. Colton te ama. Ele...

– Foi por isso que não contei. Porque ele teria feito algo heroico e idiota, como se declarar culpado só para derrotar Evan em seu próprio joguinho.

– Essa decisão deveria ser dele – alegou Jack.

Gretchen sentiu um estalo por dentro. Como se tivesse arrebentado um elástico que até agora, até a pronúncia daquelas palavras, prendia com firmeza toda a frustração e raiva dentro dela.

– E o que é que qualquer um desta família sabe sobre isso?

A voz exaltada de Gretchen eclipsou o falatório ao redor dos dois. Os funcionários pararam sua correria animada para olhá-los de queixo caído e olhos arregalados, as confraternizações momentaneamente esquecidas, pois um drama da família Winthrop se desenrolava bem no meio do saguão.

– Eu aprendi com os melhores, não foi? Como fazer um acordo que brinca de Deus com a vida dos outros? Acordos que tiram direitos de escolha? Não é esse o verdadeiro legado Winthrop? Usar um ao outro, magoar um ao outro, ignorar a dor que tudo isso causa só para evitar um escândalo? – Ela abriu os braços. – Bem, aqui estou. O escândalo dos escândalos. A mulher que arruinou Colton Wheeler.

As pessoas estavam cochichando. Jack olhou em volta, parecendo surpreso por terem plateia. A porta do elevador se abriu de novo, e o pai de Gretchen saiu. A mãe estava bem atrás, literalmente agarrando as pérolas, os saltos fazendo um clique-claque frenético no piso lustroso.

Alguém devia ter ligado para eles. Alertando-os do espetáculo natalino vergonhoso sendo apresentado à plena vista da congregação fiel.

– Pelo amor de Deus – chiou Frasier, se aproximando. – Que merda é essa? – Ele deu uma olhada para a multidão reunida e berrou uma ordem que ninguém ousaria desobedecer: – Voltem ao trabalho! Já! – As legiões se espalharam como bons soldadinhos. – Precisamos ir para um lugar reservado.

– Não precisa. Estou indo embora.

– Aonde você vai? – perguntou a mãe.

– Pergunte ao Evan. Ele vai ficar feliz em contar à senhora.

– Querida, por favor – sussurrou a mãe. – Sei que está chateada. Vamos conversar sobre isso.

Gretchen jurou que não iria chorar. Que não demonstraria qualquer emoção. Mas uma lágrima surgiu no canto de seu olho, depois escorreu pela bochecha. Ela a enxugou.

– Eu precisava conversar sobre isso quando eu tinha nove anos, mãe. Mas a senhora não quis me ouvir na época, e ele quebrou meu braço.

A cor se esvaiu do rosto da mãe.

– Eu precisava conversar sobre isso quando eu tinha dez, quando eu tinha onze, quando eu tinha doze. Durante a vida inteira, eu tentei conversar, e a senhora se recusou a me ouvir. Se recusou a ver meu irmão como ele realmente era e o que ele fazia comigo.

– Eu não sabia – sussurrou a mãe.

– Sabia, sim. Mas inventava desculpas. Arranjava justificativas. Qualquer coisa para proteger a imagem da família, não é mesmo? Como seria se alguém de fora descobrisse que a senhora deu à luz um psicopata abusivo? A senhora tinha mais medo de lidar com a brutalidade dele do que encarar como isso me afetava.

– Querida, por favor. Estou implorando...

– E eu estou implorando para vocês me deixarem em paz.

Gretchen deu um passo para trás, afastando-se das lembranças e da dor. Afastando-se da traição, das mentiras.

Olhou para Jack e pousou a mão em sua face, áspera com a barba grisalha e a fadiga.

– Adeus, tio Jack.

O tio tentou segui-la. Ela ouviu seus passos. Mas ele parou no meio do caminho.

Era como se soubesse que seria em vão.

Dessa vez, ela estava fugindo de verdade.

VINTE E SETE

Colton ouviu vozes. Vozes distantes.

De novo. ·

– Acho que ele morreu.

– Cutuca com uma vareta ou coisa assim.

Mas que inferno. Colton pegou o travesseiro mais próximo e enfiou em cima da cabeça. Foi arrancado na hora, e ele se viu espiando um dossel de rostos. Malcolm, Mack, Noah e Vlad o encaravam como se estivessem realizando uma autópsia.

– Caramba, parece que você foi atropelado por um caminhão – disse Mack.

Era bem assim que se sentia. Abrira uma garrafa de um licor barato ao chegar da casa de Gretchen e, depois de garantir aos pais que estava bem, jogara-se na cama para fazer o que sempre se faz depois de um pé na bunda da namorada e uma acusação de agressão.

Afogar as mágoas.

Colton bebeu até se embriagar o suficiente para quase esquecer que, na última vez em que estivera sob aqueles cobertores, Gretchen estava a seu lado. A dor da traição era tão intensa de noite quanto tinha sido de manhã. Ele a amava. Precisava dela. Mas, pelo visto, era uma via de mão única. Porque, assim que ficara na pior, Gretchen tinha apelado outra vez para a ceninha de fuga.

– Cadê minha família? – Sentiu a boca terrivelmente seca e, quando tentou se sentar, o quarto girou. Caiu para trás com um gemido.

– Lá embaixo – respondeu Noah.

Malcolm deu um tapinha na própria barriga.

– Sua mãe fez um baita jantar pra gente.

O estômago de Colton revirou só de pensar em comida.

– Faz quanto tempo que estão aqui?

– Mais ou menos uma hora.

– Uma *hora*? Que horas são?

Vlad olhou para o relógio.

– Quase seis.

Pelo menos não perdera a reunião. Buck ficara de aparecer à noite junto com Desiree, seu assessor de imprensa e quem mais fosse necessário para salvar uma carreira indo pelo ralo. A conselho de Buck, Colton tinha evitado redes sociais e notícias o dia todo, mas não precisava ver a cobertura da imprensa para saber que as notícias estavam lá e que provavelmente não eram nada boas. A desvantagem de evitar a realidade dos problemas de sua carreira era que isso lhe dava muito tempo para ruminar sobre seu coração partido.

– Além de comer a comida da minha mãe, o que vocês estão fazendo aqui?

– O que acha? – disse Vlad. – Você está passando por uma crise. Viemos ajudar.

Colton se sentou de novo, com todo o cuidado.

– A menos que consigam fazer aquele babaca retirar as acusações, não há muito que possam fazer por mim.

– Não estamos aqui por causa *disso*, seu imbecil – grunhiu Mack.

Colton olhou para o rosto de cada um, e a alvorada da compreensão afastou a névoa de ressaca nublando seu cérebro. A presença deles não tinha nada a ver com salvar sua carreira e tudo a ver com *ela*. Iam tentar armar alguma tramoia do clube do livro.

– Não. Nem pensar. De jeito nenhum.

– Sim – disse Noah. – Então levanta daí, toma um banho, raspa a barba dessa cara feia e escova esses dentes, porque você está com um bafo de múmia.

Colton arrancou as cobertas do colo.

– Esqueçam. A Gretchen me largou, e isso é tudo.

Malcolm balançou a cabeça.

– "Isso é tudo"? Nunca é assim, sempre tem mais coisa na história.

Colton se levantou, mas uma onda de náusea o fez se escorar na mesinha de cabeceira. Os caras recuaram vários passos para sair da zona de perigo caso ele vomitasse.

Depois de respirar fundo algumas vezes, Colton se aprumou.

– Lembram quando vocês todos disseram "Não magoe ela, seu babaca", e eu disse "E se ela me magoar?", e vocês disseram "Ah, tá. Como se isso fosse acontecer". Lembram? – Ele ergueu o dedo do meio e o apontou em todas as direções, para que nenhum deles deixasse de ver. – Pois é. Vão se foder.

Mack revirou os olhos.

– Larga mão desse drama. Foi só um contratempo.

– Eu disse que a amava, e ela me mandou embora e disse que vai se mudar para Washington. Isso é mais do que um contratempo.

– E daí? É só impedi-la – disse Mack.

– Eu não tenho tempo de impedi-la. Tenho que descobrir como salvar minha reputação e minha carreira. E por que é que eu deveria tentar impedi-la? Ela me deu um pé na bunda quando eu mais precisava dela, então não venham com ideias sobre algum grande gesto romântico. Se alguém merece um grande gesto, esse alguém sou eu. – Ele fincou o dedo no próprio peito para enfatizar.

Os caras agiram como se ele não tivesse falado nada.

– Liv, Alexis e Elena estão tentando falar com ela – disse Mack –, mas só dá caixa postal.

– Ela deve ter desligado o telefone. É isso que ela faz quando foge de casa. Vocês estão perdendo tempo.

A voz de seu pai de repente ecoou na escada.

– O Colton está vivo?

– Por um fio! – gritou Mack de volta.

– Mandem ele descer aqui. Agora.

Ótimo. O que era agora? Olhou para os rapazes, mas todos deram de ombros como se não fizessem ideia do que estava acontecendo. Será que podia mesmo confiar neles? Colton se forçou a colocar um pé na frente do outro até se sentir confiante de que conseguia mesmo andar.

– O que aconteceu? – perguntou, parando no topo da escada.

Os pais estavam lado a lado olhando para ele.

– Ele não vai aceitar um não como resposta e está ameaçando passar a noite inteira lá fora, se for preciso – respondeu o pai.

Colton suspirou.

– Um repórter?

– Não – respondeu a mãe num sussurro teatral. – *Jack*.

– O tio da Gretchen? – questionou Vlad.

Todos os caras tinham saído do quarto para ir atrás dele.

Colton foi descendo a escada, segurando no corrimão por precaução.

– O que ele quer?

– Ele só insiste em dizer que é urgente.

Na porta da frente, Colton acionou o interfone do portão.

– O que você quer?

– Preciso falar com você.

– Não sem minha advogada presente.

– Por sorte, ela está bem atrás de mim.

Uma buzina soou, provando que era verdade. Colton praguejou e destravou o portão. Então escancarou a porta da frente e saiu furioso. Um carro, que reconheceu como de Jack, despontou na entrada.

Colton o encontrou na calçada assim que ele desceu do carro.

– Por que você não atende a merda do telefone? – inquiriu Jack.

– Sem bateria. O que você quer?

Outro carro de repente rugiu em frente à casa. Desiree estava ao volante, e Buck no banco do passageiro, com um olhar frio. Os dois também pularam do carro e correram até ele.

– Por que você não atende a merda do telefone? – perguntou Buck.

– Sem bateria – respondeu um coro de vozes atrás de Colton.

– Você não pode fazer isso – disse Desiree, metendo o dedo na cara dele em fúria. – Não quando o mundo está desabando sobre nossas cabeças. Precisamos conseguir falar com você.

– Nem me diga – resmungou Jack.

– Alguém pode, por favor, dizer o que está acontecendo? Por que vocês estão aqui? Pensei que nos reuniríamos só mais tarde. – Em seguida, Colton dirigiu-se a Jack. – E não faço a menor ideia de por que *você* está aqui.

Desiree, Buck e Jack responderam ao mesmo tempo:

– Ele vai retirar as acusações.

Foi como se alguém tivesse descoberto uma gaiola de pássaros. Houve uma fração de segundo de súbito silêncio antes de a papagaiada recomeçar em polvorosa. Seus pais e irmãos desceram correndo a escada da varanda.

– Ele o *quê*? – perguntou a mãe, surpresa.

– Quando isso aconteceu? – vociferou o pai.

– Como é possível? – questionou o irmão.

Colton não precisava perguntar. Porque a resposta estava nos olhos de Jack. Colton avançou e agarrou a camisa dele, cerrando os punhos.

– O que foi que a Gretchen fez?

Estava prestes a vomitar. Sentou-se com a cabeça entre as mãos, os cotovelos apoiados no granito da ilha da cozinha. Todos estavam reunidos à sua volta em diferentes estágios de *mas que porra é essa?*.

– Por que você não a impediu? – perguntou Colton.

– Eu tentei! – respondeu Jack.

Colton levantou o rosto.

– Você podia ter rasgado o contrato. Podia ter botado fogo. Porra, você podia ter amarrado a Gretchen numa merda de uma cadeira para ela não ir embora!

Jack soltou um grunhido debochado.

– Até parece que você não conhece a Gretchen.

A mãe pousou a mão no ombro de Colton para reconfortá-lo.

– Eu não entendo. Isso não é praticamente chantagem? Como é que esse documento pode ser legal?

Desiree cruzou os braços em frente ao peito.

– Não é.

– Legal ou não, acabou – disse Buck. – Ele vai retirar as acusações, e por nada neste mundo consigo entender por que você está chateado com isso, Colton.

– Porque ela abriu mão de tudo por mim! – Ele se levantou de um pulo e começou a andar.

– Duvido muito que qualquer papel que ela tenha assinado seja válido no tribunal – disse seu pai. – Como Evan poderia ter qualquer controle sobre o testamento de Frasier? Se o pai quiser deixar o dinheiro para ela, nenhum contrato fraudulento e idiota vai mudar isso.

– Se ele deixar o dinheiro para ela, não acredito que Evan conseguiria revogar o testamento – acrescentou a mãe. – Não sem revelar que a chantageou.

– Não importa se isso é legal nem se Evan pode forçá-la a cumprir o contrato – retrucou Colton. – A questão é que ela assinou aquele documento para me proteger. E eu... eu deveria ter percebido. Ela sabia exatamente o que dizer para que eu acreditasse que estava simplesmente terminando comigo, e eu estava tão focado nos meus próprios sentimentos que nem me dei conta do que ela estava passando.

– Não é sua culpa ter subestimado o quanto Evan é manipulador – disse Jack.

– Ele é mais do que manipulador – apontou Noah, e seu rosto era uma máscara de pedra irreconhecível. – Ele é *maligno*. Ele é maligno que nem o Scrooge.

Enquanto olhava para Noah, Colton piscou várias vezes em transe quando uma lembrança invadiu sua mente. Gretchen em seus braços. Dançando. Discutindo sobre *Um conto de Natal*.

– *Todo mundo que você conhece é representado por uma personagem nesse livro.*

– *E qual você é?*

– *O sobrinho Fred, claro. Sou feliz e vivo para fazer os outros felizes.*

– *Imagino que você pense que eu sou o Scrooge.*

Ah, Deus. Colton afundou na cadeira e deixou a testa cair entre as mãos. Lera o livro centenas de vezes e assistira a diversas adaptações para o cinema, mas nunca entendera a história de verdade. Nem quando ela chamou sua atenção para isso... *Tem menos a ver com Natal e mais com a recusa em agir pelo bem maior. Em se sacrificar pelo bem dos outros.*

Ela tinha razão. Scrooge era egoísta e medroso, só se dispondo a mudar para seu próprio bem, e só quando ameaçado com uma morte fria e solitária.

Mas Gretchen? Era destemida. Disposta a se sacrificar pelo bem maior. Devotada e leal, inabalável em seus valores, mesmo tendo passado a vida inteira sendo ignorada, ridicularizada e rejeitada por ser assim.

Não, Gretchen não tinha absolutamente nada a ver com Scrooge.

Ela era Fred.

Então o que isso fazia dele? Quantas vezes Colton não dissera a si mesmo que construíra sua casa, sua fortuna e sua carreira pela família? Para tornar a vida deles mais fácil, depois de anos de luta e privação? Era tudo mentira. Tudo o que sempre fizera havia sido por medo. Medo de voltar a ser o garoto que fingia não ouvir a mãe chorar e o pai prometer que encontraria outro trabalho, que um dia comprariam outra casa. O garoto que comia menos sem ninguém saber para que os irmãos não fossem para a cama com fome.

A vergonha embargou sua voz quando enfim olhou para os amigos de novo.

– Eu a xinguei de covarde. De egoísta.

Os caras soltaram uma lamúria coletiva.

– Por favor, diga que não é verdade – pediu Mack, massageando a ponte do nariz.

Noah fechou a cara e se virou para sair. Vlad o agarrou e puxou de volta.

– Falei que ela estava só usando a situação como desculpa para fazer o que acabaria fazendo de um jeito ou de outro... Fugir.

– Eu juro, nunca deixo de me surpreender com quanto a gente consegue pisar feio na bola mesmo depois de tanto tempo lendo os manuais. – Malcolm suspirou.

Colton olhou para Jack.

– Quando é o voo dela?

– Não sei. Ela só disse que estava preocupada com o horário.

– Preciso impedi-la. Preciso falar com ela. – Colton se levantou de novo, pensando em sair correndo se necessário.

O pai colocou a mão em seu peito e o deteve.

– Filho, calma. Você não pode simplesmente sair correndo sem nem saber onde ela está. Gretchen vai precisar voltar para casa em algum momento. Quando isso acontecer, você se desculpa com ela.

– Vai ser preciso mais do que um simples pedido de desculpas. Ela merece mais que isso.

Vlad abriu um sorriso.

– Ela merece um grande gesto.

Colton olhou nos olhos dos amigos, um a um, e assentiu. Sim. Um grande gesto romântico. Enorme.

Olhou para os outros de novo.

– Eu poderia me declarar culpado.

A reação não foi exatamente a que ele esperava.

– Você está *louco*? – gritou o pai.

– Isso não resolve nada, Colton – disse Desiree. – Sem mencionar que você também poderia ter que responder a um processo cível.

– Estou falando sério. Eu poderia convocar uma coletiva de imprensa agora e declarar que sou culpado, que fiz mesmo aquilo, então não teriam escolha senão manter as acusações, e Gretchen não teria mais por que fazer isso.

Jack de repente riu alto.

Colton lançou um olhar furioso para ele.

– O que tem de tão engraçado nisso?

– O fato de Gretchen ter previsto que era exatamente isso que você faria. Por isso não contou o que iria fazer. Não queria que você bancasse o herói.

– Ele não vai bancar o herói. – Buck apontou o dedo em riste para Colton. – Você *não vai* se declarar culpado.

– Mas você poderia ameaçar fazer isso.

Mais uma vez, o silêncio se instaurou enquanto todos viravam a cabeça em direção a Vlad, que dera voz à ideia com toda a calma.

– Como assim?

– Derrotar Evan em seu próprio jogo – explicou Vlad. – Dizer que você vai se declarar culpado e contar ao mundo inteiro que ele está chantageando a Gretchen se ele não rasgar aquele contrato.

Jack avançou a passos rápidos.

– Mesmo que Evan não aceite, Frasier e Diane vão aceitar. Eles vão fazer qualquer coisa para evitar o escândalo e a humilhação pública. Ainda mais agora.

Colton se empertigou.

– Pode dar certo.

– Hã, não vai funcionar, não – disse Buck. – Só funcionaria se Colton estivesse levando a sério a ideia de se declarar culpado, o que não é verdade. Porque, como já constatamos, fazer isso seria assinar a porra de um atestado de insanidade mental, a menos que ele estivesse disposto a arriscar toda a carreira por ela.

Colton replicou sem hesitar:

– Não dou a mínima para minha carreira agora.

O rosto de Buck perdeu a cor.

Colton o segurou pelos ombros.

– Você me perguntou se eu ainda queria continuar fazendo música, e a resposta é não. Não sem ela. Então, se fazer isso é um risco para minha carreira, que seja. É um risco que estou disposto a correr se for para tê-la de volta.

Ele encontrou os olhos da mãe.

– Me desculpe – pediu. – Sei que isso também afeta vocês. Mas eu não posso perdê-la.

A mãe sorriu e se aproximou dele.

– Colton, você já passou tempo demais se preocupando com a gente. Não é sua responsabilidade nos proteger. Nunca foi.

– Eu sei.

– Não sabe, não. Você acha que não sabemos por que fez tudo isso? Por que sempre trabalhou tão duro, por que acha que tem que ser a pessoa mais feliz da sala o tempo todo?

Merda. Ela estava se aventurando no território do "encarar o próprio passado". E estava fazendo isso na frente de todos.

– Falei coisas horríveis para Gretchen. E se ela não me perdoar?

– Ela vai. Porque ela vê o verdadeiro Colton. O Colton que você acha que tem que esconder do mundo. O Colton que você acha que ninguém iria amar se conhecesse de verdade.

– Droga – sussurrou Malcolm, atrás dos dois. – Isso é verdade, Colton? Você realmente se sente assim?

Colton engoliu em seco e ignorou os amigos. Se olhasse para eles, acabaria chorando. Não tinha tempo para chorar agora.

A mãe deu um tapinha em seu peito.

– Você merece ser feliz, Colton. Por *si mesmo*. Então faça o que tem que fazer. Vá atrás da Gretchen e traga ela de volta.

VINTE E OITO

Colton tomou um banho rápido; quando saiu do banheiro, viu os rapazes esperando por ele no quarto.

– Qual é o plano? – perguntou Mack.

– Primeiro, Jack e eu vamos lidar com Evan. Depois, vamos trazê-la de volta. – Colton apontou para Vlad. – Preciso que ligue para o meu piloto e peça a ele para preparar o avião.

Vlad fez que sim com a cabeça.

– O restante de vocês, nos encontre no aeroporto em duas horas. Levem as garotas.

– Você quer que todo mundo vá? – perguntou Noah.

– Gretchen precisa ver que toda a família quer que ela volte para casa. E vocês são todos a família dela.

– Vou levar minha roupa de Papai Noel – disse Vlad.

– Hum, por quê? – perguntou Noah, hesitante.

– Porque este é um grande gesto romântico de Natal. Tem que ter alguém vestido de Papai Noel.

De fato, Colton não podia argumentar contra essa lógica. Abriu a gaveta da cômoda e pegou uma calça jeans e uma camiseta. Então, deixou cair a toalha da cintura e se curvou para vestir a cueca.

309

– Eita, alerta vermelho! – Noah tapou os olhos.

– Não é o seu melhor ângulo, irmão – disse Mack.

– Não é o melhor ângulo de ninguém – observou Malcolm.

– Colton, vamos logo com isso – gritou Jack, da escada.

Ele enfiou a camiseta pela cabeça e pulou dentro da calça, abotoando-a enquanto saía do quarto. Deu meia-volta soltando um palavrão e buscou um par de meias.

– Colton!

– Estou indo! – gritou, correndo escada abaixo, com os caras logo atrás.

Desiree e Buck flanqueavam a porta da frente com expressões idênticas de *Essa é uma péssima ideia*.

– Você deveria me deixar ir junto – disse Desiree.

– Achei que advogados não deveriam participar de nada ilegal.

Desiree tapou os ouvidos.

– Eu não ouvi isso.

Colton se sentou no último degrau da escada para calçar as meias e os sapatos. Quando ele se levantou, a mãe lhe entregou um casaco de lã e um gorro.

– Seu cabelo está molhado. Vai acabar pegando um resfriado.

Colton beijou a cabeça dela.

– Obrigado, mãe. – Em seguida, dirigiu-se a Noah. – Peça para Alexis ligar para Addison e conseguir todas as informações que puder.

– Pode deixar – respondeu Noah.

Depois, dirigiu-se a Buck:

– Me desculpe. Sei que estou colocando você em uma roubada.

– Não está, não. Meu trabalho como empresário é garantir que você esteja feliz, não apenas na carreira, mas também na vida pessoal. Não tenho sido muito bom nos últimos tempos.

– O que você vai dizer ao Archie?

– O que eu já deveria ter dito. Que ele pode ir à merda.

Seria um milagre se Colton conseguisse passar os próximos minutos sem decorar a cara de Evan Winthrop com outro olho roxo. Quando ele e Jack irromperam pela porta do escritório – a secretária, Sarah, protestando com veemência atrás dos dois –, seu alvo se levantou com um salto digno de um vilão de história em quadrinhos.

– O que é isso? Que merda vocês estão fazendo aqui?

Colton se aproximou com um sorriso.

– Só pensei em passar para tomar uma bebida. Tem Johnny Walker?

– Fora do meu escritório agora. Sarah!

A mulher entrou correndo, mãos retorcidas e lábios franzidos.

– Eu tentei impedi-los – explicou.

– Não se preocupe – interveio Jack, muito calmo. – Isso não vai demorar.

Evan estufou o peito e fez um aceno ríspido com a cabeça para Sarah.

– Se não acabar em cinco minutos, chame o segurança.

Sarah hesitou, mas saiu da sala e fechou a porta. Jack se acomodou em uma das poltronas de couro em frente à mesa de Evan, a postura relaxada. Mas, debaixo da casualidade, uma raiva latente irradiava dele, algo que nem Evan era bobo o bastante para ignorar.

– O que vocês querem? – vociferou o homem, retornando à sua cadeira.

– Chegou a hora de eliminar o atravessador – explicou Colton, acompanhando o falso tom tranquilo de Jack. – Vamos direto ao ponto. Trinta milhões.

Evan riu, desvanecido.

– Você não pode estar falando sério. Acha que ainda cogitamos a ideia de dar um tostão para você ser o rosto da nossa empresa depois disso? – Evan apontou para o olho roxo e inchado.

Colton teve que flexionar os dedos só para se segurar e não deixar o outro olho combinando.

– Não estou aqui pelo contrato de publicidade.

– Então para que porra é o dinheiro?

– Meu silêncio – soltou Jack.

Colton piscou, confuso. Esse... não era o plano. Deveriam exigir o dinheiro em troca de Colton não dar uma coletiva de imprensa e... bem, toda a merda que tinham combinado na casa dele. E todo o dinheiro seria destinado a ajudar Gretchen na expansão do escritório de advocacia.

Evan deu outra risada debochada.

– Silêncio sobre o quê?

Colton queria se inclinar na direção de Jack e fazer a mesma pergunta.

– Sobre isto.

O tio tirou uma folha de papel dobrado do bolso do casaco e a jogou na mesa. Colton teria lançado um olhar atravessado para Jack se não fosse alertar Evan de que ele mesmo não fazia ideia do que estava acontecendo.

Evan pegou o papel.

– Que porra é essa?

Eu também quero saber, cara.

– Leia – ordenou Jack.

Evan desdobrou o papel, e seu semblante perdeu a insolência obstinada e ficou verde de medo.

– Desconfio que Anna não saiba – continuou Jack, a voz assustadoramente tranquila.

Não saiba o quê?!

– Isso é chantagem – rosnou Evan. – Vou chamar a porra da polícia e processar você.

Jack conseguiu soar entediado ao responder.

– Já ouviu falar do efeito Streisand? Será que você quer fazer isso mesmo? De todo modo… chantagem é o que você fez com Gretchen. *Isto* é uma negociação.

– O que você quer? – Evan cerrou a mandíbula com tanta força que Colton poderia jurar que ouviu um dente trincar.

– Várias coisas. – Jack se inclinou para a frente com os cotovelos apoiados nos joelhos, tão casual quanto um homem discutindo o placar do jogo de hóquei da noite anterior. – Primeiro, você vai nos entregar aquele contrato de merda que fez Gretchen assinar hoje de manhã, para que possamos queimá-lo. Ela fica com toda a herança e as cotas da empresa, além de uma cadeira no conselho da fundação.

As narinas de Evan se dilataram.

– Segundo, sabe aqueles trinta milhões de dólares? A firma de Gretchen vai receber uma bela doação anônima que vai permitir a criação de um fundo de arrecadação e a expansão da empresa.

O rosto de Evan virou pedra.

– E o que mais?

Colton engoliu em seco. Pois é, o que mais?

– Você vai renunciar ao cargo de CEO da Carraig Aonair.

Evan se levantou de um pulo.

– Vá se foder.

Jack abandonou seu papel dramático.

– Você pode inventar qualquer desculpinha esfarrapada que quiser. Doença. Tempo com a família, o que é óbvio que você vai precisar. Eu não me importo. Mas seu reinado nesta empresa acabou.

– E se eu não fizer isso?

Jack olhou para Colton pela primeira vez e arqueou as sobrancelhas.

Ah. Era a sua deixa. Ele se inclinou para a frente.

– Se não fizer isso, vou convocar uma coletiva de imprensa agora mesmo e contar ao mundo tudo o que aconteceu. Que você chantageou sua irmã. Que deletou o vídeo de segurança. Que eu bati mesmo em você, mas foi porque você é um saco de merda.

– Isso não faz o menor sentido. Você estaria admitindo a culpa de acusações que estão prestes a ser retiradas.

– Claro que não faz sentido para você – devolveu Colton. – Porque você não tem ideia do que significa se sacrificar por alguém que ama. Essa é a diferença entre você e Gretchen.

Evan contornou a mesa com uma expressão de desprezo tão feia quanto sua alma.

– Ela convenceu você disso, não foi? É inacreditável. Logo você. Como foi que ela conseguiu fincar as garras em alguém assim?

O punho de Colton colidiu com o queixo dele em um baque surdo que o fez cambalear para trás. Evan tentou se segurar, mas a mão escorregou na superfície polida da mesa e ele tombou de lado, se estatelando no chão, levando consigo um decantador de cristal e uma luminária que parecia cara.

A porta se abriu, e Sarah entrou correndo.

– Evan!

Muito tranquilo, Colton pegou o copo intocado de Evan e virou o uísque num gole só. Sua voz ganhou uma rouquidão gratificante com a ardência.

– Ele vai sobreviver – disse. Em seguida, olhou para Evan no chão. – Você tem até as cinco horas de amanhã para iniciar a transferência, ou…

– O que é isso? – disse Sarah baixinho do outro lado da mesa. Em sua mão, o papel que Jack havia entregado a Evan.

Evan se levantou depressa.

– Me dê isso aí.

– O que é isso? – exigiu Sarah, mais alto agora.

– Não é da sua conta. – Evan avançou para pegar o papel.

Sarah recuou, os olhos cheios de lágrimas.

– Não é da minha conta? Com quantas mulheres você tem dormido?

Colton piscou, confuso. Jack olhou para ela, surpreso.

– Espera aí… *você* também está dormindo com ele?

– Você disse que ia largar sua esposa para ficar comigo – sussurrou Sarah.

Sangue escorria do canto do olho de Evan, e seu peito arfava com bufadas raivosas.

– Fora. Todos vocês.

– Seu canalha mentiroso! Você me usou! – Sarah deu as costas para Evan. – Ele me pediu para vazar o vídeo da briga. E sabe a papelada da Gretchen para a vaga no conselho? Ele me fez deletar. Nem enviou para a diretoria analisar.

– Fora! – berrou Evan.

Tudo o que conseguiu foi atrair Frasier e Diane, que foram correndo até a sala.

– Mas que merda está acontecendo? – perguntou Frasier, a voz retumbante. Ao ver Colton, seu semblante endureceu. – Como se atreve a vir aqui?

– Não se preocupe, estamos de saída.

Jack estendeu a mão para Evan.

– Cadê o contrato?

Diane apertou as pérolas.

– Que contrato? O que está acontecendo?

314

Sarah marchou até Diane e empurrou o papel para ela.

– Eu me demito. É isso o que está acontecendo.

Quando Sarah saiu pisando duro, Diane correu os olhos pelo papel e depois olhou para Evan, o cenho franzido.

– Evan, o que é isso? O que foi que você fez?

Colton ficou tentado a dar uma espiada por cima do ombro de Diane, já que ele próprio ainda não fazia a menor ideia do que o cara tinha feito. Evan foi batendo o pé até a mesa, pegou o documento de duas páginas grampeadas e o atirou em Jack.

– Pronto. Pode ficar. Caiam fora daqui.

Jack dobrou o contrato e o enfiou no bolso.

– Vamos, Colton. Evan vai precisar de privacidade para contar aos pais sobre sua decisão de renunciar.

Frasier ficou irado.

– Que merda ele está falando? Renunciar a quê?

– Só um minuto – interrompeu Colton. Ficou a centímetros do rosto de Evan. – Quer saber o que eu vejo nela? Tudo o que você não tem. Tudo o que você nunca poderá ter. Bondade. Inteligência. Compaixão. E, se você sumir da nossa vida para sempre, já vai tarde.

Mesmo na capital do país, a luta para proteger os imigrantes era solitária e mal remunerada.

O escritório da Fundação de Reassentamento de Refugiados em Washington era tão simplório quanto o dela em Nashville. Nas baias arcaicas havia computadores obsoletos havia cinco anos, e a vista da janela da sala de reuniões era a entrada da estação do metrô e de uma lanchonete Five Guys com uma placa que a anunciava como a hamburgueria favorita do presidente Obama.

Mas o escritório fervilhava de energia quando ela chegou, pouco depois das sete horas. Mais de vinte pessoas de todas as idades estavam atarefadas separando doações em caixas identificadas para distribuir a refugiados recém-chegados do Afeganistão. Algumas doações eram objetos de luxo, como bolsas e iPods, mas a maioria eram artigos de necessidade básica de que as famílias precisariam para recomeçar. Roupas de cama. Meias. Artigos de higiene pessoal. Material escolar. Tudo cuidadosamente categorizado para garantir que chegassem às pessoas certas.

Bem no meio de tudo estava Jorge, debruçado sobre uma única caixa, ticando itens em uma prancheta.

– Posso ajudar? – Uma moça com a camiseta da ONG cumprimentou Gretchen na porta. – Você é voluntária?

– Sim. – A exaustão roubou o volume de sua voz. Ela limpou a garganta. – Jorge me convidou.

Ao ouvir seu nome, Jorge ergueu os olhos e sorriu.

– Gretchen! Você veio!

Ela tentou sorrir.

– Surpresa.

Jorge conversou com um homem a seu lado e lhe entregou a prancheta. Teve que desviar de várias caixas para chegar até ela.

– Sim, que surpresa.

Seu tom e expressão, no entanto, sugeriam que não estava surpreso. Jorge lhe deu um abraço rápido e se afastou.

Ela pendurou a mala pesada no ombro – nem fizera o check-in no hotel – e enfiou as mãos no bolso da calça jeans.

– Então… me ponha para trabalhar.

– Por que não batemos um papo primeiro? – Jorge gesticulou para que ela o seguisse pela sala lotada. – Meu escritório é por aqui.

Gretchen pulou uma caixa transbordando de roupas de bebê. Seu coração se apertou. Não conseguia imaginar como era difícil ser forçada a fugir do país natal com um filho no colo.

– Tem certeza? Parece que há muito o que fazer aqui.

– Temos bastante ajuda. Entre.

Jorge a levou até um escritório pequeno que obviamente também servia de depósito para doações já catalogadas. Fechou a porta, e Gretchen foi até a janela que dava para a frente do prédio.

– Aquilo é verdade? – perguntou, apontando para a placa sobre o Obama.

– Duvido. Estou neste prédio há muito tempo e nunca vi o Obama entrar lá. – Ele se sentou e fez sinal para Gretchen se sentar à sua frente.

– Me desculpe por aparecer de última hora.

– Não vou reclamar. Eu já tinha desistido de você.

Os dois trocaram as gentilezas de praxe. As gêmeas tinham entrado no sexto ano e pediram um celular novo de Natal, e a esposa dele estava trabalhando no Museu Smithsonian e adoraria vê-la. Gretchen não contou nada sobre sua vida. O que diria? A verdade era humilhante demais. Embora Jorge fosse um velho amigo, estava prestes a se tornar seu chefe. Que tipo de impressão causaria se contasse que só estava ali porque o irmão a chantageara e porque precisava curar um coração partido que talvez nunca mais cicatrizasse?

Mas Jorge não era bobo, e Gretchen viu um brilho inquisitivo em seus olhos quando ele se inclinou para a frente.

– Então, você veio pelo trabalho.

– Sim.

– O que a fez mudar de ideia?

– Eu analisei tudo o que você mandou, e acho que você tem razão. É uma boa escolha.

– Simples assim?

– Você me conhece. Quando tomo uma decisão, não gosto de perder tempo.

Ele a analisou, cético.

– Bem, não vou mentir. Nosso trabalho pode ser frustrante. Às vezes sinto que estamos falando com as paredes, e que só prestam atenção de verdade nos anos de eleição. E, sempre que achamos que temos chance de conseguir quórum no Congresso para nossas prioridades legislativas... – Ele fez uma pausa para dar de ombros. – Bem, a reforma da imigração é um excelente tema de campanha, mas estou para ver um político disposto a arriscar sua reeleição para fazer a coisa certa.

– Parece que está tentando me convencer a desistir do trabalho.

– Só quero garantir que você tenha plena consciência de que a rotina será bem diferente, neste lado da luta pela imigração. Não trabalhamos diretamente com os clientes, como você faz hoje. Somos uma central de serviços que conecta clientes e advogados em todo o país, mas nosso principal objetivo é elaborar projetos de lei e aumentar a conscientização.

– Eu compreendo.

– Imagino que você vá precisar de um tempo para fechar a firma em Nashville...

– Minha assistente legal e gerente do escritório vai assumir até que possamos contratar um novo advogado principal. Posso começar agora mesmo.

Ele ergueu as sobrancelhas.

– Rápido assim?

– Não tem por que esperar. Estamos entrando em ano eleitoral; como você disse, é quando o trabalho começa pra valer. Na verdade, estou pensando em já vir amanhã revisar algumas coisas e...

– Gretchen, amanhã é véspera de Natal.

– Eu sei. Gosto de trabalhar no Natal. Não há distrações. Mas é óbvio que não espero que você trabalhe também.

Jorge passou a mão no rosto e falou, hesitante:

– Você sabe que quero muito seu trabalho aqui.

A interrupção brusca fez os pelos da nuca dela se eriçarem.

– Eu sei.

– Então conte o que realmente está acontecendo.

Ela engoliu em seco.

– Nada. Eu pensei melhor, e acho que este é um bom trabalho para mim.

– Você se lembra de como nos conhecemos?

Gretchen piscou, confusa com a mudança de assunto. Claro que lembrava, mas era um mistério por que ele estava falando disso agora. Os dois tinham ficado em Georgetown durante as férias de fim de ano, em vez de irem para casa – Jorge porque não podia bancar um voo internacional, ela porque não era bem-vinda. Mas Gretchen mentira quando ele lhe perguntou por que resolvera ficar. Dissera que não tinha família. Era meio que verdade. Mesmo na época, sentia que sua família era um bando de estranhos.

– Imagine minha surpresa quando descobri quem você era de verdade – disse Jorge, agora.

– Não estou acompanhando seu raciocínio.

– Recebi uma ligação de sua assistente há cerca de uma hora.

– Da Addison? – Ela se mexeu na cadeira, desconfortável. – O que ela disse?

O olhar que Jorge lançou para ela foi uma mistura humilhante de pena e repreensão. Ele sabia a verdade. Gretchen se levantou num impulso.

– Não estou aqui por causa do que aconteceu com Colton. Eu *quero* este trabalho, Jorge. Este trabalho é importante. Eu fiz bacharelado em políticas públicas antes de ingressar no doutorado. Você mesmo disse que tenho qualificações perfeitas, e...

– Não gostei de você logo de cara, sabia?

– Oi?

Jorge se recostou na cadeira.

– Eu achava que você era mimada. Que não valorizava o que tinha. Que era mais motivada por algum martírio autoindulgente do que pela verdadeira dedicação às pessoas.

Aquelas palavras foram um soco no estômago.

– Uau. Obrigada. Há quanto tempo está guardando isso?

– Então eu percebi que você era a pessoa mais solitária que eu já tinha conhecido. Acho que talvez ainda seja.

Jorge poderia muito bem ter feito uma citação direta de *Um conto de Natal*. "Lá estava ele, sozinho. Bem sozinho no mundo, acho."

Colton teria rido da ironia.

Jorge sorriu, triste, e se levantou com lentidão extenuante. O pânico agarrou o coração dela. Gretchen engoliu em seco e tentou de novo.

– Jorge, por favor.

– Se em um mês você ainda quiser este trabalho, é seu. Mas nossos clientes merecem alguém que esteja aqui por vontade própria, não porque está fugindo de outras questões.

– Isso não é justo – protestou ela, sem forças.

– Vá para casa, Gretchen. O que quer que esteja procurando, não vai encontrar aqui.

Estava perplexa demais, humilhada demais para responder. Jorge deixou a porta da sala aberta ao sair, e ela ficou sozinha com as bochechas quentes e o coração acelerado. Por fim, Gretchen pegou a mala e tentou imprimir um pouco de dignidade ao semblante ao sair.

Não fazia ideia de onde ir, não conseguia visualizar seu destino. Entrou na estação de metrô, arrastando a mala pesada pela escada rolante longa e escura rumo às entranhas da capital. Costumava ter pavor dessas escadas, tão longas que de cima mal dava para ver o fundo.

Que metáfora perfeita para sua vida.

O vagão chegou bem na hora em que pisou na plataforma, a velocidade lançando uma lufada de ar quente e poluído em seu rosto. Estava quase vazio quando ela entrou. Havia apenas mais uma pessoa sentada na ponta oposta, um homem com uniforme da Força Aérea. Gretchen escolheu um assento perto da porta e apoiou a mala contra as pernas.

As portas se fecharam, e o trem partiu, primeiro devagar, e depois à velocidade máxima. Ela nem sequer viu para que lado estava indo. Tantos anos tinham se passado desde a última vez que usara o metrô que nem lembrava qual linha precisava pegar para chegar ao hotel.

Você não passa de uma garotinha assustada que se esconde na droga de uma casa da árvore na esperança de que alguém vá te buscar e levar para casa...

Colton a chamou de covarde. E tinha razão. Ela poderia ter ficado e enfrentado Evan. Poderia ter ficado ao lado de Colton e deixado o destino seguir seu curso. Mas não. Apesar de todo o falatório sobre não se importar mais com o que a família pensava, sobre ser imune aos insultos e ao abuso psicológico de Evan, ainda os deixara vencer. Fizera exatamente o que todos esperavam dela.

Fugira.

E arruinara a melhor coisa que já lhe acontecera.

Seu corpo ardia, sentada ali enquanto o coração acelerava e a mente rodopiava. O que havia feito? Como iria voltar atrás?

Jorge tinha razão.

Tinha que ir para casa.

VINTE E NOVE

O voo para Washington levaria uma hora e vinte minutos, mas não levou nem dois minutos para que a adrenalina desse lugar ao pânico absoluto.

– Como sabe que ela vai estar lá? – Embora Colton estivesse sentado de frente para ele em seu jatinho Gulfstream, Jack teve que erguer a voz para ser ouvido em meio ao barulho do motor.

Vlad, Mack e Noah ocupavam o restante dos assentos com Elena, Liv e Alexis. Os outros rapazes tinham decidido ficar.

– Addison disse que ela fez reserva nesse hotel.

– Como ela sabe?

– Ela tem acesso à conta do cartão de crédito da Gretchen.

Colton choramingou. Se Gretchen descobrisse que a rastrearam e invadiram sua privacidade financeira, jamais o perdoaria. Com esse pensamento, o pânico se transformou em terror absoluto. Havia tantos motivos para ela não o perdoar. Meu Deus, cada coisa que tinha dito. Colton pressionou os olhos com a base das mãos e inclinou a cabeça para trás para conter as lágrimas.

– Obrigado por amá-la tanto assim – disse Jack.

– Eu não a mereço.

– Claro que merece. Talvez seja o único homem que merece, na minha opinião.

– Você não entende. Depois de tudo o que eu falei para ela... – Colton sentiu o estômago se contrair. – Ela passou a vida sendo rejeitada, ridicularizada e punida pelas pessoas que deveriam amá-la, e o que foi que eu fiz? A mesmíssima merda. Eu a acusei de afastar as pessoas antes que pudessem machucá-la, então deixei que fizesse isso comigo. Por que ela confiaria em mim de novo?

– Porque você a ama o bastante para pedir desculpas – respondeu Jack. – Poucas pessoas na vida dela já fizeram isso.

Esse argumento não foi nada tranquilizador.

O restante do voo foi uma tortura lenta e dolorosa. Quando o avião enfim pousou com um solavanco leve e uma freada brusca, Colton já estava longe do assento, antes mesmo que fosse considerado seguro. Providenciara para que três carros os esperassem fora do hangar. Jack e Colton entraram no primeiro, junto com Mack e Liv.

O restante do grupo se dividiu nos outros dois veículos. Quando os carros arrancaram, Colton desativou o modo avião do telefone. Nenhuma mensagem dela. Nem chamada perdida. Nem recado de voz.

Colton esfregou as mãos suadas na calça jeans.

– Como ela vai descer até o saguão se nem atende o telefone?

– Eu não sei – respondeu Jack.

– Não tem chance de conseguirmos o número do quarto dela na recepção, né?

– Provavelmente não.

A caravana de SUVs pegou a rodovia em direção a Georgetown. Do banco de trás, uma mão pousou no ombro de Colton. Era Mack.

– Respire, Colton. Nós vamos encontrá-la.

Não era isso que o preocupava.

O que o preocupava era como ela reagiria quando a encontrassem.

– O senhor quer que eu faça o quê?

A recepcionista do hotel parecia a um segundo de acionar o alarme.

– Preciso que você verifique se há uma mulher chamada Gretchen Winthrop hospedada aqui e, se houver, peça para ela descer.

– Hum, não posso fazer isso.

– Você não conhece esse cara? – perguntou Vlad, apoiando o braço no balcão. O gorro de Papai Noel escorregou até as sobrancelhas. Ele o puxou para trás.

A recepcionista balançou a cabeça.

– Este é Colton Wheeler – disse Vlad. – O maior astro da música country do mundo inteiro.

Colton se retraiu.

– Isso é um exagero.

– Só porque faz dois anos que você não lança um disco novo não quer dizer que ainda não seja o maior.

– Escute. Eu preciso muito da sua ajuda. – Colton se debruçou sobre o balcão e tentou usar sua piscadela com a garota. Não surtiu efeito. Ele se aprumou. – Estou desesperado. A mulher que amo acha que tem que me deixar para proteger minha carreira porque eu bati no bosta do irmão dela e…

Os olhos da moça registraram reconhecimento.

– Espera aí. Eu o conheço, sim. O senhor não acabou de ser preso por se envolver numa pancadaria entre bêbados, ou coisa assim?

– Eu não estava bêbado.

– E acho que tecnicamente não se pode dizer que foi uma pancadaria, já que só havia duas pessoas – alegou Vlad. – Não é preciso mais gente para ser uma pancadaria?

Puta que pariu. Colton empurrou o amigo para trás.

– Sim, isso mesmo. Esse sou eu.

– Por que ele está vestido de Papai Noel?

– É uma longa história. Por favor, pode verificar se ela está aqui?

A recepcionista olhou em volta, provavelmente procurando pelo chefe ou pelo segurança.

– Eu não sei. Eu poderia ficar muito encrencada por causa disso.

– Por favor – implorou Colton. – Eu não tenho como saber em que quarto ela está, e sei que você não pode me dizer.

– Por que o senhor não liga para ela?

– Porque ela… não atende minhas ligações.

A recepcionista balançou a cabeça.

– Hum… bem, não, não vou me envolver nisso. Você poderia ser um *stalker* ou algo do tipo.

– Um *stalker* com uma comitiva?

Ela pegou o telefone.

– Vou chamar o segurança.

– Espera. Espera. Não faça isso. Me dê um minuto para explicar. O irmão estava fazendo chantagem com ela para forçá-la a se afastar de mim, e eu preciso reconquistá-la porque ela odeia o Natal, e eu…

– Senhor, ainda está bêbado?

– Eu não estava bêbado. – Ele se curvou e bateu com a cabeça no balcão.

– Colton. – Jack o puxou pelo cotovelo.

Colton sacudiu o braço para se soltar e ergueu a cabeça de novo.

– Escuta, eu sei que isso é estranho…

– Colton!

– O quê?! – rosnou ele.

Jack estava apontando. Colton seguiu a direção de seu dedo e congelou.

Gretchen.

De costas para ele, com uma mala enorme pendurada no ombro. Estava parada em frente à porta do bar do hotel, como se não conseguisse decidir se entrava ou não.

Sua mente o levou de volta para a noite em que ela entrou no Old Joe's e marchou em sua direção, determinada e orgulhosa. Assim como naquela noite, todo o ar se esvaiu de seu corpo em uma lufada. Ela estava ali.

Ela estava *ali*.

E ele não conseguia mover um músculo sequer.

Vlad começou a pular para chamar a atenção dela.

– Gretch…

Colton tapou a boca de Vlad com a mão.

– Espera.

– Por quê? – grasnou Mack. – Acabamos de fazer um voo de duas horas...

– Na verdade, foram noventa minutos – disse Noah.

Alexis tapou a boca *dele*.

– ... e dirigimos feito maníacos para encontrá-la. Aí está ela. O que diabos você está esperando?

– O grande gesto romântico – disse Colton.

– Este *é* o grande gesto romântico – disse Noah. – Não é?

– Não assim – respondeu Colton, mais para si mesmo do que para os outros.

Não seria um momento grandioso se a surpresa fizesse o outro morrer de vergonha. E Gretchen morreria mesmo. Se agisse como os rapazes costumavam agir, correndo e fazendo um espetáculo, o tiro sairia pela culatra. Ela não queria espetáculo.

Ela queria algo sutil. Algo tranquilo.

Colton avistou a loja de *souvenirs* do hotel no outro lado do saguão.

– Novo plano – anunciou. – Preciso de um boné e de um par de óculos.

TRINTA

Gretchen estava sozinha no bar, girando o canudo no copo d'água. Se cerrasse os dentes com mais força, acabaria quebrando um molar.

Não havia voos.

Como era possível que não houvesse *nenhum voo* disponível até a manhã seguinte? Ah, claro, era Natal, e isso significava que estavam todos lotados, mas pelo amor de Deus. Será que ninguém entendia? Era uma emergência. Precisava ir para casa *agora*. Ficava difícil realizar um grande gesto para o homem que amava se nem sequer conseguia sair daquela maldita cidade.

O barman, um jovem de cavanhaque, foi até ela e colocou um copo de uísque na sua frente.

– De um admirador.

Gretchen grunhiu por dentro. Uma cantada logo agora?

– Pode dizer que agradeço, mas dispenso?

– Olha, eu não costumo fazer isso porque é assustador, e até onde sei, esse cara poderia ser um *stalker*…

– Hum… tá, agora que não vou beber isso *mesmo*.

– Mas ele me pediu para dizer que esta é a bebida da boa.

Cada músculo do corpo dela saltou na mesma hora.

– O que você disse?

– Isso faz sentido para você?

Sim. Fazia todo o sentido. Ela só não entendia como. Como ele sabia onde encontrá-la? Queria se virar e procurar por ele, mas não podia. Não com as entranhas subitamente agitadas e as lágrimas ardendo sob as pálpebras.

O barman deu de ombros diante de sua reação.

– Bom. De qualquer modo, eu também devo dizer: "À trapaça, à roubalheira, à briga e à bebedeira." Seja lá o que isso signifique.

O estômago dela virou gelatina, o coração foi parar na boca.

– Ele está aqui?

O rapaz apontou por cima do ombro.

– É aquele cara ali no canto, o que parece o Clark Kent.

Uma risada borbulhou como se alguém tivesse aberto uma garrafa de água com gás na garganta de Gretchen.

– E agora ele está vindo para cá. – O barman baixou a voz. – Quer que eu bote o cara pra correr? Posso me livrar dele.

Gretchen balançou a cabeça.

– Não, obrigada. – Já cometera esse erro antes.

O barman olhou por cima do ombro de Gretchen antes de olhar para ela de novo.

– Se precisar de ajuda, estarei na outra ponta do balcão.

Ele se afastou, e o pescoço de Gretchen se arrepiou com a presença do homem que acabara de parar atrás dela.

– Posso me sentar?

A voz dele. Fez com que um arrepio descesse por sua espinha e os pelos de seus braços se eriçassem. Gretchen concordou com a cabeça e prendeu a respiração enquanto a banqueta vazia a seu lado se afastava do balcão, os pés de aço raspando baixinho no carpete industrial. Não ousou olhar para Colton quando ele se sentou, mas, de canto de olho, notou o amarelo-vivo de seu colete acolchoado.

Os dedos dela tremeram ao envolverem o copo de uísque.

– O que o traz aqui?

Colton deu uma risadinha com a pergunta. Era exatamente o que tinha perguntado quando ela o encontrou no Old Joe's.

– Eu queria falar com você.

– Sério? Bem, aqui estou, querido.

Quando Colton disse isso no Old Joe's, tinha soado presunçoso e confiante. Abrira bem os braços. Mas, quando Gretchen disse as mesmas palavras, sua voz saiu trêmula. Ela manteve os braços bem colados ao corpo. Isso porque, se os estendesse para ele, se o tocasse, a represa se romperia. Acabaria no chão como uma poça.

A seu lado, Colton apoiou os cotovelos no balcão.

– Vim fazer uma espécie de proposta – explicou, mais uma vez repetindo parte da primeira conversa.

– Sou toda ouvidos.

– Que tal você vir para casa comigo e me deixar passar o resto da vida conquistando seu perdão?

A alegria cresceu no peito dela. Gretchen finalmente olhou para ele e...

– Onde foi que você arranjou esses óculos?

– O quê?

– Você ao menos consegue enxergar? Esses óculos têm grau.

Ele suspirou e tirou a armação grossa e preta do rosto.

– São para leitura. A loja do hotel não tinha muitas opções.

– Pois é, estou vendo que é um disfarce bem capenga.

– Bem, desculpe não ter tido tempo de planejar isso direito. Fiquei meio desnorteado quando descobri o que você fez. – Colton olhou para ela furioso. – Aliás, por falar nisso, que merda você estava pensando, Gretchen? Por que assinou aquela porcaria de contrato?

– Era o único jeito de fazer com que Evan retirasse as acusações.

– Então você simplesmente decidiu abrir mão de tudo para me proteger?

Outra de suas conversas veio à tona, esta de apenas duas noites atrás. Parecia uma vida inteira.

Eu abriria mão de qualquer fortuna por você. Protegeria você um milhão de vezes, se necessário.

O pomo de adão subiu e desceu quando Colton engoliu em seco.

– Por quê?

– Porque eu te amo.

– Eu tinha a esperança de que você dissesse isso. – Ele estendeu a mão e envolveu sua nuca para puxá-la para mais perto.

A aba do boné bateu na testa de Gretchen. Com um palavrão, Colton o arrancou da cabeça.

Ela riu.

– Acho que você está virando o rabugento.

– E se eu estiver? Você consegue amar meu lado rabugento?

– Eu amo tudo em você.

Dessa vez, nada ficou no caminho quando Colton a puxou para junto de si. Testa com testa, os dois conversaram através do toque. O polegar dele acariciou a nuca dela. A mão dela encontrou o rosto dele.

– Eu sinto muito – sussurrou Colton, depois de um instante, a voz áspera.

– Eu também.

– As coisas que eu falei... – A voz dele falhou, e o coração dela também.

– Eu precisava ouvir.

– Não precisava, não. Porque nada daquilo era verdade.

A tristeza na voz dele fez os lábios de Gretchen tremerem.

– Mas eu precisava, sim. Você tinha razão. Eu fugi porque estava com medo...

Colton não a deixou terminar. Cobriu seus lábios com os dele e a beijou com tanta delicadeza, com tanta doçura, que um choramingo emergiu da garganta dela. Gretchen se encostou nele. Cheirou-o. Memorizou cada som, cada toque.

Até que uma voz os interrompeu.

– Meu Deus, já estava mais do que na hora, porra.

Os olhos de Gretchen se abriram.

– É sério?

Colton riu baixinho, então se virou na cadeira apenas o suficiente para que ela pudesse ver. Os olhos de Gretchen se arregalaram. Como... como foi que nem percebeu que estavam ali? Mack e Liv, Noah e Alexis, Elena e Vlad. Vestido de Papai Noel. Em pé, mais afastado, estava Jack.

Colton deslizou a mão pelas costas dela.

– Sua família está aqui para te levar para casa, Gretchen.

Ela mordeu o lábio.

– Você trouxe seu jatinho particular?

– Sim, e não reclame do custo porque...

Gretchen o beijou.

De novo.

E dessa vez foi profundo e apaixonado, e os aplausos que ouviu poderiam ter vindo tanto da própria mente quanto dos amigos.

Os dois só se separaram quando alguém pigarreou.

– Vamos para casa – sussurrou Colton, contra seus lábios.

Gretchen se levantou e estendeu a mão.

– Na sua casa ou na minha?

EPÍLOGO

Um ano depois

Era *assim* que Colton Wheeler gostava de acordar.

Uma manhã tranquila de Natal. Uma cama quente e aconchegante. E a mulher que amava mais do que um dia imaginara ser possível abraçando seu peito.

Nus.

– Você tem razão – ofegou Gretchen.

Momentos antes, estava em cima dele, fazendo-o delirar com seus gemidos abafados. Colton fizera o possível para não fazer barulho em respeito aos pais que dormiam no final do corredor, mas acabara perdendo toda a noção da realidade.

Ele trilhou um caminho com a ponta dos dedos nas costas dela e deu uma risadinha quando Gretchen estremeceu.

– Razão sobre o quê?

– Sexo no Natal é melhor.

Colton a envolveu nos braços e os dois corpos rolaram.

– Sexo no noivado é ainda melhor.

Gretchen sorriu sonolenta e ergueu a mão. O anel de esmeralda que ganhara na noite anterior era maior que o tamanho ideal, mas ela insistira em usá-lo. *Depois* de Colton ter jurado que não tinha sido muito caro.

Os dois já tinham optado por um casamento simples. Só para os amigos mais próximos e a família. Se isso incluiria os pais dela, ainda não estava decidido. No ano anterior, tinham conversado com um terapeuta sobre estabelecer alguns limites com Diane e Frasier, que não ficaram felizes com isso. Mas Gretchen estava feliz, e isso era tudo o que importava para Colton. Mesmo que levasse a vida inteira, ele nunca desistiria de tentar desfazer os danos que a família lhe causou. Mesmo agora, depois de tantos meses, seu coração disparava sempre que pensava no que Evan lhe fizera. Se futuramente Gretchen escolhesse reatar os laços com o irmão, Colton daria apoio. Mas esse ainda não era o caso.

Colton pressionou os lábios contra o pescoço dela.

– Vou sentir tanta saudade de você.

– A turnê só começa em março.

– Já estou sofrendo. – A gravadora tinha adorado as músicas novas que ele compusera com J. T. O disco tinha sido lançado havia apenas uma semana, e o primeiro *single* alcançara instantaneamente o primeiro lugar nas paradas. Isso significava uma turnê em estádios. Colton sentia falta dos shows, mas a ideia de ver Gretchen só algumas vezes por mês era uma tortura.

O som de risadinhas no corredor fez com que ela soltasse uma gargalhada, e Colton um grunhido. Ele esperava que tivessem pelo menos mais uma hora para comemorar em particular antes que a sobrinhada acordasse para ver o que o Papai Noel deixara durante a noite. Mas foi Gretchen quem o arrancou da cama.

– Vamos – incentivou. – Não queremos perder as crianças abrindo os presentes.

Gretchen estava quase tão eufórica quanto elas.

Quanta diferença um ano podia fazer.

Os dois foram os últimos a descer. O aroma de canela os atraiu até a cozinha, onde a mãe dele provavelmente estava desde que acordara, há uma hora ou mais.

O irmão de Colton deu uma risadinha sarcástica quando entraram.

– Vejam só quem finalmente acordou.

– Ah, já faz um tempo que estamos acordados – disse Gretchen, sorridente.

Colton deu uma piscadinha para ela e notou a mãe os observando com um sorriso emocionado.

– Me deixa ver o anel de novo – pediu ela, limpando as mãos em um pano de prato.

Enquanto a mãe paparicava Gretchen, Colton se recostou na bancada e abafou um bocejo. O irmão lhe entregou uma xícara de café e imitou sua pose.

– Acordado há um tempo, hein? – brincou Cooper.

– Cuida da sua vida.

Cooper soltou uma risada sobre a caneca.

– Ei! – chamou a irmã, de outro cômodo. – Se vocês não vierem logo, meus filhos vão virar bichos.

Gretchen foi até Colton, que deixou a caneca na bancada e abriu os braços. Ela se aconchegou em seu peito e suspirou.

– Feliz Natal – disse.

Colton beijou sua cabeça, a garganta apertada demais para emitir alguma palavra.

Em toda a sua vida, jamais vivenciara um momento tão perfeito.

AGRADECIMENTOS

Sempre que termino um livro, sinto uma gratidão imensa por poder viver da escrita, e mais ainda por ter uma rede de apoio tão forte de pessoas que tornam isso possível. Então, como sempre, devo primeiro agradecer à minha família. Eu realmente não poderia fazer isso sem meus pais, meu marido e minha filha.

Escrever um livro ambientado no mundo da música country exige bastante pesquisa. Então devo um agradecimento especial a Lauren Laffer, colunista do site soundslikenashville.com, e a Richard Cohen, da Mick Artist Management, por me guiarem pelo caminho empresarial e criativo da indústria da música. Vocês dois passaram um tempo precioso respondendo às minhas perguntas, e sou grata por seus ensinamentos. Também quero deixar meu muito obrigada à cidade de Clarksville, no Tennessee, que sedia um *verdadeiro* Natal no festival de Cumberland.

A Erin Harlow, minha leitora VIP: obrigada por sugerir o nome Carraig Aonair para a destilaria de uísque Winthrop. Foi o encaixe perfeito em tantos sentidos! Obrigada por fazer parte da minha comunidade de leitores!

Um enorme obrigada às minhas amigas escritoras: Meika Usher, Christina Mitchell, Alyssa Alexander, Victoria Solomon, Kelly Ohlert,

Tamara Lush, Thien-Kim Lam, Erin King, Elizabeth Cole, G.G. Andrews, Deborah Wilde, Jennifer Seay, Amanda Gale e Jessica Arden. Sou grata porque nosso interesse pela escrita nos uniu. Não consigo imaginar navegar por estas águas sem o humor e o apoio de vocês.

Finalmente, obrigada à minha agente, Tara Gelsomino, e à minha editora, Kristine Swartz. As duas me tornaram uma escritora melhor com sua paciência, compreensão, criatividade e entusiasmo.

CONHEÇA OS LIVROS DE LYSSA KAY ADAMS

Série Clube do Livro dos Homens

Clube do Livro dos Homens
Missão Romance
Estupidamente apaixonados
Absolutamente romântico
Três chances para o amor

Para saber mais sobre os títulos e autores da Editora Arqueiro,
visite o nosso site e siga as nossas redes sociais.
Além de informações sobre os próximos lançamentos,
você terá acesso a conteúdos exclusivos
e poderá participar de promoções e sorteios.

editoraarqueiro.com.br